데미안

데미안

DEMIAN

헤르만 헤세 지음·이영임 옮김

을유문화사

옮긴이 **이영임**

연세대학교 독어독문학과 및 동 대학원을 졸업하고 미국 UCLA에서 박사 학위를 받았다. 박사 학위 논문은『헤르만 헤세의 전 작품을 관통하는 봉사 이념』이다. 강릉대학교 교수, 삼성디자인연구원 교수를 지냈고, 현재는 순천향대학교 연극무용학과 겸임 교수이다. 한국헤세학회 회장을 역임했다. 저서로『신화 속 인생, 인생 속 신화』,『신화와 대중문화』,『게임 소재론 II』,『신화와 사랑』(공저),『가면과 욕망』(공저),『통일 이후 독일의 문화 통합 과정』(공저),『멀티미디어 시대 학문의 소통을 위하여』(공저),『전설의 스토리텔러 토마스 만』(공저)이 있고, 역서로는『유리알 유희』가 있다.

을유세계문학전집 65
데미안

발행일 · 2013년 8월 25일 초판 1쇄 | 2024년 4월 10일 초판 7쇄
지은이 · 헤르만 헤세 | 옮긴이 · 이영임
펴낸이 · 정무영, 정상준 | 펴낸곳 · (주)을유문화사
창립일 · 1945년 12월 1일 | 주소 · 서울시 마포구 서교동 469-48
전화 · 02-733-8153 | FAX · 02-732-9154 | 홈페이지 · www.eulyoo.co.kr
ISBN 978-89-324-0397-7 04850 978-89-324-0330-4(세트)

차례

내 안에서 저절로 우러나오려는 것,
난 그것을 살아 보려 했을 뿐이다.
그게 왜 그리 힘들었을까?

　내 이야기를 하려면, 한참 거슬러 올라가야 한다. 가능하다면 아주 오래전 내 유년 시절의 맨 처음까지, 그리고 더 멀리 내 근원까지 거슬러 올라가야 하리라.

　작가들은 소설을 쓸 때 자기가 무슨 신이라도 되는 양, 어떤 사람의 인생을 훤히 내려다보고 완전히 파악해, 신이 직접 이야기하는 것처럼 애매한 구석 하나 없이 어디서나 본질을 드러내 묘사할 수 있는 듯 행동한다. 나는 그럴 능력이 없다. 어떤 작가도 그렇게는 할 수 없듯이. 하지만 나에게 있어 내 이야기는 여느 작가에게 그의 작품이 중요한 것 이상으로 중요하다. 이는 나 자신의 이야기요 한 인간의 이야기이기 때문이다. 즉 소설가가 지어낸 인물, 있을 법한 인물, 이상적인 인물, 어떻든 실재하지 않는 인물의 이야기가 아니라, 실제로 존재하는, 단 한 번뿐인, 살아 있는 인간의 이야기란 말이다. 실제로 살아 있는 인간이라는 것이 무엇인지 오늘날은 도대체 그 어느 때보다 더 알 수 없게 되어 버렸다. 그 하나하나가 모두, 단 한 번뿐인 자연의 귀한 시도인 사람들을 무더기로 쏘아 죽이기도 하니 말이다. 우리가 이제 더 이상 단 한 번뿐인 사람이 아니라면, 총알 하나로 세상에서 완전히 없애 버릴 수 있는 존재라면, 이야기를 쓴다는 것도 더 이상 아무 의미 없으리라. 그러나 사람은 저마다 그 자신일 뿐만 아니라, 단 한 번뿐이고 아주 특별한, 그 어떤 경우에도 중요하고 주목할 만한, 이 세상의 여러 현상들이 단 한 번, 반복되는 일 없이, 거기서 그렇게 교차하는 하나의 점(點)이기도 하다. 그래서 한 사람 한 사람의 이야기가 중요하고, 영원하고, 신성한 것이다. 때문에 어떻게든 살아가며 자연의 의지를 실현해 가고 있는 한, 한 사람 한 사람은 경이롭고 충분히 주목받을 만한 가치가 있는 것이다. 누구 안에서든 정신이 형체가 되고, 누구 안에서든 피조물이 고통받고 있으며, 누구 안에서든 구세주가 십자가에 매달린다.

오늘날 인간이 무엇인지를 아는 사람은 별로 없다. 많은 사람이 그것을 느끼기는 하고, 그로 인해 죽는 것이 좀 수월해진다. 내가 이 이야기를 다 쓰고 나면 좀 수월하게 죽게 될 것처럼.

나 자신을 뭘 아는 자라고 부르지는 못하겠다. 나는 끊임없이 무언가를 찾는 구도자였고, 지금도 여전히 그렇다. 하지만 이제 더 이상 별을 올려다보거나 책을 들춰 가며 찾지는 않는다. 나는 내 몸속의 피가 흐르며 내는 소리의 가르침을 듣기 시작했다. 내 이야기는 편치 않고, 지어낸 이야기들처럼 달콤하거나 조화롭지 않다. 불합리와 혼란, 광기와 꿈의 맛이 난다. 더 이상 자신을 속이지 않으려는 사람들의 삶이 그렇듯.

인생은 모두 자기 자신에게 이르는 길이다. 길의 시도, 오솔길에의 암시이다. 일찍이 어느 누구도 완전히 그 자신이었던 적은 없다. 그럼에도 불구하고 누구나 그렇게 되고자 애쓴다. 어떤 사람은 희미하게, 어떤 사람은 좀 더 명료하게, 각자 능력껏. 누구나 출생의 찌꺼기들을, 태고의 점액과 알껍데기들을 죽을 때까지 달고 다닌다. 그중 일부는 결코 인간이 되지 못하고 개구리에 그치거나, 도마뱀에 그치거나, 개미에 그치고 만다. 그리고 더러 상체는 인간인데 하체는 물고기로 남기도 한다. 하지만 모두가 인간이 되라고 자연이 던진 생명이다. 모두 유래가 같고, 어머니들이 같으며, 우리 모두 같은 심연에서 나온다. 하지만 똑같이 심연으로부터의 시도이고 투척이라 해도 각자 자신의 목적을 향해 노력해 나아간다. 우리는 서로 이해할 수는 있다. 그러나 누구나 자기 자신만을 풀이할 수 있을 뿐이다.

제1장 두 세계

열 살 때 고향 소도시의 라틴어 학교에 다니던 시절의 체험으로 내 이야기를 시작하려 한다.

추억의 짙은 향기가 밀려와 안에서부터 아픔과 아늑한 전율로 마음을 흔든다. 어두운 골목과 환한 집들, 탑들, 시계 치는 소리와 사람들 얼굴, 편안하고 따스한 안락함이 가득한 방들, 비밀과 유령의 공포로 가득한 방들. 따뜻한 비좁음의 냄새, 토끼와 하녀들의 냄새, 집에서 약 달이는 냄새와 마른 과일 향이 난다. 그곳에는 두 세계가 뒤섞여 있었다. 밤과 낮이 두 극(極)으로부터 나왔다.

한 세계는 아버지의 집이었다. 그러나 이 세계는 더 좁아서, 그 안에는 부모님밖에 살지 않았다. 나도 대부분 잘 알고 있는 이 세계는 아버지와 어머니, 사랑과 엄격함, 모범과 학교라는 이름으로 불렸다. 은은한 광채, 맑음, 깨끗함이 이 세계에 속했고, 거기엔 부드럽고 다정한 말들, 깨끗이 씻은 손, 깔끔한 옷, 훌륭한 예절이 깃들어 있었다. 아침엔 찬송가가 불렸고, 성탄절엔 의식이 치러졌다. 이 세계에는 미래로 통하는 곧은 선들과 길들이 있었고, 의무와 책임, 양심의 가책과 고해, 용서와 선의, 사랑과 존경, 성경 말씀과 지혜가 있었다. 삶이 맑고 정결하고 아름답고 정돈되어 있으려면

이 세계 쪽에 서야 했다.

한편 또 하나의 세계가 바로 우리 집 한복판에서 이미 시작되고 있었는데, 그것은 전혀 다른 세상이었다. 냄새도 다르고, 말도 다르고, 약속하고 요구하는 것도 달랐다. 이 두 번째 세계에는 하녀들과 직공들이 있었고, 유령 이야기와 추한 소문들이 있었다. 거기엔 섬뜩하고 유혹적인, 무시무시하고 수수께끼 같은 일들이 넘쳐 났다. 도살장과 감옥, 주정뱅이들과 악쓰는 여자들, 새끼 낳는 암소들, 쓰러진 말들이 있었으며, 강도, 살인, 자살에 대한 이야기들이 돌았다. 아름답고도 무시무시한, 거칠고도 잔인한 이런 모든 일들이 사방에서, 바로 옆 골목에서, 바로 옆집에서 일어났고, 경찰과 불량배들이 돌아다녔다. 주정뱅이들이 아내를 팼고, 저녁이면 젊은 여자들이 무리 지어 공장에서 쏟아져 나왔다. 늙은 여자들은 누군가에게 주술을 걸어 병에 걸리게 할 수 있었고, 숲에는 도둑들이 살았으며, 방화범들이 경관에게 잡히기도 했다. 이 격렬한 두 번째 세계가 어디서나 넘쳐 나고 냄새를 풍겼다. 어머니와 아버지가 계시는 우리 집만 빼곤 어디에서나. 그리고 참 좋았다. 여기 우리 집에는 평화와 질서, 안정이 있다는 것, 의무와 양심, 용서와 사랑이 있다는 사실이 경이로웠다. 그리고 그 모든 다른 것들, 소란스럽고 요란한 것들, 음침하고 폭력적인 것들로부터 한 발짝 펄쩍 뛰면 어머니에게로 도망칠 수 있다는 사실이 놀라웠다.

그런데 무엇보다 이상했던 것은 그 두 세계가 얼마나 서로 경계를 맞대고 있는가, 얼마나 가까이 붙어 있었던가 하는 점이다! 예를 들어 우리 집 가정부 리나는 저녁 예배를 드릴 때 거실 문 옆에 앉아 깨끗이 씻은 두 손을 말끔히 편 앞치마 위에 올려놓고 밝은 목소리로 함께 노래 불렀는데, 그럴 때의 그녀는 아버지와 어머니에게, 우리들에게, 밝음과 올바름에 속했다. 그런 다음 바로

부엌이나 장작을 쌓아 둔 헛간에서 내게 머리 없는 난쟁이 얘기를 해 주거나 푸줏간의 좁은 가게 안에서 이웃집 여자들과 싸울 때면 그녀는 다른 사람이었고, 다른 세계에 속했으며, 비밀에 싸여 있었다. 그런데 모든 것이 그랬고, 무엇보다 나 자신이 가장 심하게 그랬다. 물론 나는 밝고 올바른 세계에 속해 있었으며, 내 부모님의 자식이었다. 하지만 내 눈과 귀가 닿는 곳 어디에나 다른 것이 있었다. 나는 그 다른 것 속에서도 살고 있었다. 비록 그것이 내게 종종 낯설고 무서운 일로, 거기서는 자주 양심의 가책과 불안을 느꼈다 해도 말이다. 심지어 이따금씩 내가 가장 살고 싶었던 곳은 금지된 세계 안이었다. 그리고 종종 밝은 세계로의 귀환은 ─ 그것이 제아무리 피치 못할 일이고, 제아무리 좋은 일이라 할지라도 ─ 덜 아름다운 것, 더 지루한 것, 더 무미건조한 것으로 돌아가는 것 같았다. 내 인생의 목표가 부모님처럼 되는 것임을, 그렇게 밝고 정갈하며 그렇게 우월하고 단정하게 되는 것임을 나도 알고는 있었다. 그러나 거기까지는 길이 멀었다. 거기까지 가려면 학교를 견뎌 내야 하고, 대학을 다녀야 하고, 온갖 시험들을 치러야 했다. 그러고도 길은 계속 또 다른 더 어두운 세계 옆을 지나거나 그 한가운데를 뚫고 지나가게 되어 있어서, 그 어두운 세계에 머무르고 그 속으로 가라앉는 것도 전혀 불가능한 일은 아니었다. 그렇게 되어 버린 탕아에 대한 이야기들을 나는 열정을 가지고 읽었다. 그 이야기들에서 아버지에게로 그리고 선한 세계로의 귀환은 늘 마음 놓이는 훌륭한 일이었고, 나는 전적으로 그것만이 옳고 선하며 바람직한 것이라고 느꼈다. 그럼에도 불구하고 악당들과 탕아들이 나오는 대목이 훨씬 더 내 마음을 끌었다. 이런 말을 하고 고백해도 된다면, 실은 이따금씩 탕아가 참회를 하고 다시 받아들여지는 것이 정말 유감스러웠다. 하지만 그런 말은 입 밖에 내지 않았고, 그런 생각도 하지 않았다. 그것은 그저 막연히 어떤 예감이나 가능성으로 감정의 저 밑바닥에 깔려 있었다. 악마를 상상할 때면, 나는 그것이 변장을 하고 있든 본모습을 드러내고 있든, 저 아래 길거리나 가설 시장 혹은 술집에 있는 모습으로 생생하게 떠올릴 수 있었다. 그러나 우리 집에 있을 거라고는 상상도 할 수 없었다.

내 누이들도 마찬가지로 밝은 세계에 속해 있었다. 내가 보기에 그들은 본질적으로 나보다 훨씬 더 아버지 어머니에게 가까웠다. 나보다 더 착하고, 더 도덕적이고, 더 건전했다. 그들도 결점과 나쁜 버릇들을 가지고 있었지만, 내가 보기엔 그리 심각하지 않았고, 어두운 세계에 훨씬 더 가까이 있어 악과의 접촉으로 자주 힘들고 괴로웠던 나와는 달랐다. 누이들은 부모님처럼 아낌 받고 존중받을 만했다. 누이들과 다투었을 때도 시간이 흘러 스스로 양심에 비춰 보면 나쁜 쪽은 늘 나였고, 싸움의 원흉으로서 용서를 빌어야 하는 것도 나였다. 왜냐하면 누이들을 모욕하는 것은 부모님을, 선함과 도덕을 모욕하는 일이었기 때문이다. 내게는 누이들보다는 오히려 가장 못된 뒷골목 부랑아와 나눌 수 있는 비밀들이 있었다. 날씨도 좋고 양심에 거리낄 것도 없는 기분 좋은 날에 누이들과 노는 것, 착하고 훌륭하게 그들과 함께 지내는 것, 바르고 고귀한 겉모습의 자신을 보는 것은 참 좋았다. 천사가 아마 그런 모습이었으리라! 천사가 된다는 건, 우리가 알던 일 중에 최고의 것이었다. 천사가 되는 걸 우리는 달콤하고 경이로운 일로, 마치 크리스마스나 행복할 때처럼 밝은 음향과 향기에 둘러싸인 것으로 생각했다. 오, 그런 시간과 날들은 얼마나 드물었던가! 나는 우리에게 허용된 악의 없는 놀이를 하며 놀다가도 종종 몹시 격해졌고, 그것이 누이들에게는 너무 심하다고 느껴져 싸움과 소동으로 이어지곤 했다. 나는 화가 치밀면 난폭해져서 닥치는 대로 말하고 행동했는데, 내뱉는 순간 스스로도 그 극악무도함이 뼛속 깊이 느껴지는 폭언을 해 대곤 했다. 그러고 나면 참담하고 어두운 후회와 뉘우침의 시간이 왔다. 그다음엔 용서를 빌어야 하는 고통스러운 순간이 찾아왔고, 그런 후에야 다시 밝은 빛줄기가, 갈등 없는 조용하고 고마운 행복이 몇 시간 혹은 짧은 순간 돌아오곤 했다.

나는 라틴어 학교에 다니고 있었다. 시장 아들과 수석 삼림관 아들이 같은 반이어서 이따금 우리 집에 놀러 오곤 했는데, 난폭하긴 했지만 그래도 허용된 선한 세계에 속한 애들이었다. 그럼에도 나는 평소 우리가 깔보는 공립 학교에 다니는 이웃 아이들과도 가깝게 지내고 있었다. 그들 중 한 명으로 내 이야기를 시작해야겠다.

수업이 없는 어느 오후 — 열 살이 막 지났을 때였다 — 나는 이웃집 애들 두 명과 근처를 이리저리 돌아다니고 있었다. 그때 더 큰 애가 하나 다가왔다. 열세 살쯤 된 힘세고 상스러운 애였는데, 공립 학교 학생으로 재단사의 아들이었다. 그 애 아버지는 술주정뱅이였고, 가족 모두 평판이 좋지 않았다. 프란츠 크로머는 나도 잘 알고 있었는데, 나는 그 애가 무서웠다. 그때 그를 마주친 게 나로선 달갑지 않았다. 그 애는 벌써 어른 티를 내며, 젊은 직공들의 걸음걸이와 말투를 흉내 내고 있었다. 우리는 그 애를 따라 다리 옆으로 해서 강가로 내려갔다. 그러고는 첫 번째 교각 아래의 사람들 눈에 잘 띄지 않는 곳으로 갔다. 아치형 교각과 천천히 흐르는 강물 사이에 있는 좁다란 강변에는 쓰레기, 유리 조각, 잡동사니가 온통 널려 있었고, 녹슨 철사 줄이며 온갖 허접쓰레기들이 여기저기 엉켜 있었다. 거기서 사람들은 가끔 쓸 만한 것을 발견

할 수도 있었다. 우리는 프란츠 크로머의 지휘를 받으며 그 주변을 뒤져서 찾아낸 것들을 그 애에게 보여 주어야 했다. 그러면 그 애는 그것을 제 주머니에 집어넣든가 물속으로 던져 버리든가 했다. 그 애는 우리에게 특히 납이나 구리 혹은 주석으로 된 물건이 있는지 잘 살피라고 했고, 그런 것들은 모두 자기가 챙겨 넣었다. 그 애는 뿔로 만든 낡은 빗도 하나 챙겼다. 그와 함께 있는 내내 나는 마음이 조마조마했다. 아버지가 아신다면 내게 이런 교제를 금하시리라는 것을 알아서가 아니라, 프란츠 크로머가 두려웠기 때문이다. 그 애가 나를 받아들여 다른 애들과 똑같이 대하는 것은 기뻤다. 내가 그 애와 어울리는 일은 이번이 처음인데도, 마치 오래전부터 그렇게 해 온 것처럼 그 애는 명령하고 우리는 복종했다.

마침내 우리는 땅바닥에 앉았다. 프란츠가 물속에다 침을 뱉었는데, 흡사 어른 같았다. 잇새로 침을 찍 뿜어 원하는 대로 어디든지 맞혔다. 이야기가 시작되었다. 아이들은 또래 학생들이 저지를 수 있는 온갖 허풍과 나쁜 짓들을 자랑삼아 떠들어 댔다. 나는 잠자코 있었는데, 그 침묵이 눈에 띄어 크로머의 분노를 사게 되지 않을까 두려웠다. 두 친구는 처음부터 내게서 떨어져 나가 크로머에게 붙었고, 나는 그들 사이에서 이방인이었다. 그 애들에게는 내 옷차림이나 태도가 거슬린다는 걸 느끼고 있었다. 라틴어 학교 학생인 데다 좋은 집안 아들인 나를 프란츠 크로머가 좋아할 리 없었고, 다른 두 아이는, 무슨 일이 벌어져 내가 곤경에 빠져도 모르는 척하리라는 걸 나는 잘 알고 있었다.

순전히 겁이 나서, 마침내 나도 이야기를 시작했다. 대담한 도둑 이야기를 꾸며 냈는데, 나를 그 주인공으로 만들었다. 길모퉁이 물방앗간집 과수원에서 어느 날 밤 친구 하나와 사과를 한 자루 가득 훔쳤는데, 그것도 보통 사과가 아니라 라이네테나 골트파르메

네 같은 최고급 품종이었노라고 했다. 순간의 위험을 모면하기 위해서 나는 그 이야기로 피신해 들어간 것이었다. 이야기를 꾸며 내어 들려주는 것은 나로서는 능숙한 일이었다. 다만 이야기가 너무 빨리 끝나서 더 난처한 일에 말려들지 않도록 나는 온갖 기교를 발휘했다. 한 명이 나무 위로 올라가 사과를 아래로 던지는 동안 다른 한 명은 밑에서 계속 망을 보아야 했다고, 나는 말했다. 그리고 자루가 얼마나 무거웠던지 마침내 우리는 그것을 다시 풀어서 반을 덜어 내야 했다고, 그러나 반 시간 뒤에 다시 가서 그것도 마저 가져왔노라고 했다.

이야기를 끝냈을 때, 나는 약간의 박수를 기대했다. 마지막에 가서는 열이 올라, 꾸며 내면서 스스로 이야기에 취했던 것이다. 작은 애 둘은 멀뚱하니 말이 없었고, 프란츠 크로머는 눈을 가느스름하게 뜨고 노려보며 위협적인 목소리로 물었다.

"그거 진짜야?"

"물론이지."

내가 말했다.

"정말로 그런 짓을 했단 말이지?"

"그래, 정말로 했어."

단호하게 말했지만, 속으로는 겁이 나서 숨이 막힐 지경이었다.

"맹세할 수 있어?"

난 깜짝 놀랐지만, 즉시 그렇다고 했다.

"그럼 맹세해! 하느님의 이름으로!"

"하느님의 이름으로!"

나는 말했다.

"그렇단 말이지."

그러더니 그는 몸을 돌렸다.

나는 그것으로 잘 끝났다고 생각했고, 그 애가 곧바로 일어나서 돌아가자고 했을 때 기뻤다. 다리 위에 이르자 나는 머뭇거리며 이제 집에 가야 한다고 말했다.

"그렇게 서두를 것 없어."

프란츠가 웃었다.

"우린 가는 길이 같잖아."

그 애는 천천히 어슬렁거리며 계속 걸어갔고, 나는 감히 도망치지 못했다. 그런데 그 애는 정말 우리 집 쪽으로 가고 있었다. 우리가 거의 다 와서, 우리 집 대문과 묵직한 구리 손잡이, 햇빛이 반사된 창문, 어머니 방의 커튼이 보이는 곳에 이르렀을 때 나는 깊은 안도의 한숨을 내쉬었다. 드디어 집으로 돌아왔구나! 오, 집으로, 밝고 평화로운 세계로 돌아오는 게 이렇듯 좋고 복된 것이로구나!

내가 얼른 문을 열고 안으로 살짝 빠져 들어가 등 뒤로 문을 닫으려는 순간 프란츠 크로머가 함께 문을 밀며 들어섰다. 안마당 쪽에서만 빛이 들어오는 서늘하고 어둑한 타일 깔린 복도에서 그 애는 내 옆에 서서 팔을 꽉 잡고 나직이 말했다.

"그렇게 서두르지 말라니까, 너!"

나는 깜짝 놀라서 그 애를 쳐다보았다. 내 팔을 잡은 그 애 손이 무쇠처럼 단단했다. 나는 생각해 보았다. 얘가 도대체 무슨 생각을 하는 거지, 나를 괴롭히겠다는 건가. 지금 내가 소리를 지르면, 큰 소리로 외치면 위에서 누군가 나를 구하러 제때 달려 나올 수 있을까? 그러나 나는 포기했다.

"뭐지? 어쩌겠다는 거야?"

내가 물었다.

"별거 아냐. 그냥 너한테 뭘 좀 더 물어봐야겠어. 다른 사람들은 들을 필요 없는 거야."

"그래? 나보고 무얼 더 말하라는 거야? 난 들어가 봐야 돼, 알잖아."

"너도 알고 있겠지."

프란츠가 나직이 말했다.

"길모퉁이 물방앗간 옆 과수원이 누구네 건지?"

"아니, 난 몰라. 물방앗간 주인 거겠지."

프란츠가 한쪽 팔을 내 어깨에 두르더니 나를 자기 쪽으로 바싹 끌어당겼다. 그 바람에 바로 코앞에서 그 애 얼굴을 보아야만 했다. 두 눈은 사악했고, 음흉하게 웃고 있었는데, 얼굴에는 잔인함과 힘이 넘쳤다.

"그래, 그럼 그 과수원이 누구네 건지 내가 말해 주지. 난 그 집에서 사과를 도둑맞았다는 걸 오래전부터 알고 있었어. 그리고 과일을 누가 훔쳐 갔는지 알려 주는 사람한테는 주인이 2마르크를 주겠다고 한 것도 알고 있어."

"맙소사!"

나는 외쳤다.

"하지만 너 그 사람에게 아무 말 안 할 거지?"

나는 그 애의 명예심에 호소하는 게 아무 소용 없다는 걸 느꼈다. 그 애는 다른 세계 사람이었고, 그에게 배신은 범죄가 아니었다. 나는 그걸 분명히 느꼈다. 이런 문제에 있어 '다른' 세계에서 온 사람들은 우리와는 달랐다.

"아무 말 안 해?"

크로머가 웃었다.

"이봐, 넌 내가 2마르크 동전을 찍어 낼 수 있는 화폐 위조범이라도 된다고 생각해? 난 가난뱅이야. 너처럼 부자 아버지를 두지도 못했어. 그러니 2마르크를 벌 수 있다면, 벌어야 해. 어쩌면 그 주인은 돈을 더 줄지도 몰라."

그 애가 갑자기 나를 다시 놓았다. 우리 집 현관에선 더 이상 평화와 안전의 향기를 맡을 수 없었다. 나를 감싸고 있던 세계가 무너져 내렸다. 그 애는 내가 범인이었다고 신고할 것이고, 사람들은 아버지에게 그것을 말하겠지. 어쩌면 경찰까지 올 거야. 혼돈의 공포가 나를 위협했다. 모든 추하고 위험한 것이 나를 향해 일어서고 있었다. 내가 도둑질을 하지 않았다는 사실은 이제 문제가 되지 않았다. 나는 맹세까지 하지 않았던가. 세상에, 맙소사!

눈물이 핑 돌았다. 그 애에게 몸값을 치르고 벗어나야 되겠다고 느끼자 난 절망적으로 호주머니를 다 뒤졌다. 사과 한 개, 주머니칼 하나, 가지고 있는 것이라곤 아무것도 없었다. 그때 문득 시계 생각이 났다. 낡은 은시계였는데, 고장이 나서 가지는 않았지만, '그냥 그렇게' 차고 다니기만 했던 것으로, 할머니가 물려주신 거였다. 나는 얼른 그것을 꺼냈다.

"크로머."

내가 말했다.

"들어 봐. 나를 고발하면 안 돼, 그건 너한테도 좋을 게 없어. 내 시계를 줄게. 자, 봐. 정말 이것밖에 가진 게 없어서 그래. 너 가져. 은으로 된 거야. 내부 기계가 좋아, 그런데 약간 고장이 나서 고쳐야 해."

그 애는 미소를 띠며 시계를 제 커다란 손에 받아 쥐었다. 나는 그 손을 보며, 그것이 얼마나 우악스럽고 내게 깊은 적개심에 차 있는지, 그것이 어떻게 내 삶과 평화를 움켜잡으러 뻗어 오고 있는지 느꼈다.

"이거 은으로 된 거야."

내가 머뭇거리며 말했다.

"은이고, 고물 시계고 난 관심 없어!"

그 애는 깊은 경멸을 드러내며 말했다.

"너나 고쳐 써라!"

"하지만 프란츠."

나는 그 애가 가 버리지나 않을까 두려움에 떨며 외쳤다.

"잠깐 기다려 봐! 이 시계 받아! 이거 정말 은으로 된 거야, 진짜야. 난 이것밖엔 가진 게 없어."

그 애는 싸늘하게 경멸하는 듯이 나를 바라보았다.

"그러니까 내가 누구한테 가는지 알긴 아는군. 아니면 난 이걸 경찰에 가서 말할 수도 있어. 순경을 잘 아니까."

그가 가려고 몸을 돌렸다. 나는 그 애의 소매를 붙잡았다. 그렇게 되어선 안 되었다. 그 애가 그렇게 가 버리고 닥쳐올 모든 일을 겪으니 차라리 죽는 게 훨씬 나을 것 같았다.

"프란츠."

난 흥분해서 목쉰 소리로 애원했다.

"바보 같은 짓 하지 마! 맞지, 그냥 장난으로 그러는 거지?"

"그래, 장난이야, 하지만 넌 비싼 대가를 치러야 할 거야."

"말해 봐, 프란츠, 내가 어떻게 하면 되는지! 뭐든지 할게!"

그 애는 눈을 가늘게 뜨고 나를 유심히 살피더니 다시 웃었다.

"바보같이 굴지 마!"

그 애가 선심이라도 쓰듯 말했다.

"너도 나만큼이나 잘 알잖아. 나는 2마르크를 벌 수 있어. 그리고 나는 그런 돈을 던져 버릴 만큼 부자가 아니야, 그건 너도 알지. 하지만 넌 부자야. 시계도 갖고 있잖아. 넌 나한테 2마르크만 주면 돼. 그럼 끝이지."

나는 그 논리가 뭔지 이해했다. 하지만 2마르크라니! 그건 내게

10마르크나 백 마르크, 천 마르크나 마찬가지로 닿을 수 없는 큰 돈이었다. 나는 돈이 없었다. 어머니에게 맡겨 둔 저금통이 있긴 했다. 거기엔 아저씨가 오신다거나 그럴 때 받은 10페니히짜리나 5페니히짜리 동전들이 몇 개 들어 있었다. 그 밖에는 아무것도 없었다. 그 나이에는 용돈을 받지 않으니까.

"난 가진 게 아무것도 없어."

나는 슬프게 말했다.

"돈이 전혀 없어. 하지만 다른 건 뭐든지 줄게. 인디언 책과 장난감 병정들, 나침반도 있어. 그걸 가져다줄게."

크로머가 그 뻔뻔하고 심술궂은 입을 약간 씰룩거리더니 바닥에 침을 탁 뱉었다.

"헛소리 마!"

그 애가 명령조로 말했다.

"네 잡동사니들은 너나 가져. 나침반이라고! 날 더 이상 화나게 하지 마. 잘 들어. 돈을 가져와!"

"하지만 난 없어, 돈을 받지 않는걸. 어쩔 도리가 없어!"

"너 내일 나한테 2마르크를 가져오는 거다. 학교 끝나고 저 아래 시장에서 기다릴게. 그럼 되는 거야. 돈을 안 가져오면, 그땐 알지!"

"그래, 하지만 어디서 돈을 가지고 오란 말이야? 하느님 맙소사, 난 돈이 없는데."

"너희 집엔 돈이 많잖아. 그다음은 네가 알아서 할 일이고. 그럼 내일 학교 끝나고다. 말해 두지만, 너 가져오지 않으면……."

그 애는 무서운 시선으로 내 눈을 한 번 째려보고, 다시 한 번 침을 뱉더니, 그림자처럼 사라져 버렸다.

나는 위층으로 올라갈 수가 없었다. 내 삶이 완전히 망가져 버린 것이었다. 그대로 도망쳐 다시는 돌아오지 않거나, 물에 빠져 죽어 버릴까도 생각했다. 하지만 그건 그저 막연한 생각에 불과했다. 나는 어둠 속에서 현관 맨 아래 계단에 앉아 잔뜩 웅크린 채 불행에 나를 내맡겼다. 리나가 장작을 가지러 광주리를 들고 내려오다가 내가 거기서 울고 있는 걸 보았다.

나는 그녀에게 위에 가서는 아무 말도 하지 말라고 부탁하고는 올라갔다. 유리문 옆 옷걸이에 아버지의 모자와 어머니의 양산이 걸려 있었다. 그 물건들을 보니 우리 집 분위기와 다정함이 내게로 밀려들었다. 돌아온 탕아가 그리워하던 고향 집의 방을 보고 그 향기를 다시 맡을 때처럼 내 마음은 애틋함과 감사함으로 그것들을 반겼다. 그러나 그 모든 것은 이제 더 이상 내게 속하지 않았다. 그 모든 것은 아버지와 어머니의 밝은 세계였고, 나는 이제 죄를 잔뜩 진 채 낯선 물결 속에 깊이 잠겨 있었다. 모험과 죄악에 얽혀 들어 적의 위협을 받고 있었고, 위험, 불안, 치욕이 기다리고 있었다. 모자와 양산, 질 좋은 사암이 깔린 오래된 바닥, 장식장 위에 걸린 커다란 그림, 안쪽 거실에서 들려오는 누나의 목소리, 모든 것이 그 어느 때보다 더 사랑스럽고, 다정하고, 소중했다. 하지만 그것들은 이제 더 이상 위안이 되지 못했고, 확실한 내 것도 아니었다. 온통 비난일 뿐이었다. 그 모든 것은 더 이상 내 것이 아니었으며, 나는 그러한 명랑함과 고요함에 더 이상 끼어들 수 없었다. 나는 내 발에 더러움을 묻혀 왔고, 그것은 깔개에 문질러 털어 버릴 수 있는 것이 아니었다. 고향의 세계가 알지 못하는 그림자를 내가 끌고 들어온 것이었다. 이제까지 나는 얼마나 많은 비밀들을 가졌던가, 얼마나 많은 두려움을 느꼈던가. 그러나 내가 오늘 집으로 끌고 들어온 것에다 대면 그것들은 모두 놀이요 장난이었다. 운명이 내 뒤를 쫓고 있었다. 어머니가 알아서는 안 되는 손이, 그 앞에서는 어머니도 지켜 줄 수 없는 손이 나를 향해 뻗쳐 오고 있었다. 이제는 내 범행이 도둑질이었든 거짓말이었든 (나는 이미 하느님을 걸고 거짓 맹세를 하지 않았던가?) 매한가지였다. 내 죄는 이것인가 혹은 저것인가가 아니라, 바로 내가 악마에게 손을 내밀었다는 사실 그 자체였다. 왜 내가 그 애를 따라갔을까? 왜 나는 이제껏 아버지한테 했던 것 이상으로 크로머에게 순종했을까? 왜 나는 그따위 도둑질 이야기를 꾸며 냈을까? 그러곤 그 범행이 무슨 영웅적인 행위라도 되는 양 으스댔을까? 이제 악마가 내 손을 잡았고, 적이 내 뒤를 쫓고 있었다.

한순간 나는 더 이상 내일 일이 두려운 게 아니라, 무엇보다 내 길이 이제 점점 더 비탈 아래로 어둠 속으로 빠져들게 되리라는 끔찍한 확신 때문에 두려웠다. 나는 똑똑히 감지하고 있었다. 지금 이 잘못으로 인해 새로운 잘못을 줄줄이 저지를 게 틀림없다는 것을. 누이들 곁에 있고 부모님께 인사하고 키스하는 것이 거짓이 되리라는 것을. 마음속 깊이 운명과 비밀을 숨기고 살게 되리라는 것을.

아버지의 모자를 보고 있자니 한순간 어떤 신뢰와 희망이 마음속에서 번쩍하고 일었다. 아버지에게 모두 털어놓고, 아버지의 처분에 따라 벌을 받으면, 아버지를 내 비밀의 공유자이자 구원자로 만들 수 있지 않을까. 그건 그저 내가 그동안 자주 했던 참회의 하나에 불과할 텐데. 조금 힘들고 씁쓸한 시간이긴 해도, 잔뜩 후회하며 어렵게 용서를 구하는 일에 불과할 텐데 하는 생각이었다.

그런 생각이 얼마나 달콤하게 느껴졌던가! 얼마나 아름다운 유혹이었던가! 하지만 소용없었다. 나는 내가 그러지 않으리라는 것을 알고 있었다. 내가 이제 하나의 비밀을, 죄 하나를 지니고 있으며, 그것을 혼자서 감당해야 한다는 것을 알고 있었다. 어쩌면 나는 갈림길에 서 있는 것인지도 몰랐다. 어쩌면 나는 그 시각부터 영원히 나쁜 것에 속해, 나쁜 사람들과 비밀을 나누고, 그들에게 종속되고, 그들에게 복종하며, 그들과 같은 사람이 되어야 할지도 몰랐다. 나는 어른인 척 영웅인 척했고, 이제 그 결과를 감당해야 하는 것이었다.

내가 안으로 들어섰을 때, 아버지가 내 젖은 구두만 본 게 다행이다 싶었다. 그것에 관심이 쏠려 아버지는 더 나쁜 것은 알아차리지 못했다. 속으로 몰래 비난을 다른 일에 갖다 붙이며 나는 그냥 야단맞으며 서 있기만 하면 되었다. 그런데 순간 마음속에서 새롭고 묘한 감정이 불꽃처럼 확 일어났다. 못되고 가시 돋친 예리한 감정이었다. 내가 아버지보다 우월하다고 느꼈던 것이다! 한순간 난 아무것도 모르는 아버지에게 어떤 경멸감을 느꼈다. 장화가 젖었다고 나무라는 그의 야단이 하찮아 보였다. '만약 당신이 그걸 안다면!' 하고 난 생각했다. 흡사 살인죄를 고백할 판에 빵 한 조각 훔쳤다고 심문 받는 범죄자가 된 느낌이었다. 그것은 고약하고도 반항적인 감정이었다. 그러나 강렬했고, 깊은 매력을 지니고 있었다. 그 감정은 다른 어떤 생각보다 더 단단하게 내 비밀과 죄에 나를 묶어 버렸다. 나는 생각했다. 아마 지금쯤 저 크로머 자식은 경찰에 가서 내 이름을 댔을지도 몰라. 여기선 날 어린애로 보고 있지만, 내 머리 위로 지금 천둥 벼락이 몰려들고 있지!

지금까지 이야기한 모든 체험 중에서 가장 중요하고 잊지 못할 순간이었다. 그것은 아버지의 신성함에 새겨진 첫 칼자국이었다. 내 유년의 삶을 떠받치고 있는, 그리고 누구든 자기 자신이 되기 위해선 넘어뜨려야 하는 큰 기둥에 난 첫 번째 칼자국이었다. 우리들 운명의 내면적이고 본질적인 선(線)은 아무도 보지 못하는 이런 체험들로 이루어진다. 그런 칼자국과 균열은 점점 수가 늘어나고, 아물고, 잊혀 가지만, 우리 마음속 가장 비밀스러운 방에서는 여전히 살아남아 계속 피를 흘린다.

그 새로운 느낌에 곧 나 자신이 무서워졌다. 난 곧바로 엎드려 아버지 발에 키스라도 하며 사죄하고 싶었다. 그러나 누구도 본질적인 것을 사죄할 수는 없는 법이다. 그런 것은 어린아이도 어느 현자 못지않게 깊이 느끼고 안다.

나는 내 일에 대해 곰곰이 생각해 보고, 내일 어찌해야 할지 방법을 궁리해야 할 필요성을 느꼈다. 하지만 그렇게 하지 못했다. 저녁 내내 우리 집 거실의 달라진 분위기에 익숙해지느라 무진 애를 써야 했다. 벽시계와 테이블, 성경 책과 거울, 서가와 벽에 걸린 그림들이 마치 나에게 이별을 고하고 있는 듯했다. 나의 세계가, 행복하고 아름다운 내 삶이 과거가 되어 나에게서 멀어져 가는 것을 나는 얼어붙는 것 같은 가슴으로 바라보고 있어야 했다. 그리고 내가 저 바깥의 어둠과 낯선 것 속에 흡입력 있는 새 뿌리를 내리고 얼마나 단단히 박혀 있는지 느껴야 했다. 처음으로 나는 죽음을 맛보았다. 쓰디쓴 맛이었다. 왜냐하면 죽음은 탄생이니까, 무시무시한 새로운 것 앞에서의 불안과 두려움이니까.

마침내 침대에 누웠을 때 난 기뻤다! 그전에 마지막 정죄의 불로 저녁 기도가 내게 내려졌다. 게다가 우리는 내가 제일 좋아하는 노래도 불렀다. 아, 나는 함께 부르지 못했다. 음 하나하나가 나에게는 쓸개즙이고 독약이었다. 아버지가 축복의 말을 했을 때, 나는 함께 기도하지 않았다. 그리고 아버지가 "저희 모두와 함께하소서!" 하며 기도를 마쳤을 때, 그 순간 흠칫하는 떨림이 나를 단번에 그 무리에서 몰아냈다. 하느님의 은총이 그들 모두와 함께했지만, 그러나 이제 더 이상 나와 함께하지는 않았다. 춥고 몹시 지쳐서 나는 그 자리를 떠났다.

침대에 누워 있으니 따뜻함과 포근함이 아늑하게 나를 감쌌지만, 내 마음은 다시 한 번 두려움 속을 헤매며 지나간 일 주변을 불안하게 맴돌았다. 어머니는 나에게 언제나처럼 잘 자라는 인사를 해 주었다. 방에는 아직 어머니의 발소리가 남아 있고, 문틈으로는 어머니가 들고 있는 촛불 빛이 새어 들고 있었다. 나는 생각했다. 지금, 지금 어머니가 다시 한 번 와 주시면 ─. 어머니는 뭔가 느끼신 것이다. 나에게 입맞춤을 하며 물어보시겠지. 자애롭게 희망을 안기며 물으실 거야. 그러면 나는 울 것이고, 목구멍에 걸려 있는 딱딱한 게 녹아 버릴 거야. 그러면 나는 어머니를 껴안고 다 말해 버리겠지. 그러면 잘 해결되는 건데, 그러면 구원인데! 문틈이 완전히 어두워지고 나서도 나는 여전히 한동안 귀를 기울이며 그래야만 한다고, 그렇게 되어야만 한다고 간절히 바라고 있었다.

그런 다음 다시 당면 문제로 돌아와 내 적의 눈을 들여다보았다. 그가 또렷하게 보였다. 한쪽 눈을 가늘게 뜨고 입가에 야비한 웃음을 짓고 있었다. 그리고 내가 그를 바라보며 피할 수 없는 것을 속으로 삼키고 있는 동안 그는 점점 더 크고 흉측해졌다. 그의 사악한 눈은 악마처럼 번뜩였다. 그러고는 내가 잠들 때까지 내 옆에 바짝 붙어 있었다. 그러나 잠들고 나서 꾼 꿈은 그에 대한 것도, 그날 있었던 일에 대한 것도 아니었다. 꿈에선 부모님과 누이들과 내가 배를 타고 가고 있었는데, 우리는 평화와 휴일의 눈부신 광채에 둘러싸여 있었다. 한밤중에 깨어났는데, 그때까지도 행복감의 여운이 가시지 않아, 누이들의 하얀 여름옷이 햇빛 속에 빛나며 아른거리는 듯했다. 그러다가 어느 순간 그 모든 낙원으로부터 현실로 추락해 다시 사악한 눈을 가진 적과 마주 서 있었다.

다음 날 아침, 어머니가 황급히 와서, 벌써 늦었는데 왜 아직도 누워 있느냐고 소리쳤을 때, 나는 안색이 좋지 않았다. 그리고 어디가 아프냐고 물었을 때, 나는 왈칵 토했다.

토하고 나니 조금 괜찮아진 것 같았다. 몸이 살짝 아픈 날 아침 내내 카밀레 차를 옆에 놓고 어머니가 옆방에서 청소하는 소리, 리나가 바깥 복도에서 고기를 가져온 푸줏간 사람과 이야기하는 소리를 들으며 누워 있는 걸 나는 참 좋아했다. 학교에 가지 않아도 되는 오전은 무언가 마법에 걸린 듯한, 동화적인 구석이 있었다. 그럴 때면 햇빛이 방 안으로 비쳐 들며 아른거렸는데, 그건 여느 때 학교에서 빛을 가리느라 초록색 커튼을 내리곤 하던 햇빛이 아니었다. 하지만 오늘은 그마저도 별 감흥이 없었고, 틀린 음조를 내고 있었다.

그래, 차라리 죽어 버리면 좋으련만! 하지만 가끔 그래 온 것처럼 나는 그냥 몸이 조금 아플 뿐이었고, 그것으로는 아무것도 해결되지 않았다. 그 정도는 학교에 가지 않을 핑계는 되었지만, 결코, 11시에 시장에서 기다리는 크로머로부터 나를 보호해 줄 수 없었다. 어머니의 다정함도 이번에는 위로가 되지 않았다. 그저 귀찮고 미안한 생각만 들었다. 나는 금방 다시 잠든 척하며 곰곰이 생각했다. 모든 게 소용없었다. 나는 11시 정각에 시장에 나타나야 했다. 그래서 10시에 자리에서 일어나 몸이 다시 나아졌다고 말했다. 그 말은, 그런 경우 늘 그렇듯이, 다시 자리에 가서 눕거나 아니면 오후에는 학교에 가야 한다는 뜻이었다. 나는 학교에 가겠다고 했다. 계획을 하나 세워 두었던 것이다.

돈을 안 가지고 크로머에게 갈 수는 없었다. 내 작은 저금통을 손에 넣어야만 했다. 그 안에 충분한 돈이 들어 있지 않다는 건 나도 알고 있었다. 어림없었다. 하지만 그래도 얼마는 되고, 약간의 돈이라도 전혀 없는 것보다는 나으며, 적어도 크로머를 달래 주리라는 걸 직감으로 알았다.

양말 바람으로 살그머니 어머니 방에 들어가 책상에서 내 저금통을 꺼냈을 때는 기분이 나빴다. 하지만 어제 일들만큼 기분 나쁘지는 않았다. 심장이 너무 뛰어 숨이 막힐 것만 같았다. 아래로 내려와 계단참에서 살펴보고는 저금통이 잠겨 있다는 것을 알았을 때도 그 두근거림은 여전했다. 저금통을 여는 것은 아주 쉬웠다. 얇은 양철 격자를 뜯어내면 되었다. 하지만 구멍 난 자리를 보니 마음이 아팠다. 그로써 나는 도둑질을 한 것이었다. 그전까지는 그저 사탕이나 과일 같은 걸 몰래 꺼내 먹은 게 전부였다. 비록 내 돈이라곤 해도 지금 이건 훔친 돈이었다. 나는 내가 어떻게 다시 크로머와 그의 세계에 한 발짝 다가섰는지, 일이 얼마나 시시각각 내리막길로 치닫고 있는지 느꼈고, 거기 저항했다. 하지만 악마가 데려간다 해도, 이제 되돌아갈 길은 없었다. 나는 걱정스레 돈을 세어 보았다. 저금통 안에서는 그렇게 가득 찬 소리를 내더니, 손에 쥐고 보니 보잘것없이 적었다. 65페니히였다. 나는 저금통을 아래층 현관에 감춘 뒤 돈을 손에 꼭 쥐고 집을 나섰다. 지금까지 이 문을 지났던 그 어느 때와도 다른 모습으로. 위층에서 누군가 나를 불렀다. 아니, 그런 것만 같았다. 나는 얼른 그 자리를 벗어났다.

아직 시간이 많아서 나는 빙 둘러 가는 길로 들어섰다. 달라진 시내 골목길들을 지나, 처음 보는 구름의 풍경 아래로, 나를 지켜보고 있는 집들을 지나, 나를 의심하는 사람들 곁을 지나서 갔다. 가는 도중에 문득 학교 친구 하나가 언젠가 가축 시장에서 1탈러*를 주웠던 생각이 났다. 기적을 베푸셔서 나에게도 그런 횡재가 일어나게 해 달라고 하느님께 기도하고 싶었다. 하지만 나는 이제 기도할 자격이 없었다. 설령 있었다 한들 저금통이 다시 온전해지지는 않았으리라.

프란츠 크로머는 멀리서 나를 보고도 아주 천천히 다가왔다. 마치 내게는 신경도 쓰지 않는 듯했다. 내 쪽으로 가까이 온 그 애는 명령하듯 자기를 따라오라는 눈짓을 하고는, 한 번도 돌아보지 않고 느긋하게 걸어갔다. 그러곤 슈트로 거리를 따라 내려가 작은 다리를 건너 집들이 끝나는 지점에 있는, 공사 중인 어느 집 앞에서 멈춰 섰다. 거기는 작업을 하고 있지 않았다. 문도 창문도 없이 벽들이 휑하니 서 있었다. 크로머가 주위를 살피더니 안으로 들어갔고, 나도 뒤따라 들어갔다. 그 애는 벽 뒤로 가서 가까이 오라는 신호를 보내고는 손을 내밀었다.

"가지고 왔냐?"

그 애가 차갑게 물었다.

나는 주머니에서 꼭 쥐고 있던 손을 꺼내 그 애 손바닥 위에 돈을 쏟아 놓았다. 그 애는 마지막 5페니히짜리 동전의 찰그랑 소리가 가시기도 전에 벌써 돈을 다 세었다.

"65페니히로군" 하며 나를 바라보았다.

"그래."

내가 머뭇거리며 말했다.

"그게 내가 가진 전부야. 너무 적지. 나도 알아. 하지만 그게 다야. 더 이상은 한 푼도 없어."

"좀 더 똑똑한 줄 알았는데."

그 애는 거의 부드러운 어조로 나를 비난했다.

"명예를 아는 남자들 사이에 질서가 있어야지. 나는 너한테 부당한 걸 받는 게 아니야. 그건 너도 알잖아. 네 푼돈은 도로 받아, 자! 다른 사람은 ―누군지는 너도 알지 ―나한테 에누리를 하진 않아. 제값을 내지."

"하지만 난 정말 더 이상은 없어! 그건 내가 저금한 돈 전부야."

"그건 네 사정이고. 널 불행하게 만들 생각은 없어. 너는 나한테 아직 1마르크 35페니히 빚이 있는 거야. 언제 갚을 거지?"

"오, 반드시 줄게, 크로머! 지금은 모르겠어. 아마 곧 돈이 생길 거야, 내일이나 모레. 내가 이 일을 우리 아버지에게 말할 수 없다는 건 너도 알잖아."

"그건 내가 알 바 아니야. 난 널 괴롭힐 생각이 없어. 나는 내 돈을 오늘 오전 중에라도 가질 수 있어. 알겠어? 그리고 난 가난해. 넌 좋은 옷을 입고 있고, 뭐든 나보다 더 좋은 걸 먹겠지. 그러나 아무 말 않겠어. 내가 좀 더 기다려 주지. 모레 내가 휘파람을 불게, 오후에. 그땐 제대로 가져와야 돼. 내 휘파람 소리 알지?"

그 애는 내 앞에서 휘파람을 불어 보였다. 자주 듣던 소리였다.

"응, 알아."

내가 말했다.

그 애는 가 버렸다. 내가 자기와 아무 상관 없는 사람이라는 듯이. 그건 우리 사이에 거래였다. 그 이상 아무것도 아니었다.

오늘이라도, 어디선가 크로머의 휘파람 소리가 들린다면 나는 깜짝 놀라리라. 그때부터 나는 그 휘파람 소리를 자주 들었다. 지금도 내게는 그 소리가 계속 들리는 것 같다. 나를 예속시킨, 이제 내 운명이 되어 버린 그 휘파람 소리가 뚫고 들어오지 못할 장소는 없었고, 놀이도, 일도, 생각도 없었다. 단풍이 곱게 물든 온화한 가을날 오후, 나는 자주 내가 몹시 좋아했던 우리 집 작은 화단에 나와 있곤 했다. 그럴 때면 이상한 충동이 내가 더 어렸을 때 했던 소년들의 놀이를 다시 해 보게 만들었다. 그럴 때 나는 나보다 더 어린, 아직 착하고 자유롭고 순진하며 잘 보호받는 소년 역할을 하고 놀았다. 그러나 그 한가운데로, 늘 예상은 하지만 그럼에도 매번 사람을 깜짝 놀라게 하는 크로머의 휘파람 소리가 어디에선

가 갑자기 들려와 줄을 탁 끊고, 상상을 짓뭉개곤 했다. 그러면 나는 가야 했다. 나를 괴롭히는 자를 따라 어딘가 나쁘고 추한 곳으로 가야 했다. 그에게 변명을 늘어놓고, 돈 재촉을 받아야 했다. 그 모든 일이 아마 몇 주일쯤 계속되었을 것이다. 하지만 나에게는 그것이 수년, 아니 영원처럼 느껴졌다. 내게 돈이 있었던 적은 드물었다. 기껏해야 5페니히짜리나 10페니히짜리 한 개가 전부였는데, 리나가 장바구니를 부엌 식탁 위에 놔두면 거기서 훔친 것이었다. 매번 나는 크로머에게 욕을 먹었다. 내게 온갖 경멸이 퍼부어졌다. 그 애를 속이고, 그 애가 당연히 받아야 할 돈을 주지 않으려 하니, 나는 그 애 돈을 훔친 것이고, 그 애를 불행하게 만든 원흉이 리나! 살면서 괴로움이 그렇게 심장까지 차오른 적이 없었다. 그보다 큰 절망, 그보다 큰 예속도 느껴 보지 못했다.

저금통은 장난감 돈으로 채워 다시 제자리에 갖다 놓았는데, 거기에 대해선 아무도 묻지 않았다. 하지만 언제고 터질 수 있는 일이었다. 크로머의 거친 휘파람 소리 이상으로 나는 어머니를 두려워했다. 어머니가 내게 다가올 때면, 저금통에 대해 물어보러 오는 게 아닐까? 생각했던 것이다.

내가 한 푼도 없이 내 악마에게로 간 적이 많기 때문에, 그 애는 다른 식으로 나를 괴롭히고 이용하기 시작했다. 나는 그를 위해 일해야 했다. 그 애는 자기 아버지 심부름을 해야 했는데, 그 애 대신 내가 그 심부름을 했다. 아니면 그 애는 하기 힘든 일을 나에게 시켰다. 10분 동안 한쪽 다리로 서서 뛰게 한다거나, 지나가는 사람 윗옷에 종이쪽지를 붙이고 오라는 식이었다. 그런 괴로움은 수많은 밤 꿈속으로도 이어져 나는 악몽을 꾸고는 땀에 흠뻑 젖어 누워 있곤 했다.

한동안 몸이 아팠다. 자주 토했고, 걸핏하면 오한이 났는데, 밤에는 또 열이 오르고 땀을 흘렸다. 어머니가 뭔가 잘못되었다는 것을 느끼고 많은 관심을 기울였지만, 그것이 또 나를 힘들게 했다. 그 관심에 신뢰로 보답할 수 없었기 때문이다.

언젠가 저녁에, 내가 일찍 잠자리에 들었는데, 어머니가 작은 초콜릿 조각을 하나 가지고 왔다. 내가 더 어렸을 적에 낮에 말 잘 듣고 착하게 지냈을 때 저녁에 잘 자라고 상으로 그런 먹을 것을 주곤 하던 일을 상기시키는 일이었다. 그런데 지금 어머니가 거기서 내게 초콜릿 조각을 내밀고 있었다. 나는 마음이 너무 아파서 그냥 고개만 가로저었다. 어머니는 무엇이 문제냐고 물으며 내 머리를 쓰다듬어 주었다. 나는 겨우 "아니야! 아니야! 아무것도 안 먹을래요"라고 말할 수 있었을 뿐이다. 어머니는 초콜릿을 내 침대 머리 탁자 위에 놓아두고 갔다. 다음 날 어머니가 그 일에 대해 더 자세히 물어보려 했을 때, 나는 아무것도 모르는 척했다. 한번은 어머니가 의사 선생님을 모시고 왔다. 그분은 나를 진찰하더니 아침에 냉수욕을 하라는 처방을 내렸다.

그 시절의 나는 일종의 정신 착란 상태였다. 우리 집의 정돈된 평화 한가운데서 나는 겁먹은 채 고통받으며 유령처럼 지내고 있었다. 사람들과 전혀 어울리지 못했고, 한순간도 자신을 잊고 내려놓지 못했다. 자주 화를 내며 이유를 묻는 아버지에게는 마음을 닫고 차갑게 대했다.

제2장 카인

고통으로부터의 구원은 전혀 예기치 않은 방향에서 왔다. 그와 동시에 무언가 새로운 것이 내 삶으로 들어왔는데, 그것은 지금까지도 나에게 영향을 미치고 있다.

우리 라틴어 학교에 얼마 전 학생 하나가 새로 들어왔다. 우리 시로 이사 온 부유한 미망인의 아들이었는데 소매에 상장(喪章)을 달고 있었다. 나보다 나이도 많고 한 학년 위였지만, 모든 애들이 그랬던 것처럼 나도 곧 그를 주목하게 되었다. 이 눈에 띄는 학생은 겉으로 보기보다 훨씬 성숙한 느낌을 주었다. 누구에게도 소년이라는 인상을 주지 않았다. 우리 어린 소년들 사이에서 그는 마치 어른처럼, 아니 신사처럼 낯설고 의젓한 태도로 돌아다녔다. 호감의 대상은 아니었다. 그는 노는 데 끼지 않았고, 싸움에 끼는 일은 더더욱 없었다. 다만 선생님들을 대하는 그의 자신감 있는 어조가 학생들 마음에 들었다. 이름은 막스 데미안이었다.

우리 학교는 이따금 합반을 하곤 했는데, 어느 날 무슨 이유에선지 교실이 넓은 우리 반에 한 반이 더 들어와 수업을 하게 되었다. 데미안의 반이었다. 우리 하급생들은 성경 시간이었고, 상급생들은 작문을 했다. 카인과 아벨의 이야기를 배우는 동안 나는 데미안의 얼굴을 자주 건너다보았다. 그의 얼굴은 묘하게 나를 매혹시켰다. 나는 그 총명하고 환하고 유난히 확고한 얼굴이 주의 깊고 명민하게 과제 위로 숙여져 있는 것을 바라보았다. 그는 과제를 하고 있는 학생이 아니라 마치 자신의 문제에 몰두하고 있는 학자처럼 보였다. 사실 호감이 가는 건 아니었다. 오히려 나는 그에게 뭔지 모를 거부감을 느꼈다. 그는 너무 우월하고 침착했으며, 도전적으로 느껴질 만큼 자신만만했다. 그의 눈은 어른의 표정을 띠고 있었는데 ― 아이들은 그런 걸 결코 좋아하지 않는다 ―, 약간 슬픈 듯 일말의 조소를 머금고 있었다. 그러나 내 마음에 들든 안 들든 나는 그를 계속 바라보지 않을 수 없었다. 그러나 어쩌다 그가 내 쪽을 보자 나는 깜짝 놀라 얼른 눈길을 돌렸다. 그 당시 학생 시절에 그가 어떤 모습이었는지를 지금 생각해 보면 이렇게 말할 수 있다. 그는 모든 면에서 평범한 학생들과 달랐고, 대단히 주체적이고 개성이 강해 눈에 띄었다고. 그러나 동시에 남의 눈에 띄지 않으려고 온갖 노력을 다했다. 그래서 마치 농부의 자식들 사이에서 그들처럼 보이려고 애쓰는 변장한 왕자 같은 모습이었다고 말이다.

학교에서 돌아오는 길에 그가 내 뒤에서 걸어왔다. 아이들이 뿔뿔이 흩어져 가 버리자 그가 내 옆으로 와 인사를 건넸다. 이 인사도, 그가 우리 학생들 어투를 쓰긴 했지만 어른스럽고 정중했다.

"조금 같이 걸을까?"

그가 다정하게 물었다. 나는 기분이 좋아서 고개를 끄덕였다. 그러고는 우리 집이 어딘지 자세히 말해 주었다.

"아, 거기?"

그가 미소 지으며 말했다.

"그 집이라면 벌써 알고 있지. 현관문 위에 있는 독특한 장식물이 흥미로웠거든."

그가 무엇을 말하는 건지 나는 얼른 알아차리지 못했다. 그리고 우리 집을 나보다 더 잘 알고 있는 것 같아 놀랐다. 현관문 위 아치 꼭대기에 박힌 쐐기돌이 일종의 문장(紋章)으로 되어 있었는데, 아마 그걸 말하는 듯했다. 세월이 흐르면서 닳아 납작해지고 여러 번 덧칠된 것으로, 내가 아는 한 우리나 우리 가문과는 아무 상관 없는 것이었다.

"그것에 대해 난 잘 몰라."

내가 수줍게 말했다.

"새이거나 뭐 그 비슷한 건데, 아주 오래된 것임에 틀림없어. 그 집이 예전엔 수도원에 속했었대."

"그럴 수도 있지."

그가 고개를 끄덕였다.

"한번 잘 살펴봐! 그런 것들은 대개 아주 흥미롭거든. 내 생각에 그건 매야."

우리는 계속 걸었고, 나는 몹시 당황하고 있었다. 무슨 재미있는 생각이라도 난 듯 갑자기 데미안이 웃었다.

"그래, 내가 아까 너희 반에 있었지."

그가 쾌활하게 말했다.

"이마에 표적을 단 카인에 대한 이야기였어, 맞지? 그 이야기 마음에 들던?"

아니었다, 우리가 배워야 했던 것들 중 그 어떤 것도 내 마음에 드는 일은 드물었다. 하지만 차마 그렇게 말할 수 없었다. 마치 어른과 대화하고 있는 것 같았기 때문이다. 난 그 이야기가 아주 마음에 든다고 했다.

데미안이 내 어깨를 툭 쳤다.

"어이, 나한테는 그런 척할 필요 없어. 하지만 그 이야기는 정말 특이해. 내 생각에, 수업 시간에 배우는 대부분의 다른 이야기들에 비해 훨씬 특이해. 선생님은 거기에 대해 별다른 설명 없이 그저 신이나 죄악 등 다 아는 이야기만 하셨지. 하지만 내 생각에는 말이야."

그는 말을 끊더니 미소 지으며 물었다.

"그런데 이런 것에 관심 있니?"

"그래, 그러니까 내 생각은" 하고 그가 계속했다.

"카인의 이야기를 전혀 다르게 해석할 수도 있다는 거야. 우리가 배우는 대부분의 것들은 분명 진실이고 올바른 것이지만, 그것들 모두를 선생님들이 보시는 것과는 다르게 볼 수도 있어. 그러면 대체로 훨씬 나은 뜻을 지니게 되지. 예를 들어, 카인과 그의 이마에 있는 표적만 해도 우리가 설명 들은 것만으로는 뭔지 석연치 않은 구석이 있잖아. 너도 그렇게 생각하지 않니? 어떤 사람이 싸우다가 자기 형제를 때려죽이는 건 분명 일어날 수 있는 일이야. 그런 다음 겁을 먹고 움츠러드는 것도 있을 수 있는 일이지. 하지만 그가 그 비겁함 때문에 특별히 훈장으로 표창을 받고, 그 훈장이 그를 지켜 주며 다른 사람들을 겁먹게 한다니, 그건 정말 이상하잖아."

"그러네."

내가 흥미를 느끼며 말했다. 그 일이 내 마음을 사로잡기 시작했던 것이다.

"하지만 그 이야기를 어떻게 달리 설명한단 말이야?"

그가 내 어깨를 툭툭 쳤다.

"아주 간단해! 뭔가 있어서 그 이야기의 발단이 된 것은 표적이야. 어떤 남자가 있었는데, 그의 얼굴에는 다른 사람들을 겁나게 하는 뭔가가 있었지. 사람들은 감히 그를 건드리지 못했어. 그가 그들을 압도했던 거야. 그와 그의 자손들이 말이야. 그러나 아마, 아니 확실히, 그건 우체국 소인처럼 정말로 이마에 찍힌 표적은 아니었을 거야. 세상 사는 데 그렇게 단순한 일은 드물어. 오히려 그건 거의 알아보기 힘든 낯선 무엇, 시선에 깃든 비범한 정신이나 담대함 같은, 사람들한테 익숙하지 않은 무엇이었을 거야. 그남자는 힘을 지녔고, 사람들은 그 앞에서 움츠러들었어. 그는 하나의 '표적'을 가졌던 거지. 그걸 사람들은 자기네 원하는 대로 설명할 수 있었어. '사람들'은 언제나 자기 편한 대로 스스로를 정당화하려 하지. 사람들은 카인의 자손들이 두려웠어. 그들은 '표적'을 지니고 있었거든. 그러니까 사람들은 그 표적을 원래대로 우월함으로 설명하는 게 아니라 그 반대로 설명한 거야. 사람들은 말했어, 이 표적을 지닌 놈들은 무섭다고. 그리고 사실 그들이 그렇기도 했어. 용기와 나름의 개성을 지닌 자들은 다른 사람들에게는 늘 아주 두렵기 마련이거든. 겁 없는 두려운 족속이 돌아다닌다는 사실이 참 불편했겠지. 그래서 이 족속에게 별명 하나와 우화 하나를 달아 놓은 거야. 복수하려고, 자기들이 견뎌 낸 무서움을 모든 사람들을 위해 좀 덜한 것으로 해 두기 위해서 말이야. 이해가 되니?"

"그래. 그러니까 카인은 전혀 나쁜 사람이 아니었을 거란 말이지? 성경에 있는 이야기들도 모두 실제로는 사실이 아닐 거라고?"

"그렇기도 하고 아니기도 해. 그렇게 오래된 해묵은 이야기들은 늘 사실이야. 하지만 항상 사실대로 기록되는 것도 아니고, 언제나 사실대로 설명되는 것도 아니야. 간단히 말하자면 내 생각에 카인은 멋진 인간이었는데, 그저 사람들이 그를 두려워해서 이 이야기를 그에게 달아 놓았다고 봐. 그 이야기는 그냥 하나의 소문이었어. 사람들이 여기저기서 떠들어 대는 그런 것 말이야. 하지만 카인과 그 자손들이 일종의 '표적'을 지니고 있었고 대부분의 사람들과 달랐다는 점에 있어서는 완전히 사실이야."

나는 너무 놀랐다.

"그러면 동생을 때려죽인 것도 전혀 사실이 아니라고 생각해?" 나는 충격에 휩싸여 물었다.

"아니! 죽인 건 분명해. 강한 자가 약한 자 하나를 때려죽인 거야. 정말 그의 형제였는지는 의심해 볼 수 있겠지. 그런데 형제였는지 아닌지는 별로 중요하지 않아. 결국 인간들은 모두 형제잖아. 그러니까 어떤 강한 자가 약한 자를 때려죽인 거야. 어쩌면 그건 영웅적인 행위였을지도 모르고, 아마 아닐 수도 있겠지. 하여간 이제 다른 약한 자들이 잔뜩 겁이 난 거야. 그들은 엄청 탄식했지. '왜 너희들도 그를 때려죽이면 되잖아?'라고 누가 물으면, 그들은 '우리는 겁쟁이거든'이라고 하지 않고 '그럴 수가 없어. 그는 표적을 지니고 있으니까. 하느님이 그에게 표시를 해 놓으셨거든!' 대충 그런 식으로 사기가 이루어진 게 분명해. 이런, 내가 너를 집에 못 가게 붙들고 있군. 그럼 잘 가라!"

그는 알트 가세로 꺾어져 가 버렸고, 혼자 남은 나는 이제껏 한 번도 경험해 본 적이 없을 정도로 혼란에 빠졌다. 그가 가자마자 그가 말한 모든 게 터무니없어 보였던 것이다! 카인은 고귀한 인간이고, 아벨이 비겁자라니! 게다가 카인의 표적이 훈장이라니! 허무맹랑한 소리요, 신성 모독이요, 극악무도한 소리였다. 그러면 하느님은 어디 가셨는데? 하느님은 아벨의 제물을 받고, 아벨을 사랑하시지 않았어? 아니, 말도 안 되는 소리! 나는 그래서 데미안이 나를 놀린 것이고, 골탕 먹이려 했던 거라고 추측했다. 참 더럽게 영리한 녀석이었다. 말은 잘도 하지. 하지만 그렇게…… 아니다…….

어쨌든 그 어떤 성경 이야기나 다른 이야기에 대해 내가 그토록 많이 생각해 본 적이 없었다. 그리고 오래전부터 프란츠 크로머를 저녁 내내 몇 시간씩이나 그렇게 완전히 잊어버린 적도 없었다. 나는 집에서 성경에 있는 그대로 다시 한 번 자세히 읽어 보았다. 이야기는 짧고 분명했다. 거기서 어떤 특별한 숨겨진 의미를 찾는다는 건 미친 짓이었다. 그럼 사람 때려죽인 자는 누구나 자기를 하느님의 총아라고 하겠네! 아니, 말도 안 되는 소리였다. 단지 데미안이 그런 이야기를 하는 방식이 근사했던 것뿐이다. 마치 모든 게 자명하다는 듯 그렇게 쉽고 깔끔하게, 게다가 그런 눈을 하고 말하다니!

물론 나 자신도 문제가 없지는 않았다. 실은 커다란 혼란에 빠져 있었다. 나는 밝고 깨끗한 세계에서 살았고, 나 자신이 일종의 아벨이었지만, 이제 그토록 깊이 '다른' 세계에 처박힌 채 가라앉아 있었다. 그런데도 그런 생각에 전혀 동의할 수 없었다니! 어떻게 그럴 수가 있었을까? 그렇다. 그때 내 마음속에 기억 하나가 번개처럼 스치며, 나는 그 순간 숨이 턱 막혔다. 지금의 이 비참함이 시작된 저 끔찍한 저녁에 아버지와 있었던 일이다. 그때 나는 한순간 아버지와 그의 밝은 세계, 그의 지혜를 단번에 꿰뚫어 보고 경멸했었다! 그렇다, 그때 나는 카인이었고, 그 표적을 지닌 나는 그것을 치욕이 아닌 훈장이라고 자만했었다. 내가 죄악과 불행으로 인해 아버지보다, 선하고 경건한 사람들보다 더 높은 곳에 서 있다고.

이렇게 명료한 사고의 형태로 당시 그 일을 체험했던 건 아니지만 이 모든 것이 거기 포함되어 있었다. 고통스러우면서도 자랑으로 벅차오르는 이상한 감정의 동요가 불길처럼 확 타오른 그런 것이었다.

　돌이켜 생각해 보니, 담대한 자들과 겁쟁이들에 대해 데미안은 얼마나 독특하게 말했던가! 카인의 이마에 있는 표적을 그는 얼마나 특별하게 해석했던가! 그때 그의 눈, 그 독특한 어른의 눈은 또 얼마나 묘한 빛을 발했던가! 그러자 어렴풋이 이런 생각이 뇌리를 스쳤다. 그 자신이, 데미안이 카인 부류의 사람 아닐까? 스스로 그와 비슷하다고 느끼지 않는다면, 왜 카인을 옹호하는 거지? 왜 그의 시선에는 그런 힘이 깃들어 있을까? 그는 왜 '다른' 사람들, 겁 많은 사람들, 어쨌든 하느님 마음에 드는 경건한 사람들에 대해 비웃음을 띠고 말하는 걸까?

　이런 생각들이 줄을 이었다. 우물 안으로 돌이 하나 떨어졌고, 그 우물은 나의 젊은 영혼이었다. 아주 길고 오랜 세월 카인, 때려죽임, 표적 같은 문제들은 인식과 회의, 비판에 이르려는 내 모든 시도의 출발점이었다.

　다른 학생들도 데미안에게 관심이 많다는 것을 나는 알아챘다. 카인 이야기는 누구에게도 한 적이 없다. 하지만 그는 다른 학생들에게도 흥미를 불러일으키고 있는 듯했다. 최소한 '전학 온 애'에 대해 많은 소문이 돌았다. 그 소문들을 전부 알 수 있었다면, 어느 것이든 데미안을 아는 데 도움이 되었으리라. 소문 하나하나를 해석해 볼 수 있었을 것이다. 내가 아는 건 처음에 데미안의 어머니가 아주 부자라는 소문이 돌았다는 것 정도다. 그녀는 교회에 다니지 않고 아들 또한 그렇다고도 했다. 그들이 유대인이라고 하는 사람도 있었고, 겉으로 드러내지 않고 믿는 회교도일지 모른다고도 했다. 막스 데미안의 완력에 대해선 더 소문이 자자했다. 반에서 제일 센 아이가 싸움을 걸어왔는데 데미안이 거절했고, 그를 겁쟁이라고 부르자 단번에 화끈하게 굴복시켰다는 소문은 분명한 사실이었다. 그 자리에 있던 아이들 말에 의하면, 데미안이 그냥 한 손으로 목덜미를 잡고 꽉 눌렀을 뿐인데 얼굴이 해쓱해진 그 애는 슬그머니 도망가 버렸고 그 후 며칠 동안 한쪽 팔을 쓰지 못했다는 것이다. 어느 날 저녁에는 심지어 그 애가 죽었다는 소문까지 돌았다. 별별 이야기가 한동안 주장되고, 믿어졌다. 전부 자극적이고 놀라운 소문들이었다. 그러곤 한동안 잠잠했다. 하지만 얼마 지나지 않아 새로운 소문들이 우리 학생들 사이에 떠돌았다. 데미안이 여자애와 사귀고 있으며, '다 안다'는 것이었다.

그사이에도 나와 프란츠 크로머의 관계는 어쩔 수 없는 길을 계속 가고 있었다. 나는 그에게서 헤어나지 못했다. 어쩌다 며칠 그냥 내버려 두는 일이 있어도 나는 여전히 그에게 매여 있었기 때문이다. 그는 그림자처럼 내 꿈속에 함께 살았고, 내 환상은 그가 현실에서 내게 시키지 않는 일조차 꿈에서 일어나게 했다. 그 꿈들 속에서 나는 완전히 그의 노예였다. 평소 꿈을 많이 꾸는 편이었으므로, 나는 현실에서보다 이 꿈들 속에서 더 많이 살았고, 이 그림자에게 힘과 생기를 빼앗겼다. 다른 꿈도 꾸었지만, 크로머에게 학대당하는 꿈을 자주 꾸었다. 그 애가 내게 침을 뱉고, 나를 타고 앉아 무릎으로 찍어 누르는 꿈이었다. 그보다 더 고약한 것은 몹쓸 죄를 짓도록 나를 유혹하는 꿈이었다 ―심지어는 유혹하는 게 아니라 자신의 막강한 영향력을 행사해 강제로 시켰다. 이 꿈들 중 가장 무서운 꿈, 내가 반쯤 미쳐서 깨어났던 꿈은 내가 아버지에게 달려들어 그를 죽이는 꿈이었다. 크로머가 칼을 갈아 내 손에 쥐여 주었고, 우리는 가로수 길 나무 뒤에 숨어 누군가를 기다리고 있었다. 그게 누군지 나는 몰랐다. 그러나 누군가 오고, 크로머가 내 팔을 툭 치며 내가 찔러 죽여야 할 사람이라고 했는데,

바로 나의 아버지였다. 그러다 잠이 깼다.

　이런 것들로 나는 카인과 아벨 생각은 여전히 하고 있었지만 데미안에 대해서는 더 이상 생각하지 않고 있었다. 데미안이 다시 다가온 것은 이상하게도 어떤 꿈속에서였다. 또다시 학대와 폭력에 시달리는 꿈을 꾸었는데, 이번에 나를 타고 앉은 건 크로머가 아니라 데미안이었다. 그건 아주 새로웠고 내게 깊은 인상을 주었다. 크로머한테서 고통스럽게 저항하며 겪었던 모든 것을 데미안에게서는 기쁨과 두려움이 뒤섞인 감정으로 즐겁게 겪었던 것이다. 이 꿈을 두 번 꾸었고, 그런 다음 데미안의 자리에 다시 크로머가 나타났다.

　꿈속에서 겪은 것과 현실에서 겪은 것을 나는 이미 오래전부터 더 이상 분명히 구분하지 못했다. 어쨌거나 크로머와의 고약한 관계는 계속 진행되었고, 내가 소소한 도둑질들을 해서 그 애에게 빚진 돈을 마침내 다 갚았을 때도 끝나지 않았다. 아니었다. 이제 그 애는 내가 한 도둑질들을 모두 알고 있었다. 내게 늘 돈이 어디서 났느냐고 물었으니까. 나는 그 어느 때보다 확실하게 그 애 손아귀에 잡혀 있었다. 그 애는 걸핏하면 아버지에게 다 일러바치겠다고 협박했다. 그러면 나는 처음부터 그 짓을 시작하지 말 걸 그랬다는 깊은 후회만큼이나 두려움에 사로잡혔다. 그 와중에도, 그렇게 비참했어도, 나는 모든 것을 후회하지는 않았다. 적어도 늘 후회하지는 않았으며, 가끔은 모든 것이 이럴 수밖에 없다는 느낌도 들었다. 어떤 숙명이 내 위에 드리워져 있었고, 그것을 깨뜨리려 해 봐야 소용없는 일이었다.

　이런 상황 때문에 부모님도 무척 괴로웠을 것이다. 이상한 귀신에 씌어 그토록 친밀했던 가족 공동체에 난 더 이상 맞지 않는 존재가 되어 버린 것이었다. 잃어버린 낙원인 양 그 공동체에 대해 나는 자주 격렬한 향수를 느꼈다. 어머니는 나를 문제아라기보다는 아픈 아이로 취급했다. 하지만 실제 상황이 어땠는지는 두 누이의 태도에서 잘 알 수 있었다. 아주 조심스레 보살펴 주는데도 나를 한없이 비참하게 했던 그들의 태도에 내가 일종의 신들린 사람이라는 것, 그 상태를 나무라기보다는 탄식해 마땅하지만, 그 속에 악이 들어앉아 있는 사람이라는 게 빤히 드러났던 것이다. 평상시와 달리 나를 위해 가족들이 기도하는 것을 느꼈고, 그런 기도가 부질없다고 느꼈다. 다 털어놓고 싶은 동경, 제대로 참회하고 싶은 욕구를 자주 애타게 느꼈다. 그러면서도 내가 아버지나 어머니에게 모든 것을 사실대로 다 말하고 설명할 수 없으리라는 것을 이미 알고 있었다. 나는 알고 있었다. 그들이 이 일을 받아들이고 나를 잘 보살펴 주고 진정 안타까워하리라는 것을, 그러나 완전히 이해하지는 못하리라는 것을. 그 모든 것이 운명인데도, 그들은 그저 일종의 탈선으로 보리라는 것을.

열한 살도 안 된 아이가 그렇게까지 느낄 수 있다는 걸 믿지 못하는 분들도 있으리라. 그런 사람들 앞에선 내 이야기를 하지 않으련다. 인간을 더 잘 아는 사람들에게 이 이야기를 하겠다. 자신의 감정 어떤 부분을 생각 속에서 수정하는 걸 익힌 어른은 그런 생각을 아이에게 멋대로 적용시켜 그런 체험들이 없다고 한다. 하지만 내 인생에서 그때만큼 깊이 체험하고 괴로워했던 때가 드물다.

한번은 비 오는 날이었는데, 내 박해자로부터 성 앞 광장으로 나오라는 호출을 받았다. 광장에 서서 기다리며 나는 비에 젖은 검은 떡갈나무들에서 떨어지는 축축한 이파리들을 두 발로 헤치고 있었다. 돈은 못 가지고 나왔지만, 크로머에게 뭔가 주어야 하겠기에 케이크 두 조각을 챙겨 와 지니고 있었다. 이미 오래전부터 나는 그렇게 어디 한구석에 서서 그 애를 기다리는 일에 익숙해져 있었다. 자주 꽤 오랫동안 기다렸다. 그리고 사람들이 달리 바꾸어 볼 도리가 없는 것은 그냥 수용하고 말듯이 그 일을 받아들이고 있었다.

드디어 크로머가 왔다. 하지만 그날은 오래 있지 않았다. 내 옆구리를 주먹으로 가볍게 몇 번 툭툭 치더니 웃었다. 그 애는 내게 케이크를 받았고, 심지어 눅눅한 담배를 권하기까지 했다. 나는 그걸 받지 않았다. 그 애는 다른 때보다 친절하게 굴었다.

"그래."

그 애는 떠나면서 말했다.

"내가 잊어버릴까 봐 말해 두는데, 다음번에는 네 누나를 데려와. 누나 말이야. 이름이 뭐더라?"

나는 무슨 말인지 몰라 대답도 못했다. 그냥 놀라서 그 애를 쳐다보고 있었다.

"못 알아듣겠어? 네 누나를 데려오라고."

"알아, 크로머. 하지만 그건 안 돼. 난 그럴 수 없어. 누나도 절대 함께 오지 않을 거야."

나는 언제나처럼 그것 또한 농간이며 핑계라고 판단했다. 그 애는 자주 그런 식이었다. 무언가 불가능한 것을 요구해 나를 놀라게 하고, 굴복시킨 다음 조금씩 자기와 협상하게 만들었다. 그러면 나는 약간의 돈이나 다른 선물로 대가를 치르고 거기서 빠져나와야 했다.

하지만 이번에는 아니었다. 내가 거부했는데도 그 애는 별로 화난 기색도 없었다.

"그래 뭐."

그 애가 얼버무리며 말했다.

"그건 네가 잘 생각해 보겠지. 네 누나와 알고 지내고 싶어. 한번 쯤이야 되겠지. 그냥 누나하고 산책하러 가. 그런 다음 내가 끼면 되니까. 내일 휘파람으로 부를게. 그때 다시 한 번 그 일에 대해 애기하자."

그 애가 가고 나서야 갑자기 그 애가 원하는 것의 의미를 어렴풋이 알 것 같았다. 나는 아직 어린 아이였다. 하지만 소년과 소녀들이 좀 더 나이 들면 어떤 비밀스럽고 야릇한 금지된 짓들을 함께할 수 있다는 것쯤은 소문으로 들어 알고 있었다. 이제 그러니까 아주 갑자기 이 일이 얼마나 엄청난지 분명해지는 것이었다. 결코 그렇게는 하지 않겠다는 결심이 섰다. 하지만 그다음에 무슨 일이 일어날지, 크로머가 내게 어떻게 앙갚음할지에 대해선 생각할 엄두도 나지 않았다. 새로운 고문이 시작되었다. 고통은 아직도 충분치 않았던 것이다.

나는 주머니에 두 손을 찌른 채 절망해서 텅 빈 광장을 건너갔다. 새로운 고통, 새로운 노예 상태였다!

그때 상쾌하고 낮은 목소리가 나를 불렀다. 나는 깜짝 놀라 달리기 시작했다. 누군가 내 뒤를 따라오더니 손 하나가 뒤에서 부드럽게 나를 잡았다. 막스 데미안이었다.

나는 잡혀 주었다.

"너였어?"

나는 불안하게 말했다.

"깜짝 놀랐잖아!"

그가 나를 바라보았다. 그때처럼 그의 시선이 어른스럽고 우월하고 꿰뚫어 보는 사람의 눈빛을 띤 적은 없었다. 오랫동안 우리는 대화를 나누지 않았었다.

"미안해."

그는 특유의 깍듯하면서도 단호한 태도로 말했다.

"하지만 들어 봐. 그렇게까지 놀랄 필요 없잖아."

"그건 그래. 하지만 그럴 수도 있지 뭐."

"그럴 것 같지. 하지만 봐라. 너에게 아무 짓도 하지 않은 사람 앞에서 네가 그렇게 벌벌 떨면, 그 사람은 곰곰이 생각하기 시작해. 참 이상하다는 생각이 들고, 궁금해지지. 그는 생각해. 네가 이상하게 잘 놀란다고. 그러곤 또 생각해. 저러는 건 바로 겁이 날 때인데라고. 겁쟁이들은 늘 겁을 내지. 하지만 내 생각에 너는 원래 겁쟁이가 아냐. 그렇지 않아? 아, 물론 영웅도 아니지. 넌 지금 뭔가 두려워하는 게 있어. 두려운 사람도 있고. 그런 게 있으면 안 돼. 절대 안 되지. 사람이 사람을 두려워하다니. 너 날 두려워하지는 않지? 안 그래?"

"오, 아니, 전혀 아니야."

"그것 봐, 하지만 두려운 사람이 있는 거지?"

"글쎄, 모르겠네…… 날 좀 내버려 둬. 도대체 바라는 게 뭐야?"

그는 나와 나란히 걷고 있었는데 ─ 나는 도망칠 생각으로 더 빨리 걸었다 ─ 곁에서 그의 시선이 느껴졌다.

"한번 믿어 봐."

그가 다시 말하기 시작했다.

"내가 너를 좋게 생각하고 있다는 것을. 어떤 경우에도 넌 나한테 겁낼 필요 없어. 너와 실험을 하나 해 보고 싶은데, 그건 재미도 있고, 네가 거기서 아주 쓸모 있는 것을 배울 수도 있어. 자, 잘 들어 봐! 난 가끔 독심술을 시도해 보곤 해. 나쁜 요술을 부리는 건 아니지만 어떻게 하는 건지 모르는 사람에겐 정말 신기해 보이지. 그걸로 사람들을 깜짝 놀라게 할 수 있어. 자, 한번 해 보자. 그러니까 내가 너를 좋아해, 혹은 너에게 관심이 있어, 그래서 네 속마음이 어떤지를 알아내고 싶어. 그러기 위해 난 이미 첫발을 내디뎠지. 내가 너를 깜짝 놀라게 했잖아. 넌 그러니까 잘 놀라는 거야. 그건 네게 두려워하는 일이나 두려워하는 사람이 있다는 얘기지. 어쩌다 그렇게 되었을까? 사람은 누구 앞에서도 두려움을 느낄 필요가 없어. 누군가를 두려워한다면 그건 그에게 자기 위에 군림할 힘을 내주었기 때문이지. 예를 들어, 뭔가 나쁜 짓을 했는데, 다른 사람이 그걸 알고 있어. 그러면 그가 너를 지배할 힘을 갖는 거지. 무슨 말인지 알겠니? 이제 분명하지, 안 그래?"

나는 어찌할 바를 몰라 하며 그의 얼굴을 들여다보았다. 그 얼굴은 언제나처럼 진지하고 영리하고, 또한 호의적이기도 했으나, 정다움이라곤 전혀 없이 오히려 엄격했다. 정의나 뭐 그 비슷한 것이 깃들어 있었다. 나는 내게 무슨 일이 일어나고 있는지 몰랐다. 그는 마법사처럼 내 앞에 서 있었다.

"알아들었어?"

그가 다시 한 번 물었다.

나는 고개를 끄덕였다. 말은 한마디도 할 수 없었다.

"말했잖아, 이상해 보인다고, 독심술 말이야. 하지만 그건 아주 자연스럽게 돼. 이를테면 언젠가 내가 카인과 아벨 이야기를 해 주었을 때 네가 나에 대해 어떤 생각을 했는지도 아주 정확하게 맞힐 수 있어. 지금과는 상관없는 얘기지만 말이야. 넌 아마 나에 대해 꿈도 한 번 꾸었을걸. 하지만 그 얘긴 그만두자! 넌 영리한 애야, 대부분의 아이들은 멍청한데! 나는 이따금 믿음이 가는 영리한 애와 이야기를 나누는 게 좋아. 너도 괜찮지?"

"응, 괜찮아. 다만 난 전혀 이해가 안 돼."

"그럼 그 재미있는 실험을 한 번 더 해 보자! 그러니까 우린 알아냈어. S라는 애는 잘 놀란다. 그 애는 누군가를 두려워한다. 그 애는 분명 그 누군가와의 사이에 아주 불편한 비밀이 하나 있다. 대강 맞지?"

꿈에서처럼 나는 그의 목소리에, 그의 영향력에 압도당하고 있었다. 나는 그저 고개만 끄덕였다. 거기 나 자신에게서나 나올 수 있는 목소리가 말하고 있지 않았던가? 모든 것을 알고 있는 목소리가 아니었던가? 모든 것을 나 자신보다 더 잘, 더 확실히 알고 있는 목소리가 아니었던가?

데미안이 내 어깨를 힘차게 두드렸다.

"맞는 거지. 그럴 줄 알았어. 이제 질문은 딱 하나 남았어. 조금 전 너와 헤어져서 가 버린 그 애 이름이 뭐지?"

나는 움찔했다. 건드린 비밀이 내 안에서 고통스럽게 움츠러들어 밖으로 나오려 하지 않았다.

"누구 말이야? 아무도 없었어, 나 말고는."

그가 웃었다.

"말해 봐!"

그가 웃었다.

"그 애 이름이 뭐야?"

나는 기어들어 가는 소리로 말했다.

"프란츠 크로머 말이야?"

그가 만족스럽다는 듯 내게 고개를 끄덕였다.

"잘했어! 넌 똑똑한 녀석이야. 우린 역시 친구가 되겠어. 그런데 너에게 해 줄 말이 있어. 그 크로먼가 뭔가 하는 자식, 나쁜 놈이다. 얼굴에 악당이라고 쓰여 있더라. 네 생각은 어때?"

"그래."

난 한숨을 쉬었다.

"아주 나빠, 사탄 같은 놈이야! 하지만 그 애가 알아선 안 돼! 맙소사, 그 애가 아무것도 알아선 안 돼! 그 애를 알아? 그 애가 너를 알아?"

"진정해! 그 애는 갔어. 그리고 그 애는 나를 몰라, 아직은. 하지만 그 녀석에 대해 알고 싶어. 그 애는 공립 학교에 다니니?"

"응."

"몇 학년이야?"

"5학년. 그렇지만 그 애한테 아무 말도 하지 말아 줘! 제발, 제발 그 애한테 아무 말도 하지 마!"

"진정해, 네겐 아무 일도 없을 거야. 너 크로머에 대해 조금 더 말해 줄 생각은 아마 없겠지?"

"그럴 수 없어! 싫어, 나를 내버려 둬!"

그는 한동안 말없이 서 있었다.

그러더니 그가 말했다.

"안됐군. 우린 실험을 좀 더 해 볼 수 있었을 텐데. 널 괴롭히고 싶은 마음은 없어. 하지만 그 애를 두려워하는 게 옳지 못하다는 것은 너도 알지, 그렇지 않아? 그렇게 해서 두려움이 우리를 완전히 망가뜨리는 거야. 거기서 벗어나야 해. 네가 진짜 사나이가 되려면 두려움을 떨쳐 버려야 해. 알겠어?"

"물론, 그 말이 맞아…… 하지만 그렇게 안 되는걸. 너는 정말 모를 거야……."

"네가 생각했던 것보다 내가 더 많이 안다는 걸 너도 봤잖아. 너 그 녀석한테 돈 빚진 거 있어?"

"응, 그렇기도 해. 하지만 정작 문제는 그게 아니야. 그 말은 못하겠어, 난 못해!"

"그 녀석에게 빚진 액수를 내가 네게 줘도 아무 소용 없다는 말이니? 그 돈은 내가 줄 수도 있는데."

"아니, 안 돼, 그런 게 아니야. 제발 부탁이야. 누구에게도 아무 말도 하지 마! 한마디도! 넌 나를 불행하게 해!"

"나를 믿어, 싱클레어. 넌 그 비밀을 언젠가 내게 털어놓게 될 거야."

"절대로, 결코 그런 일은 없을 거야."

내가 격하게 외쳤다.

"좋을 대로 해. 내 말은 그저 나중에 언제고 네가 나한테 이야기하게 될 거라는 거지. 물론 스스로 내켜서 말이야! 설마 내가 너에게 크로머 같은 짓을 하리라 생각하는 건 아니겠지?"

"오, 아니야. 하지만 너는 그 일에 대해 아는 게 전혀 없잖아."

"전혀 없지. 나는 그저 거기에 대해 곰곰이 생각해 볼 뿐이야. 나는 너에게 크로머가 했던 것 같은 짓은 절대로 하지 않을 거야. 그건 믿어도 돼. 너는 나한테 빚진 것도 없잖아."

우리는 한참 동안 말없이 있었고, 나는 마음이 평온해졌다. 그러나 데미안이 대체 어떻게 그 일들을 알고 있는지 점점 더 의문이 커졌다.

"이제 집에 가야겠다."

그가 말하며 빗속에서 외투를 더 단단히 여몄다.

"기왕 여기까지 왔으니 딱 한마디만 더 할게. 너 그 녀석 떨쳐 버려야 할 것 같다! 달리 방법이 없다면 때려죽여 버려! 네가 그렇게 한다면 난 아주 인상 깊고 맘에 들겠는데! 내가 널 돕기도 할 거고."

새로운 두려움이 몰려왔다. 갑자기 카인 이야기가 다시 떠올랐다. 무서워져서 나는 흐느껴 울기 시작했다. 너무 많은 무서운 일들이 내 주위를 둘러싸고 있었던 것이다.

"좋아."

막스 데미안이 미소를 지었다.

"이제 집에나 가! 우린 잘 해낼 거야. 때려죽이는 게 제일 간단하겠지만 말이야. 그런 일을 하는 데는 가장 단순한 게 늘 최선이거든. 너 그 크로머라는 놈 손에 놀아나는 거 좋지 않아."

나는 집으로 왔다. 마치 1년쯤 떠나 있다 돌아온 듯했다. 모든 게 달라 보였다. 나와 크로머의 관계에도 뭐랄까, 미래나 희망 같은 것이 보였다. 나는 더 이상 혼자가 아니었다. 그제야 비밀을 끌어안고 몇 주 동안 얼마나 무섭도록 혼자였는지를 절감했다. 그러곤 그동안 여러 번 깊이 생각했던 것이 떠올랐다. 부모님에게 고해를 하면 마음은 가벼워지겠지만 그것이 나를 완전히 구해 줄 수 없으리라는 것이. 그런데 방금 거의 고해를 한 거나 마찬가지였다. 다른 사람, 그것도 낯선 사람에게. 그리고 구원의 예감이 짙은 향기처럼 풍겨 왔다.

그 후에도 내 두려움은 오랫동안 지속되었다. 나는 내 적과 맞서 길고도 무서운 대결을 할 각오가 되어 있었다. 그랬던 만큼, 모든 것이 그리도 고요하고 그리도 비밀스럽고도 평화롭게 흘러가는 것이 더 이상했다.

우리 집 앞에서 들려오던 크로머의 날카로운 휘파람 소리가 하루, 이틀, 사흘, 일주일이 지나도 들리지 않았다. 나는 이런 사실이 도무지 믿어지지 않았다. 그 애가 전혀 예기치 못한 순간에 다시 나타나지 않을까 조바심하며 망을 보았다. 그러나 더 이상 나타나지 않았다! 이 새로운 자유가 믿기지 않았다. 그리고 어느 날 프란츠 크로머를 우연히 마주치게 되었다. 그때까지도 나는 이 자유에 불안을 느끼고 있었다. 크로머는 자일러 거리에서 내 쪽으로 내려오고 있었는데, 나를 보고 흠칫 놀라더니 얼굴을 잔뜩 찌푸리고 얼른 돌아서서 가 버렸다.

지금까지 이런 순간은 없었다. 나의 적이 내 앞에서 도망치다니! 악마가 나를 두려워하다니! 기쁨과 놀라움이 온몸을 훑고 지나갔다.

그 무렵의 어느 날 데미안이 다시 나타났다. 그는 학교 앞에서 나를 기다리고 있었다.

"안녕."

내가 말했다.

"안녕, 싱클레어. 네가 어떻게 지내는지 한번 들어 보고 싶었어. 이제는 크로머가 너를 가만히 놔두지, 그렇지 않아?"

"네가 그런 거야? 도대체 어떻게 한 거야? 어떻게 했어? 난 영문을 모르겠어. 그 자식, 이제 전혀 나타나지 않아."

"그거 잘됐네. 그 녀석 또 나타나거나 하면 — 내 생각에 그러지는 않겠지만, 워낙 뻔뻔한 놈이니까 또 모르지 — 그냥 데미안을 생각해 보라고만 말해."

"그게 무슨 소리야? 그 녀석하고 한판 붙어서 흠씬 패 주기라도 한 거야?"

"아니, 난 그런 거 별로 좋아하지 않아. 그냥 너하고 한 것처럼 그 애와 이야기를 했을 뿐이야. 너를 가만히 놔두는 것이 그 애 자신에게 이롭다는 걸 분명히 알아듣게 해 준 거지."

"그 녀석에게 돈을 준 건 아니겠지?"

"아니야. 그 방법이라면 네가 이미 써 봤잖아."

나는 좀 더 자세히 물어보려 했지만 그는 자리를 떠났다. 나는 전부터 그에게 느끼던 감사와 수줍음, 찬탄과 두려움, 호감과 내적인 거부감이 묘하게 뒤섞인 답답한 심정으로 거기 남아 있었다.

나는 곧 그를 다시 보게 될 것이라 생각했고, 그러면 그와 모든 것에 대해, 카인의 일에 대해서도 더 많은 이야기를 나눠 보고 싶었다.

하지만 그렇게 되지 않았다.

무엇보다 나는 감사라는 미덕을 믿지 않는다. 그리고 아이에게 그런 걸 바라는 건 부당해 보였다. 때문에 막스 데미안에게 전혀 고마워하지 않은 내 행동이 그리 놀랍지 않다. 물론 데미안이 나를 크로머의 손아귀에서 구해 주지 않았다면 나는 평생 병들어 비실거렸으리라고 확신한다. 그 당시에도 이미 나는 이 구원을 내 어린 인생의 가장 큰 체험으로 느꼈었다. 하지만 바로 그 구원자를, 그가 기적 같은 일을 해내자마자, 나는 옆으로 제쳐 놓았다.

이미 말했듯이 고마워하지 않았다는 것은 나로선 별로 이상할 게 없다. 다만 이상한 것은 내게 호기심이 없었다는 점이다. 데미안을 통해 접하게 된 비밀들에 더 가까이 다가가지 않고 단 하루라도 평온하게 살아가는 일이 어떻게 가능했을까? 카인에 대해, 크로머에 대해, 독심술에 대해 좀 더 듣고 싶은 욕구를 내가 어떻게 억누를 수 있었을까?

이해되지는 않지만 사실이 그랬다. 나는 갑자기 악령의 그물에서 놓여난 나 자신을 보았다. 세계는 다시 밝고 즐겁게 내 앞에 있었고, 나는 더 이상 엄습하는 두려움과 숨 막힐 듯 격렬하게 뛰는 심장의 고동에 시달리지 않았다. 저주는 풀렸고 나는 더 이상 학대받는 죄인이 아니었다. 다시 여느 때처럼 평범한 학생이었다. 내 본성은 가능한 한 빨리 이전의 균형과 평온함으로 돌아가고자 했다. 그래서 무엇보다도 그 많은 추한 것들, 위협적인 것들을 떨쳐 내고 잊어버리려고 애썼다. 내 죄와 두려움의 그 긴 이야기 전체가 놀라울 정도로 빨리 기억에서 미끄러지듯 빠져나갔다. 겉으로 보기에는 그 어떤 상흔도 인상도 남기지 않은 채.

뿐만 아니라 나를 도와주고 구원해 준 사람 역시 빨리 잊어버리려 했던 것도 이제는 이해하겠다. 나는 상처 입은 영혼의 모든 힘과 충동을 쏟아부어 내 죄의 비참한 구렁텅이로부터, 크로머에의 끔찍한 예속으로부터 도망쳐 돌아왔던 것이다. 일찍이 내가 행복했고 만족스러웠던 곳으로, 다시 열리는 잃어버렸던 낙원으로, 아버지와 어머니의 밝은 세계로, 누이들에게로, 정결함의 향기에로, 아벨이 누렸던 신의 사랑에로.

데미안과 짧은 대화를 나눈 그날, 다시 얻은 자유에 충분한 확신이 서고 일이 다시 잘못될 걱정을 더 이상 하지 않아도 되었을 때 나는 그리도 자주 간절히 바라던 일을 행동에 옮겼다. 고해를 한 것이다. 어머니에게 가서 자물쇠가 망가지고 돈 대신 장난감 돈으로 채워진 저금통을 보여 주고, 나 자신의 잘못으로 나쁜 놈에게 걸려 얼마나 오랫동안 시달렸는지를 털어놓았다. 어머니는 모든 것을 다 이해하진 못했지만 저금통과 변한 내 눈빛을 보고, 달라진 내 목소리를 듣고 내가 회복되었다는 것, 어머니의 아들로 되돌아왔다는 것을 느꼈다.

그리고 이제 나는 고조된 감정으로 내가 다시 받아들여지는 축제를, 탕아의 귀향 의식을 치렀다. 어머니는 나를 아버지에게 데려갔고, 고백이 되풀이되었으며, 질문과 놀라움의 탄성이 터져 나온 후에 부모님은 내 머리를 쓰다듬으며 오랜 걱정에서 벗어나 안도의 한숨을 쉬었다. 모든 것이 멋있고, 동화 속 이야기 같았으며, 모든 것이 놀랍도록 순조롭게 풀렸다.

나는 정말 열심히 이 평온 속으로 도망쳐 들어갔다. 평화를 되찾고 부모님의 신뢰를 받는 일은 아무리 해도 싫지 않았다. 나는 집안의 말 잘 듣는 아들이 되었다. 그 어느 때보다 누이들과 잘 어울려 놀았고, 예배를 드릴 때는 구원받은 회개한 사람의 감정으로 좋아하던 옛 찬송가들을 함께 불렀다. 그런 일은 진심에서 우러난 것으로, 거짓이라곤 조금도 없었다.

그럼에도 불구하고 해결된 건 아무것도 없었다! 이 점이 바로 내가 데미안을 잊어버렸던 이유가 제대로 설명될 수 있는 대목이다. 고해는 그에게 했어야 했던 것이다! 그랬더라면 고해가 집에서처럼 화려하고 감동적이진 않았겠지만 그 결과는 내게 더 유익했을 것이다. 당시 나는 죽기 살기로 예전의 낙원 같은 세계에 매달렸고, 집으로 돌아갔고, 관대하게 받아들여졌다. 그런데 데미안은 결코 그 세계에 속한 사람이 아니었다. 거기에 어울리지 않았다. 그 역시, 크로머와는 달랐지만, 또 하나의 유혹자였다. 다시는 알고 싶지도 않은, 저 다르고 악하고 나쁜 세계에 나를 연결시켜 묶는 유혹자였다. 나 스스로 이제 막 다시 아벨이 된 마당에, 아벨을 포기하고 카인을 찬양하는 걸 도울 수는 없었다. 또 그러고 싶지도 않았다.

이 정도가 밖으로 드러난 상황이다. 하지만 속사정은 이렇다. 나는 크로머의 손아귀에서, 악마의 손아귀에서 풀려났다. 하지만 그것은 나 자신의 힘과 노력으로 된 것이 아니었다. 난 세상의 오솔길들을 걸어 보려 했지만, 그 길들은 내게 너무 미끄러웠다. 친절한 손길 하나가 나를 붙잡아 위험에서 구해 낸 순간, 나는 한눈한 번 팔지 않고 곧장 어머니 품속으로, 아늑하고 경건한 어린 시절의 안락함 속으로 달려 들어가 버렸다. 나는 원래 내 모습보다 더 어리게, 더 의존적으로 더 어린 애처럼 굴었다. 혼자 설 수 없었기에 나는 크로머에게 복종했던 것을 대체할 새로운 의존 대상이 필요했다. 그래서 거의 맹목적으로 아버지와 어머니에게 의존하려 했고, 내가 좋아하는 오래된 '밝은' 세계에 기대고자 했다. 그 세계가 전부가 아니라는 것을 이미 알아 버렸으면서도 말이다. 그렇게 하지 않았다면 나는 데미안에게 의지해 그에게 모든 걸 털어놓았을 것이다. 그렇게 하지 않은 것이 당시에는 그의 수상쩍은 생각들에 대한 당연한 불신 때문인 것처럼 보였다. 그러나 실은 두려움 때문이었다. 데미안은 내게 부모님이 요구하는 것 이상으로 많은 것을, 훨씬 더 많은 것을 요구했을 테니까. 충동하고 경고하며, 조롱하고 비꼬며 나를 더 자립적으로 만들려고 했을 테니까. 아, 이젠 나도 안다. 세상에 자기 자신에게로 이르는 길을 가는 것보다 인간에게 더 내키지 않는 일이 없다는 것을!

그럼에도, 반년쯤 뒤 나는 유혹을 이기지 못하고 산책 길에서 아버지에게 여쭈어 보았다. 아벨보다 카인이 더 훌륭하다고 말하는 사람들이 있는데 그 점을 어떻게 생각하시느냐고. 아버지는 무척 놀라면서 그것은 새로울 게 없는 견해라고 설명해 주었다. 그 관점은 초기 기독교 시대에 등장해 여러 종파들에 전수되었는데, 그 종파들 중 하나가 '카인교도'로 불렸다고 했다. 물론 이 이단적인 학설은 우리의 신앙을 파괴하려는 악마의 시험에 다름 아니다. 카인이 옳고 아벨이 잘못되었다면 신이 오류를 범한 것이므로 성경의 신은 올바른 유일신이 아니라 잘못된 신이 되고 만다. 실제로 카인교도들은 그와 비슷한 것을 가르치고 설교하기도 했을 것이다. 그러나 이런 이교 짓거리는 오래전에 인류 역사에서 사라져 버렸다. 그래서 내 학교 친구가 그에 대해 무언가 들을 수 있었다는 게 놀랍다고 했다. 아버지는 어쨌든 그런 생각은 버려야 한다고 진지하게 경고했다.

제3장 예수 옆에 매달린 도둑

내 어린 시절에 대하여, 아버지 어머니 곁에서 누렸던 안락함에 대하여, 어린아이가 사랑받으며 부드럽고 사랑스럽고 밝은 환경에서 넉넉하고 즐겁게 살았던 것에 대하여 아름답고 정겹고 사랑스러운 이야기를 들려줄 수도 있으리라. 그러나 내 인생에서 내 관심을 끄는 것은 오로지 나 자신에게 이르기 위해 내디뎠던 걸음들뿐이다. 그 모든 아름다운 휴식의 공간들, 행복의 섬들, 낙원들의 매력을 모르지 않지만, 그저 먼 곳의 아련한 광채 속에 놔두고, 거기 다시 들어설 욕심을 내지 않으련다.

그래서 소년 시절에 대해서는 어떤 새로운 것이 나에게 닥쳐왔는지, 무엇이 나를 앞으로 몰아갔는지, 나를 찢어 냈는지만 말하겠다.

그런 충격들은 늘 '다른 세계'에서 왔고, 두려움과 강박과 양심의 가책을 함께 몰고 왔다. 늘 혁명적이었고, 내가 그 안에 그대로 살아가고 싶었던 평화를 위태롭게 했다.

허락된 밝은 세계에선 움츠러들고 숨어야 하는 원시적 충동이 내 안에 살아 있다는 것을 새롭게 발견해야만 했던 시절이 왔다. 누구에게나 그렇듯이, 서서히 눈뜨는 성에 대한 감정이 나에게도 하나의 적이자 파괴자로, 금기로, 유혹과 죄악으로 찾아들었다. 내 호기심이 찾은 것, 꿈과 쾌락과 두려움이 내게 가져다준 것, 사춘기의 커다란 비밀, 그것은 내 어린 날의 아늑한 행복감에 전혀 맞지 않았다. 나는 다른 모든 사람들처럼 행동했다. 더 이상 어린 애가 아닌데 아이로 행동하는 이중의 삶을 살았다. 내 의식은 익숙하고 허락된 세계에 살고 있었고, 어렴풋이 동터 오는 새로운 세계를 부정했다. 그러나 동시에 나는 꿈, 충동, 은밀한 소망들 속에 살았다. 그것들 위로 의식적인 삶이 세운 다리들은 점점 더 불안해졌다. 내 안에서 유년의 세계가 무너지고 있었기 때문이다. 대부분의 부모들이 그렇듯, 내 부모님 또한 깨어나는 생명의 충동을 말없이 덮어 두며 도움을 주지 못했다. 그저 정성껏 보살펴 주며, 현실을 부인하고 점점 더 비현실적이고 가식이 되어 가는 어린아이의 세계에 좀 더 머무르려는 내 부질없는 시도들을 도와주었을 뿐이다. 이 점에선 부모가 과연 뭘 할 수 있는 건지 잘 모르겠고, 내 부모님을 탓할 생각이 없다. 나를 추스르고, 나의 길을 찾아내는 것은 결국 나 자신의 일이었다. 그리고 잘 보호받고 자란 자식들이 대개 그렇듯 나는 내 일을 잘 해내지 못했다.

누구나 이런 어려움을 겪고 지나간다. 평범한 사람들에게 이것은 생의 분기점이다. 자기 삶의 요구가 주변 세계와 극심한 갈등에 빠져드는 시기, 앞으로의 길을 혹독하게 싸워 얻어야만 하는 시기다. 수많은 사람들이 우리의 운명인 이 죽음과 새로운 탄생을 체험한다. 생애 단 한 번, 어린 시절이 삭아서 천천히 무너져 내리고, 사랑했던 모든 것들이 우리를 떠나가려 하고, 우리가 갑자기 고독과 우주의 치명적인 추위에 휩싸여 있음을 느끼게 되는 바로 그때에. 그리고 아주 많은 사람들이 영원히 이 절벽에 매달려 있다. 돌이킬 수 없는 지나간 것에, 잃어버린 낙원의 꿈에, 모든 꿈 중에서 가장 나쁘고 가장 살인적인 그 꿈에 평생 고통스럽게 달라붙어 있다.

하던 이야기로 돌아가자. 내게 유년의 끝을 알리던 느낌들, 꿈의 이미지들은 새삼 이야기할 만큼 중요하지 않다. 중요한 것은, '어두운 세계', '다른 세계'가 다시 거기 있었다는 사실이다. 한때 프란츠 크로머였던 것이 이제 나 자신 속에 박혀 있었다. 그리고 그로써 밖으로부터도 '다른 세계'가 다시 나를 지배할 힘을 얻었다는 것이다.

크로머와의 일이 있고 몇 년이 지난 후였다. 내 삶의 극적이고 죄 많은 시절은 당시 내게서 아주 멀리 물러나, 짧은 악몽처럼 사라져 버린 듯했다. 프란츠 크로머는 오래전에 내 삶에서 사라졌고, 어쩌다 그와 마주쳐도 신경 쓰이지 않을 정도였다. 하지만 내 비극의 또 다른 중요 인물, 막스 데미안은 내 주위에서 완전히 사라지지 않은 상태였다. 그래도 그는 오랫동안 저 멀리 가장자리에 서 있었다. 보이기는 해도 영향을 미치지는 않으면서. 그런 그가 비로소 차츰 다가왔고, 다시 힘과 영향력을 발휘했다.

그 시절의 데미안에 대해 내가 알고 있는 것을 떠올려 본다. 1년 남짓 단 한 번도 그와 대화한 적이 없는 것 같다. 난 그를 피했고, 그도 결코 다가오지 않았다. 언젠가 한 번, 우리가 우연히 마주쳤을 때 그는 내게 고개를 끄덕였다. 그 후 이따금, 그의 다정한 태도에 알 듯 모를 듯 조롱과 묘한 비난의 기미가 섞인 듯했지만, 그건 아마 내 상상이었을지도 모른다. 내가 그와 함께 겪었던 일이나 당시 그가 내게 행사했던 기이한 영향력을 그도 나도 모두 잊은 것 같았다.

그의 모습을 떠올려 볼까. 잘 생각해 보니, 그럼에도 그는 거기 있었고, 내 주목을 끌었다는 걸 알겠다. 혼자서 또는 키 큰 다른 애들 틈에 끼여서 그가 학교에 가는 모습이 보인다. 그 자신만의 공기에 둘러싸여 그 자신만의 법칙들 아래 살면서 낯설게, 외롭고 고요하게, 그 애들 사이에서 무슨 별처럼 돌아다니는 게 보인다. 아무도 그를 사랑하지 않았고, 아무도 그와 친하지 않았다. 그의 어머니만은 예외였지만, 그녀에게도 그는 아이처럼 구는 게 아니라 어른처럼 대하는 것 같았다. 선생님들은 되도록 그를 내버려 두었다. 그는 좋은 학생이었지만, 누구의 눈에도 들려 하지 않았다. 이따금 그가 선생님에게 했다는 어떤 말이나 비꼬는 소리, 항변이 소문으로 들려왔다. 그것들은 날카로운 도전이나 아이러니에 있어 더할 나위 없이 멋진 것들이었다.

두 눈을 감고 떠올린다. 그의 모습이 보인다. 그게 어디였더라? 그래, 이제 바로 다시 거기다. 우리 집 앞 골목이었다. 어느 날 나는 그가 손에 수첩을 들고 거기 서서 그림을 그리고 있는 것을 보았다. 그는 우리 집 대문 위, 새가 있는 오래된 문장을 그리고 있었다. 나는 창가에 서서, 커튼 뒤에 몸을 숨긴 채, 그를 보고 있었다. 그리고 문장을 향하고 있는 그의 주의 깊고 서늘하고 환한 얼굴을 깊이 놀라며 바라보았다. 그것은 무언가 아는 눈을 지닌 우월하고 의지로 가득한 어른의 얼굴, 연구자나 예술가의 얼굴이었는데, 유난히 환하고 서늘했다.

또다시 그의 모습이 보인다. 그 후 얼마 지나지 않아 거리에서였다. 학교에서 돌아오는 길에 우리는 쓰러진 말 한 마리를 빙 둘러싸고 서 있었다. 말은 아직 끌채에 매인 채 농가에서 쓰는 수레 앞에 쓰러져 있었는데, 무얼 구하는 듯 간신히 콧구멍을 벌름거리며 숨을 헐떡거렸다. 우리 눈에 보이지는 않지만 어딘가의 상처에서 흘러내린 피로 말 옆구리께의 하얀 흙먼지가 서서히 검붉게 물들어 가고 있었다. 역겨운 나머지 그 광경에서 몸을 돌렸을 때 데미안의 얼굴이 보였다. 그는 앞으로 비집고 나오려 하지 않고 그답게 맨 뒤쪽에 태연하게 지극히 여유로운 모습으로 서 있었다. 그의 시선은 말 머리를 향하고 있는 듯했는데, 다시금 저 깊고 고요하고 거의 열광적이면서도 냉철한 주의력을 띠고 있었다. 나는 오랫동안 그를 바라보지 않을 수 없었다. 그리고 분명히 의식했던 건 아니지만 그때 뭔가 아주 독특한 느낌을 받았다. 나는 데미안의 얼굴을 보았다. 그가 소년의 얼굴이 아니라 어른의 얼굴을 가졌다는 것 말고도 더 많은 것을 보았다. 보았거나 느꼈다고 믿었다. 그 얼굴은 어른의 얼굴도 아니고, 뭔가 다른 것이라고. 거기엔 뭔가 여자의 얼굴 같은 것도 들어 있다고. 이를테면 그 얼굴은 내게 한순간 어른 같기도 아이 같기도 않고, 나이 들지도 어리지도 않고, 수천 살이나 된 듯, 시간을 벗어난 듯, 우리가 사는 것과는 다른 시간대의 인장이 찍힌 것처럼 보였다. 짐승들이나 나무들 혹은 별들이라면 그렇게 보일 수 있을지도 모르겠다. 지금 내가 성인이 되어 말하는 것들을 당시에는 잘 몰랐고, 정확히 느끼지도 못했다. 그저 무언가 그 비슷한 것을 느꼈었다. 아마 그는 아름다웠던 것 같고, 내 마음에 들었던 것 같기도 하고, 또한 내게 거부감을 느끼게 했던 것 같기도 하다. 그 또한 구분되지 않았다. 내가 본 것은 그저 그가 우리와는 달랐다는 것, 그가 무슨 짐승 같았거나, 아니면 무슨 정령 같았거나, 무슨 형상 같았다는 것이다. 그가 그때 어땠었는지 모르지만, 하여간 그는 달랐다. 우리들 모두와 상상할 수 없을 만큼 달랐다.

더 이상은 기억나지 않는다. 그리고 어쩌면 이것들도 일부분은 나중의 인상들에서 만들어진 것일지도 모른다.

몇 살 나이를 더 먹고서야 비로소 나는 그와 다시 가깝게 지내게 되었다. 데미안은 관습대로 정해진 나이에 교회에서 견진성사*

를 받지 않았는데, 이에 대해서도 곧장 소문들이 돌았다. 학교에서는 그가 원래 유대인이라느니, 이교도라느니 쑥덕거렸다. 어떤 애들은 데미안과 그의 어머니가 무신론자라 했고, 또는 말도 안 되는 사이비 종파에 속해 있다고도 했다. 그런 연유로, 내 생각에는, 그가 자기 어머니와 애인처럼 지낸다는 의심도 샀던 것 같다. 아마 이랬을 것이다. 그는 그때까지 아무 종교 없이 자랐고, 그 점이 그의 장래에 어떤 불이익을 가져올지도 모른다는 우려를 불러일으켰을 것이다. 하여간 그의 어머니는 또래보다 2년 늦게야 그를 견진성사에 참여시키기로 결심했다. 그렇게 해서, 그는 몇 달간 견진성사 수업에 나와 같은 반 친구가 되었다.

한동안 나는 그에게 완전히 거리를 두었다. 되도록 그와 어울리고 싶지 않았다. 나에게 그는 소문과 비밀에 둘러싸인 존재였던 것이다. 하지만 정작 거슬렸던 건 크로머 사건 이후 내 마음속에 남아 있던 빚진 감정이었다. 그리고 바로 그 당시 나는 나 자신의 비밀들에 마음을 빼앗기고 있었다. 견진성사 수업이 내겐 성적인 문제에 결정적으로 눈뜨는 시기와 일치했던 것이다. 그로 인해 선한 마음을 가지고 있었음에도 불구하고 경건한 가르침에 관심을 갖기가 매우 힘든 상태였다. 신부님의 말씀들은 나에게서 멀리 떨어져 고요하고 성스러운 비현실 속에 있었다. 그것들은 아마도 매우 아름답고 가치 있는 것들이겠지만, 비현실적이고 자극적이지 않았다. 반면에 성에 눈떠 가는 일은 눈앞의 현실이었고 극도로 자극적이었다.

이러한 상태가 나를 수업에 무관심하게 하면 할수록, 그만큼 더 나는 막스 데미안에게 관심을 가지고 다시 다가갔다. 무엇인가가 우리를 이어 주는 듯했다. 이 끈을 나는 되도록 정확하게 따라가야겠다. 기억하는 바로는, 그것은 어느 이른 아침 수업 시간에 시작되었는데, 아직 교실에는 등이 켜져 있었다. 종교 선생님의 이야기는 카인과 아벨의 이야기에 이르고 있었다. 나는 거기에 거의 주의를 기울이지 않고 있었다. 졸음이 몰려와서 거의 듣고 있지 않았다. 그때 신부님이 목소리를 높여 강조하며 카인의 표적에 대해 말하기 시작했다. 순간 나는 무언가 살짝 건드리거나 혹은 경고하는 듯한 느낌을 받았다. 눈을 들면서 앞줄에서 데미안이 나를 향해 얼굴을 뒤로 돌리고 있는 것을 보았다. 조롱하는 듯하면서도 진지함이 담긴, 밝고 무언가 말하는 듯한 눈으로. 딱 한순간 그가 나를 바라보았고, 난 갑자기 정신을 차려 신부님 말씀에 귀 기울였으며, 카인과 그 표적에 대해 말하는 것을 들으며, 마음속 저 깊은 곳에서 알고 있다고 느꼈다. 그것은 신부님이 가르치는 것처럼 그렇지 않고, 달리 볼 수도 있으며 비판의 여지가 있다는 것을!

그 1분으로 데미안과 나 사이에는 다시 하나의 연결이 생겼다. 그리고 특이하게도 영혼의 연대감이 생기자마자 그 느낌이 마치 마법처럼 공간으로도 옮겨 가는 것을 나는 보았다. 그가 직접 그렇게 만들 수 있었는지 아니면 순수한 우연에 불과했는지 모르지만, 그때만 해도 나는 우연이라고 굳게 믿었다. 며칠 후 데미안이 종교 시간에 갑자기 자기 자리를 바꾸어 바로 내 앞줄에 앉았다(아침에 빽빽한 교실의 퀴퀴한 빈민 냄새 가운데 그의 목에서 풍겨 오는 산뜻한 비누 향이 아직도 생생하다!). 다시 며칠이 지나자 그는 또 자리를 바꾸어 내 옆에 앉았고, 그 겨울 내내 그리고 봄이 다 가도록 그 자리에 앉아 있었다.

아침 수업 시간은 완전히 달라졌다. 이제 더 이상 졸리거나 지루하지 않았다. 나는 그 시간이 오기를 즐거워하며 기다렸다. 가끔 우리 둘은 극도로 집중해 신부님 말씀에 귀를 기울였는데, 주목할 만한 이야기, 특이한 문구를 내게 가리킬 때는 내 짝의 눈짓

하나면 충분했다. 그리고 내 안의 비판이나 의심을 깨우려고 경고해 올 때도 그의 다른 눈짓, 아주 확실한 눈짓 하나면 충분했다.

하지만 자주 우리는 나쁜 학생이었고, 수업을 전혀 듣지 않았다. 데미안은 선생님이나 반 친구들에게 늘 예의 바르게 행동했다. 나는 그가 남학생들이 흔히 저지르는 어리석은 짓 하는 것을 한 번도 본 적이 없다. 큰 소리로 웃거나 떠드는 일도 없었고, 선생님에게 야단맞는 일도 없었다. 하지만 아주 조용히, 귓속말보다는 신호나 눈짓으로 자신이 하고 있는 일에 나를 끌어들일 줄 알았다. 그것들은 부분적으론 기이한 종류의 것이었다.

예를 들어 그는 학생들 중 누구에게 관심이 있는지, 어떤 식으로 그들을 관찰하는지 내게 말해 주었다. 그는 여러 명을 아주 정확히 파악하고 있었다. 수업이 시작되기 전에 그가 내게 말했다. "내가 너에게 엄지손가락으로 신호를 해 보이면, 저 애와 저 애가 우리 쪽을 돌아보거나 목덜미를 긁을 거야" 등등. 그런 다음 수업이 시작되고, 내가 그 말을 까맣게 잊고 있을 때쯤 데미안이 갑자기 눈에 띄는 동작으로 내게 엄지손가락을 들어 보였다. 나는 얼른 그가 가리킨 학생을 바라보았다. 그러곤 번번이 그 애가 철사 줄에 매여 당겨지기라도 하듯 요구받은 동작을 하는 것을 보았다. 나는 선생님한테도 그걸 한번 해 보라고 데미안을 졸랐지만, 그는 하지 않았다. 그러나 한번은 내가 수업에 들어가면서 그에게, 오늘은 숙제를 해 오지 않아서 신부님이 나한테 아무것도 묻지 않았으면 좋겠다고 했을 때, 그가 나를 도와주었다. 신부님은 교리 문답의 한 구절을 암송시킬 학생을 찾고 있었는데, 빙 둘러보던 그의 눈길이 죄의식에 찬 내 얼굴에 와서 멈추었다. 신부님이 천천히 다가와 손가락으로 나를 가리키며, 내 이름을 막 입술에 올리려는 순간 갑자기 마음이 흐트러진 듯 불안정해지더니 셔츠 깃을 당겨 바로잡으며, 자신의 얼굴을 빤히 쳐다보고 있는 데미안에게 다가가 무엇을 물으려는 듯했다. 그런데 의외로 다시 돌아섰고, 잠시 기침을 하더니 다른 학생을 시켰다.

이 장난은 무척 재미있었지만, 차츰 친구가 나에게도 자주 똑같은 장난을 한다는 것을 알아차리게 되었다. 학교 가는 길에 갑자기 데미안이 조금 떨어져서 내 뒤에 따라오고 있다는 느낌이 들어 돌아보면, 정말 거기 있었다.

"그러니까 다른 사람이 네가 원하는 대로 생각하게 만들 수 있는 거야?"

내가 물었다.

그는 침착하게 사실대로, 특유의 그 어른 같은 태도로 기꺼이 설명해 주었다.

"아니."

그가 말했다.

"그건 불가능해. 인간에게는 남을 조종할 수 있는 자유 의지는 없어, 신부님이라 해도 말이야. 신부님이 원하시는 대로 다른 사람이 생각할 수도 없을 뿐만 아니라, 내가 원하는 대로 그 사람이 생각하게 만들 수도 없어. 하지만 누군가를 관찰할 수는 있지. 그러면 종종 그 사람이 무얼 생각하는지 혹은 무얼 느끼는지 꽤 정확하게 알아차릴 수 있어. 그러면 그 사람이 다음 순간에 무엇을 할지 예측할 수 있지. 아주 간단해. 사람들이 그걸 모르고 있을 뿐이야. 물론 연습이 필요하지. 예를 들어, 나방 중에 수컷보다 암컷의 수가 아주 적은 종류가 있어. 나방도 다른 모든 동물과 똑같은 방식으로 번식을 해. 수컷이 암컷을 수정시키면, 암컷이 알을 낳는 거지. 만약 네가 지금 이 나방들 중에 암컷을 한 마리 가지고 있다면 ─ 이런 실험은 생물학자들이 자주 해 온 것인데 ─ 밤에 이 암컷에게로 수컷 나방들이 날아오는 거야, 몇 시간씩 걸리는 먼 곳에서! 생각해 봐, 몇 시간씩 걸리는데! 수 킬로미터나 떨어진 곳에서 이 모든 수컷들은 그 지역에 있는 단 한 마리의 암컷을 감지하는 거야! 사람들은 그것을 설명해 보려고 하지만 어렵지. 그건 일종의 후각이나 뭐 그런 무엇일 거야. 좋은 사냥개가 보이지도 않는 자취를 찾아내 추적해 갈 수 있는 것처럼 말이야. 알겠어? 그것도 이런 종류의 일이야. 자연은 그런 일들로 가득하지만, 누구도 그걸 설명하지 못해. 이렇게 말할 수는 있겠지. 만약 이 나방들에게 암컷이 수컷만큼 흔했다면, 수컷들의 코가 그토록 예민하지 못했을 거야! 수컷들은 그렇게 훈련되었기 때문에 그런 코를 가지게 되었을 뿐이야. 어떤 짐승이나 인간이 자신의 모든 주의력과 온 의지를 어떤 특정한 일에 모으면, 그걸 이루기도 하지. 그게 다야. 네가 알고 싶어 하는 일도 바로 그래. 어떤 사람을 세심하게 관찰해 봐. 그럼 너는 그에 대해 그 자신보다 더 잘 알게 돼."

나는 거의 '독심술'이라는 단어를 입 밖에 내서 오래전 일인 크로머와의 일을 상기시킬 뻔했다. 그 일은 그러나 이제 우리 둘 사이에 아주 미묘한 문제였다. 그나 나나 몇 년 전 그가 내 삶에 그토록 진지하게 개입했던 일에 대해 결코 한 번도 아주 가벼운 암시조차 하는 일이 없었다. 마치 전에 우리 사이에 아무 일도 없었던 듯했다. 혹은 둘 다 상대방이 그걸 잊었다고 굳게 믿고 있는 듯했다. 심지어는 한 번인가 두 번 둘이 함께 길을 가다가 프란츠 크로머와 마주친 일도 있었지만, 우리는 눈길 한 번 주고받지 않았고, 그에 관해 말 한마디 하지 않았다.

"하지만 의지는 어떻게 되는 거야?"

내가 물었다.

"사람은 자유 의지를 가지고 있지 않다고 했잖아. 그러곤 다시 사람은 자기 의지를 무엇인가에 확고히 집중시키기만 하면 된다고 했어. 그러면 목적을 이룰 수 있다고. 말이 맞지 않잖아! 내가 내 의지의 주인이 아니라면 그것을 어딘가에 내키는 대로 집중할 수도 없는 것 아냐"

그가 내 어깨를 툭툭 두드렸다. 그를 기쁘게 했을 때 하는 행동이었다.

"좋아, 네가 질문을 하다니!"

그가 웃으며 말했다.

"사람은 늘 물어야 해, 늘 의심해야 하는 거야. 하지만 그 문제는 아주 간단해. 예를 들어 그런 나방이 별이나 혹은 그런 무언가에 제 의지를 쏟으려 했다면, 그건 이룰 수 없었을 거야. 다만 나방은 그런 시도를 하지 않는다는 거지. 오로지 제게 의미와 가치가 있는 것, 제가 필요로 하는 것, 꼭 가져야만 하는 것만 찾아. 바로 그렇기 때문에 믿을 수 없는 일도 이루어지는 거지. 자기 외에 다른 동물은 갖지 못한 마법과도 같은 육감을 개발하는 거야! 우리 인간은 물론 동물보다 활동 범위도 넓고, 관심을 기울이는 대상도 많아. 하지만 우리 역시 꽤나 좁은 범위 안에 매여 있고, 그걸 벗어날 수 없어. 내가 이런저런 것을 상상할 수는 있겠지. 무조건 북극에 가고 싶다거나 아니면 그와 비슷한 것을 말이야. 하지만 그것을 실행하거나 충분히 강력하게 원할 수 있는 건 오로지, 그 소망이 완전히 나 자신 안에 있을 때, 실제로 내 존재가 완전히 그 소원으로 꽉 차 있을 때뿐이야. 그렇게만 되면, 너의 내면으로부터 요구되는 것을 실행하자마자 잘될 거야. 좋은 말에 마구를 채운 듯 네 의지를 행사할 수 있어. 그런데 예를 들어 내가 지금 우리 신부님이 앞으로는 안경을 안 쓰시게 해 보겠다고 마음먹는다면, 그렇게 되지는 않지. 그건 그냥 장난일 뿐이니까. 그러나 내가 지난번 가을에 앞쪽의 내 자리를 바꾸고 싶다는 확고한 의지를 가졌을 때는 일이 아주 잘 풀렸어. 알파벳순으로 해서 내 앞에 앉아야 하는데 그때까지 아파서 수업에 못 나왔던 아이가 갑자기 나타난 거야. 누군가 그 아이에게 자리를 만들어 줘야 했고, 당연히 내가 그렇게 했지. 내 의지는 기회만 생기면 낚아챌 준비가 되어 있었으니까."

"그래."

내가 말했다.

"그때 그 일도 참 이상했어. 우리가 서로 관심을 가지게 된 순간부터 넌 내 쪽으로 점점 가까이 왔지. 하지만 어떻게 된 거야? 처음에 바로 내 옆에 와 앉지는 않았잖아. 넌 우선 몇 번 거기 내 앞쪽 자리에 앉았어, 그렇지 않아? 어떻게 그런 거야?"

"그건 이래. 맨 처음 자리를 떠나려 했을 때는 나 자신도 어디로 가고 싶은지 제대로 몰랐어. 내가 아는 건 그저 훨씬 뒤쪽에 앉고 싶다는 것뿐이었어. 너에게로 가는 것이 내 의지였지만, 그게 아직 내게 의식되지 않았던 거지. 동시에 너의 의지도 함께 이끌며 나를 도왔던 거야. 그 와중에 내가 네 앞에 앉았을 때에야 비로소 내 소망이 반쯤 이루어졌다는 걸 알게 되었지. 내가 원래 바랐던 것이 바로 네 옆에 앉는 것이었음을 알아차렸던 거야."

"하지만 그때는 새로운 아이가 들어오지도 않았는데."

"그랬지. 하지만 그때는 내가 하고 싶은 대로 해 버렸어. 얼른 네 옆에 앉아 버린 거지. 나와 자리를 바꾼 아이는 그저 좀 놀라며 내가 그렇게 하도록 내버려 두었어. 그리고 신부님은 한번쯤 거기에 뭔가 변화가 생겼다는 것을 알아차리기는 하셨을 거야 ─ 무엇보다 나와 관계되는 일이 있을 때면 번번이 뭔지 모르지만 마음에 걸리는 거지. 내 이름이 데미안이고, D로 시작하는데 한참 뒤쪽에

S로 시작하는 아이들 틈에 앉아 있는 게 맞지 않다는 건 아시거든! 그러나 그 사실이 의식 속으로 뚫고 들어가지 못하는 거야. 내 의지가 거기 맞서면서 계속 그분이 그러지 못하도록 방해하기 때문이지. 그분은 거기 뭔가가 맞지 않는다는 걸 거듭 알아차리고, 나를 바라보고, 곰곰이 생각하기 시작하시지, 그 선량한 분이. 그러나 그럴 때 내게는 간단한 방법이 있어. 매번 아주, 아주 뚫어지게 그분의 눈을 들여다보는 거야. 거의 모든 사람들은 그걸 못 견뎌 해. 다들 불안해하지. 만약 네가 누군가에게서 뭔가를 관철시키려 하고, 갑자기 아주 확고하게 그의 눈을 응시하는데도 상대가 전혀 불안해하지 않으면 포기해! 그 사람에게서는 아무것도 이룰 수 없어, 절대로! 하지만 그런 일은 아주 드물어. 내가 아는 사람 중에 그 방법이 통하지 않는 사람은 사실 단 한 명밖에 없었어."

"그게 누군데?"

내가 얼른 물었다.

그는 생각에 잠길 때면 늘 그러듯 약간 가느스름해진 눈으로 나를 바라보았다. 그러더니 시선을 거두고 아무 대답도 하지 않았다. 나는 몹시 궁금했지만 다시 물어볼 수는 없었다.

하지만 그때 그는 자기 어머니 이야기를 했던 것이라고 생각한다. 어머니와 아주 친밀하게 지내는 것 같았지만, 그는 내게 어머니 이야기를 한 적이 없고, 나를 집에 데려간 적도 없었다. 나는 그의 어머니가 어떻게 생겼는지 전혀 몰랐다.

그 당시 나도 그와 똑같이 해 보려고 여러 번 시도했다. 바라는 것이 이루어지도록 내 의지를 무언가에 집중시키려고 해 보았다. 내게는 충분히 절실해 보이는 소망들이 있었던 것이다. 그러나 그것은 아무것도 아니었고, 제대로 되지도 않았다. 데미안과 그 이야기를 해 볼 용기는 내지 못했다. 내가 소망하는 것을 그에게 고백할 수 없었을 것이다. 그리고 그도 묻지 않았다.

종교 문제에 있어 그동안 내 신앙심에는 많은 틈이 생겼다. 그렇기는 해도 전적으로 데미안의 영향을 받은 내 생각은 철저히 무신앙을 드러내는 동급생들의 생각과는 뚜렷이 달랐다. 그런 애들이 몇몇 있었는데, 가끔 이런 말들이 들려왔다. 신을 믿는다는 건 가소롭고 인간의 품위를 떨어뜨리는 일이며, 삼위일체나 예수의 동정녀 탄생 같은 이야기들은 그저 웃기는 일에 불과하고, 아직도 그런 잡동사니를 팔러 다닌다는 게 수치스러운 일이라는 것이었다. 나는 결코 그렇게는 생각하지 않았다. 회의를 품고 있다곤 해도, 내 유년 시절의 모든 체험을 통해 부모님이 살아가는 것과 같은 경건한 삶이 실제로 존재한다는 것을 잘 알고 있었다. 그리고 이러한 삶이 품위 없는 것도 아니며, 허위도 아니라는 것을 잘 알고 있었다. 오히려 종교적인 것에 대해 나는 예나 지금이나 아주 깊은 경외심을 가지고 있었다. 데미안은 그저 내가 성경 이야기들과 교리들을 더 자유롭게, 더 개인적으로, 더 유희적으로, 더 풍부한 상상력으로 바라보고 풀이하는 데 익숙해지도록 도와주었을 뿐이다. 적어도 나는 그가 내게 해 준 풀이들을 언제나 기꺼이 즐거워하며 따라갔다. 물론 많은 것이 내게 너무 갑작스럽기는 했다. 카인에 대한 일도 그랬다. 한번은 견진성사 수업 중이었는데 그가 더 대담한 견해 하나로 나를 깜짝 놀라게 했다. 선생님은 골고다에 관련된 이야기를 하고 있었다. 구세주의 고난과 죽음에 대해 성경이 보고하고 있는 것은 아주 어릴 때부터 내게 깊은 인상을 남겼었다. 어린 소년이었을 때 가끔 수난의 금요일 같은 날에 아버지가 예수 수난사를 낭독해 주면 나는 열렬히 감화되어 이 처참하고 아름다운, 창백하고 섬뜩하면서도 엄청나게 생기 있는 세계에서 살았다. 겟세마네 동산과 골고다 언덕에서. 그리고 바흐의 「마태 수난곡」을 들을 때면 이 신비에 찬 세계가 지닌 어둡고 힘찬 열정의 광채가 온갖 신비로운 전율로 나를 흔들었다. 나는 지금도 이 음악에서, 그리고 '비극적 행위(Actus tragicus)'에서 모든 시와 모든 예술적 표현의 정수를 본다.

그런데 수업이 끝날 무렵 데미안이 생각에 잠긴 얼굴로 내게 말했다.

"싱클레어, 여기엔 내 마음에 들지 않는 뭔가가 있어. 그 이야기를 다시 한 번 찬찬히 읽어 봐. 그리고 혀끝으로 음미해 봐. 진부한 맛이 나는 뭔가가 거기 있어. 예수와 함께 십자가에 매달린 두 명의 도둑 이야기 말이야. 언덕 위에 십자가 세 개가 나란히 서 있는 광경이야, 굉장하지! 하지만 그다음엔 착한 도둑이 등장하는 감상적인 선교 전단용 이야기라니! 누가 봐도 죄인이요 수치스러운 짓을 저지른 인간이 그제야 살살 녹아 회개와 참회의 눈물 짜는 축제를 벌이고 있잖아! 말해 봐, 무덤을 코앞에 두고 하는 그런 회개가 무슨 의미가 있는데? 그건 순전히 선교를 목적으로 한 엉터리 설교에 불과해. 달착지근하고 정직하지 못한, 지극히 교화적인 목적으로 감동의 기름을 듬뿍 친 그런 이야기지. 네가 지금 그 두 도둑 중 하나를 친구로 선택해야 한다면, 혹은 둘 중 누구를 더 신뢰할 수 있을지 고심해야 한다면, 그 답은 분명 이 눈물 짜는 개종자는 아니란 거지. 아니, 다른 쪽이야. 그 도둑이야말로 사나이답고 개성이 있잖아. 그는 자기 처지에서 그저 또 하나의 그럴듯한 헛소리에 불과한 개종에 코웃음을 치고 자신의 길을 끝까지 간 거야. 그리고 그때까지 자신을 도와주었던 악마의 손을 마지막 순간에 비겁하게 놓아 버리는 짓 따위는 하지 않았어. 그는 개성 있는 인간이야. 성경 이야기에서는 개성 있는 사람들이 늘 손해 보지.

아마 그도 카인의 후예일 거야. 그렇게 생각하지 않아?"

나는 매우 당황했다. 이 십자가에 못 박히는 이야기는 꽤 잘 안다고 믿고 있었는데, 이제야 비로소 내가 얼마나 개성 없이, 얼마나 상상력도 판타지도 없이 그것을 듣고 읽었는지 알았던 것이다. 그럼에도 불구하고 데미안의 새로운 생각은 내게 치명적으로 들렸고, 그동안 고수해야 한다고 믿었던 내 안의 모든 개념들을 전복시키려고 위협했다. 아니다. 그렇게 이것저것 가리지 않고 가장 신성한 것까지 마구 뒤집어엎을 수는 없는 일이었다.

늘 그렇듯이 무슨 말을 하기도 전에 그는 바로 내 저항을 알아차렸다.

"나도 알아."

그가 체념하듯 말했다.

"그건 오래된 이야기야. 심각해할 것 없어. 하지만 너에게 이걸 말하고 싶었어. 여기에 이 종교의 결함을 아주 분명히 알 수 있는 요점들 중 하나가 있다는 거야. 요컨대 구약과 신약의 이 유일신이 아주 탁월한 모습이긴 하지만, 그가 마땅히 표상해야 할 그런 모습은 아니라는 거지. 그는 선함, 고귀함, 아버지다움, 아름답고 드높은 것, 감상적인 것이지. 아주 옳아! 그러나 세계는 다른 것으로도 이루어져 있어. 한데 그 다른 것은 이제 모두 악마한테 떠넘겨지고, 세계의 온전한 일부분, 이 온전한 반쪽은 감춰지고 묵살되는 거야. 신을 모든 생명의 아버지라고 찬양하면서, 모든 생명의 근원인 성생활은 완전히 묵살한 채, 악마적 소행이나 죄악이라고 해 버리잖아! 나는 사람들이 이 여호와 신을 숭상하는 것에 반대하지 않아, 전혀 조금도. 그러나 우리는 모든 것을 숭상하고 신성하게 여겨야 한다고 생각해. 인위적으로 분리된 공식적인 반쪽만이 아니라 전체 세계를 말이야! 그러니까 우리는 신에 대한 예배와 더불어 악마에 대한 예배도 해야 해. 그게 옳은 것 같아. 아니면 악마를 자신 안에 품고 있어, 지극히 자연스러운 세상일들이 일어날 때 그 앞에선 눈을 감지 않아도 되는 그런 신을 만들어 내야 할 거야."

그는 평소와 다르게 격해졌지만, 이내 다시 미소 지었고, 더 이상은 내게 강요하지 않았다.

하지만 내 마음속에선 이 말들이, 늘 속에 지니고 다녔고 거기에 대해 어느 누구에게도 말한 적 없는 내 소년 시절 전체의 수수께끼를 꿰뚫고 있었다. 그때 데미안이 신과 악마에 대해, 신적이고 공식적인 것과 묵살된 악마적인 것에 대해 말했던 것, 그것은 바로 나 자신의 생각, 나 자신의 신화로서, 두 세계 혹은 세계의 두 반쪽, 밝은 세계와 어두운 세계에 대한 생각이었다. 나의 문제가 모든 인간의 문제요 모든 삶과 생각의 문제라는 통찰이 갑자기 성스러운 그림자처럼 덮쳐 왔다. 그리고 나 자신의 독자적이고 개인적인 삶과 생각이 얼마나 깊숙이 위대한 사유의 영원한 흐름에 함께하고 있는지를 갑자기 깨닫고 느끼게 되자 두려움과 경외감이 엄습했다. 그 통찰은 무언가 확인해 주고 행복감을 주긴 했으나 기쁘지 않았다. 그것은 가혹하고 황량한 느낌이었다. 더 이상 어린애일 수 없고, 이제 혼자 서 있다는 일말의 책임감이 그 속에 깃들어 있었던 것이다.

생애 처음으로 그처럼 깊숙한 비밀을 털어놓으며 나는 친구에게 아주 어린 시절부터 지녀 온 '두 세계'에 대한 내 견해를 말해 주었다. 가장 깊은 내면의 심정이 그에게 동의하며 그가 옳다고 인정한다는 것을 그는 바로 알았다. 하지만 그걸 이용하는 건 그의 방식이 아니었다. 그는 보통 때보다 더 주의 깊게 내 말에 귀 기울이며 내 눈을 들여다보았다. 나는 시선을 돌리지 않을 수 없었다.

그의 눈빛에서 다시금 저 기이하고 동물적인 시간 초월성, 가늠할 수 없는 나이를 보았던 것이다.

"우리 그 애긴 다음에 더 하기로 하자."

그가 보살펴 주듯 말했다.

"내가 보기에, 넌 남에게 말할 수 있는 것 이상으로 생각을 많이 해. 사정이 그렇다면, 넌 생각했던 것을 다 체험해 보지 못했다는 것도 스스로 알 거야. 그건 좋지 않아. 생각이란, 우리가 그대로 살아 내는 것만 가치 있는 거야. 너의 '허락된 세계'는 세계의 절반에 불과하다는 걸 넌 알았어. 그런데 신부님이나 선생님들이 하듯 두 번째 절반을 감추려고 했지. 하지만 그렇게는 안 될 거야! 한번 생각이라는 걸 시작하면 누구도 그렇게 못해!"

그 말은 내게 깊이 와 닿았다.

"그렇지만."

난 외치다시피 말했다.

"정작 실제로 금지되어 있는 추한 일들도 많아. 그건 너도 부인하지 못할 거야! 그런 일들이 일단 금지되면 우린 그걸 포기해야 해. 살인을 비롯해 온갖 악덕이 있다는 건 알아. 하지만 그것들이 있다고 해서, 나보고 범죄자가 되라는 거야?"

"우린 이 애기를 오늘 다하지 못해."

데미안이 내 흥분을 가라앉혔다.

"너는 물론 살인을 하거나 소녀를 겁탈하고 죽이면 안 되지. 그건 아니야. 하지만 '허락되었다'거나 '금지되었다'는 것이 원래 무엇을 뜻하는지 통찰할 수 있는 곳까지 넌 아직 가 보지 못했어. 겨우 진실의 일부를 감지했을 뿐이야. 다른 것이 또 올 거야. 거기에 너를 내맡겨 봐! 예를 들어 넌 1년 전부터 내면에 다른 모든 것들보다 강한, '금지된 것'으로 여기는 하나의 충동을 느끼고 있을 거야.

그런데 그리스인들이나 다른 민족들은 정반대로 이 충동을 하나의 신성으로 만들었고, 성대한 축제를 벌이며 그것을 기렸어. '금지되었다'는 것은 그러니까 영원한 것이 아니라 바뀔 수 있는 거야. 오늘날에도 누구든 어떤 여인과 신부님 앞에 서서 결혼 서약을 한 뒤에는 바로 그녀와 잘 수 있잖아. 그게 다른 민족들에게서는 달라, 지금까지도 말이야. 따라서 우리는 각자 스스로 찾아내야 해. 무엇이 허락되고 무엇이 금지되어 있는지를 자기에게 금지된 것은 무엇인지를 말이야. 사람은 금지된 일을 한 번도 한 적이 없어도 아주 나쁜 인간일 수 있어. 정반대일 수도 있고. 실제로 그건 그저 편안함의 문제란 얘기야! 너무 안일해서 스스로 생각하고 주체적 판단을 하기 힘든 사람은 기존의 금지들에 그대로 순응해 버리지. 그게 쉬우니까. 그런데 어떤 사람들은 자기 내면에서 금지를 느껴. 그들에게는 다른 명예로운 사람이 일상으로 하는 일들이 금지되고, 보통은 금지되는 다른 일들이 허락돼. 그건 각자 알아서 판단해야 해."

말을 그렇게 많이 한 것이 갑자기 후회되는 듯 그는 입을 다물었다. 그때 그가 어떤 심정이었는지 나는 이미 어느 정도 느낌으로 알 수 있었다. 그토록 기분 좋게, 떠오르는 생각들을 되는대로 말하고 있는 것처럼 보였지만, 언젠가 그가 말했듯, '그저 떠벌리기 위한' 대화를 그는 정말 못 견뎌 했다. 그런 그가 내게서 이야기에 대한 진지한 관심과 더불어 지나친 유희, 재치 있는 수다에 대한 지나친 기쁨이나 뭐 그런 것을, 간단히 말해 완벽한 진지함이 부족하다는 것을 감지했던 것이다.

내가 방금 써 놓은 마지막 말, '완벽한 진지함'을 다시 읽다 보니, 내가 아직 반은 어린아이이던 시절에 막스 데미안과 함께했던 가장 인상 깊은 다른 장면 하나가 떠오른다.

우리의 견진성사가 다가오고 있었는데, 종교 수업의 마지막 몇 시간은 최후의 만찬에 대한 것이었다. 신부님에게는 최후의 만찬이 중요했으므로 그 시간에 우리가 신성한 느낌과 분위기를 느끼게 하려고 애를 썼다. 하지만 바로 그 마지막 수업 시간에 내 생각은 다른 것에, 내 친구에게 온통 쏠려 있었다. 교회 공동체 안에 엄숙하게 받아들여지는 것을 뜻하는 견진성사가 다가오는 것을 보며 나는 반년간의 교리 수업의 가치가 교실에서 배운 게 아니라 데미안의 곁에서 그의 영향을 받았던 것에 있다는 생각을 떨칠 수가 없었다. 나는 교회 안으로 받아들여질 준비가 된 것이 아니라, 전혀 다른 어떤 곳, 어떤 식으로든 이 세상에 존재하고 있음에 틀림없는 사상과 개성의 종단(宗團)으로 들어갈 준비가 되었던 것이다. 그리고 내 친구를 그 종단의 대표자요 사자(使者)로 느끼고 있었다.

나는 이런 생각을 억누르려고 애썼다. 이 모든 것에도 불구하고 견진성사 의식은 진심을 다해 엄숙하게 치르고 싶었지만, 그건 내 새로운 생각에 별로 맞지 않아 보였다. 그래도 내가 바라는 대로 하고 싶었다. 내 생각은 곧 있을 교회 의식에 가 닿았고, 나는 이 의식을 여느 사람들과는 다르게 치를 준비를 마쳤다. 나에게 그 의식은 데미안을 통해 알게 된 사고의 세계로 받아들여짐을 뜻하는 것이었다.

그와 다시 한 번 열띤 토론을 벌인 것도 그 무렵이었다. 교리 문답 수업이 시작되기 직전이었다. 내 친구는 아무 말이 없었고, 상당히 노숙한 척, 잘난 척하며 떠들어 대는 내 이야기가 달갑지 않은 듯했다.

"우린 말을 너무 많이 하고 있어"라고 그가 정색하며 말했다.

76

"똑똑한 이야기를 늘어놓는 건 아무 가치도 없어, 전혀 없어. 자기 자신에게서 멀어질 뿐이지. 그건 죄악이야. 자기 자신 속으로 완전히 기어 들어갈 수 있어야 해, 거북이처럼."

그 후 우리는 바로 교실로 들어갔다. 수업이 시작되었고, 나는 수업에 열중하려고 애썼다. 데미안은 내가 그렇게 하도록 놔뒀다. 얼마 후 그가 앉아 있는 옆으로부터 뭔가 독특한 느낌이 왔다. 모르는 사이에 그 자리가 비어 버린 듯 어떤 텅 빔이나 서늘함 혹은 그 비슷한 무엇이 느껴졌다. 가슴을 조이는 듯한 느낌이 들기 시작했을 때 나는 옆을 보았다.

거기 친구가 여느 때와 마찬가지로 반듯하게 단정한 자세로 앉아 있는 것을 보았다. 하지만 그럼에도 불구하고 그는 평상시와는 아주 달랐다. 내가 알지 못하는 무엇인가가 그에게서 나와, 그를 감싸고 있었다. 그가 눈을 감고 있다고 생각했는데, 눈을 뜨고 있는 것이 보였다. 그러나 그 눈은 무엇을 보고 있는 것이 아니었다. 내면을 향해 혹은 아주 먼 곳을 향해 고정되어 있었다. 그는 미동도 없이 거기 앉아 있었고, 숨도 쉬지 않는 것처럼 보였다. 입은 나무나 돌로 깎아 놓은 듯했다. 얼굴은 핏기 없이 돌처럼 고르게 창백했으며, 그에게서 그나마 가장 생기를 띠는 것은 갈색의 머리카락들이었다. 두 손은 마치 물건처럼, 무슨 돌이나 과일처럼, 생명력 없이 고요하게, 창백하게 미동도 없이 그의 앞 긴 의자 위에 놓여 있었다. 그러나 맥없이 늘어진 것이 아니라 그것은 내밀한 강한 생명을 감싸고 있는 단단하고 훌륭한 껍질 같았다.

그 광경은 나를 소스라치게 했다. 그가 죽었다! 고 생각해 하마터면 크게 소리칠 뻔했다. 하지만 죽지 않았다는 것을 나는 알고 있었다. 주술에 걸린 듯 그의 얼굴에서, 그 창백하고 돌 같은 가면에서 눈을 떼지 못했다. 그리고 느꼈다. 저게 데미안이었구나! 나와 함께 걷고 대화했던 여느 때의 그는 반쪽의 데미안이었다. 잠시 어떤 역할을 맡아 하고, 호흡을 맞춰 주고, 내게 호응해 준 반쪽의 데미안 말이다. 진짜 데미안은 저런 모습이었다. 저렇게 돌처럼 단단한, 태곳적인, 동물 같은, 돌 같은, 아름답고도 차가운, 죽었으면서도 내밀하게는 들어 본 적 없는 생명으로 가득한 모습이었던 것이다. 그리고 그를 감싸고 흐르는 이 고요한 텅 빔, 이 영적인 기운과 별들 가득한 천공(天空), 이 고독한 죽음!

지금 그가 내면으로 완전히 들어가 버렸음을 느끼며 난 전율했다. 나는 한 번도 저토록 고독해진 적이 없었다. 나는 그와 아무 관련 없었고, 그는 나에게 닿을 수 없는 존재였다. 그는 이 세상에서 가장 먼 섬에 있는 것보다도 더 멀리 나에게서 떨어져 있었다.

이해할 수가 없었다. 나 말고는 이 광경을 보는 사람이 아무도 없다니! 모두가 보아야 하고, 모두가 전율해야 하건만! 그러나 누구도 그에게 주의를 기울이지 않았다. 그는 조각상처럼 앉아 있었다. 우상처럼 뻣뻣하다고 생각될 정도로. 파리 한 마리가 그의 이마에 내려앉더니 코와 입술 위로 천천히 기어갔는데, 그는 털끝 하나 움직이지 않았다.

어디에, 그때 그는 어디에 있었는가? 그는 무엇을 생각했는가? 무엇을 느꼈는가? 그는 천국에 있었나, 지옥에 있었나?

그에게 물어볼 수는 없었다. 수업이 끝날 무렵 그가 다시 살아나 숨 쉬고 있는 것을 보았을 때, 그의 눈길이 나와 마주쳤을 때, 그는 전과 다름없었다. 그는 어디에서 왔을까? 어디에 가 있었던 것일까? 그는 지쳐 보였다. 그의 얼굴은 혈색을 되찾고 손은 다시 움직였지만 갈색 머리카락은 지친 듯 윤기가 없었다.

그 후 며칠 동안 나는 침실에서 몇 번인가 새로운 연습에 몰두했다. 의자 위에 꼿꼿이 앉아 시선을 고정하고 꼼짝도 하지 않은 채 그것을 얼마나 오래 견디고, 그러면서 무엇을 느끼는지 기다려 보았다. 하지만 그냥 피곤해지고 눈꺼풀에 심한 경련이 일어났을 뿐이다.

그런 뒤 곧바로 견진성사가 있었는데, 거기에 대해서는 별로 중요한 기억이 없다.

이제 모든 것이 달라졌다. 유년이 내 주위에서 산산이 부서져 내렸다. 부모님은 당혹스러워하며 나를 지켜보았다. 누이들은 아주 낯설어졌다. 각성이 나를 익숙한 느낌들과 기쁨들로부터 멀어지게 하고 그 빛을 바래게 했다. 정원은 향기가 없었고, 숲도 마음을 끌지 못했다. 세계는 낡은 물건들의 떨이 판매대처럼 나를 둘러싸고 있었다. 지루하게 매력 없이. 책들은 그저 종이에 불과했고, 음악은 소음이었다. 그렇게 가을 나무 주위로 잎이 떨어진다. 나무는 그것을 느끼지 못한다. 나무 위로 비가 내리고, 태양이 비치고, 혹은 서리가 흘러내린다. 그리고 나무의 내부에서는 생명이 천천히 가장 좁은 곳, 안쪽 가장 깊은 곳으로 되돌아간다. 나무는 죽는 것이 아니다. 기다리는 것이다.

방학이 끝나면 나는 다른 학교에 가는 것으로, 처음으로 집을 떠나는 것으로 결정되었다. 어머니는 이따금 다정하게 다가와 미리 작별을 고하며 내 마음속에 사랑과 향수와 잊지 못할 추억의 신비한 힘을 심어 주려고 애썼다. 데미안은 여행을 떠났다. 나는 혼자였다.

제4장 베아트리체

친구를 다시 만나지 못한 채 나는 방학이 끝날 무렵 성 ○○시로 갔다. 부모님은 두 분 다 따라와 온갖 일들을 세심하게 챙기며 김나지움 선생님이 운영하는 남학생 기숙사에 나를 맡겼다. 그때 나를 어떤 일들 속으로 헤집고 들어가게 놔두었던 것인지 알았더라면 아마 놀라 기절했을 것이다.

시간이 흘러 내가 착한 아들, 쓸 만한 시민이 될 수 있을지, 아니면 내 본성에 따라 다른 길로 뻗어 나갈지는 여전히 의문이었다. 부모님의 그늘, 정신의 그늘 속에서 행복하고자 했던 나의 마지막 시도는 오래 지속되었고, 잠시 거의 성공하는 듯했지만 결국 완전히 실패했다.

견진성사를 마친 후 방학 동안에 처음으로 느끼게 된 이상한 공허와 고독은 (이 공허, 이 희박한 공기를 훗날 또 얼마나 진하게 맛보았던가!) 좀처럼 가시지 않았다. 고향과 작별하는 일은 이상하리만큼 쉬웠다. 실은 슬프지 않아 부끄러울 지경이었다. 누이들은 한없이 우는데, 나는 울 수가 없었다. 그런 나 자신이 놀라웠다. 그래도 난 감정이 늘 풍부한 아이였고, 근본이 아주 선한 아이였는데 말이다. 그런데 지금은 완전히 변해 버렸다. 바깥 세계에 대해서는 전혀 관심 없이 행동했고, 며칠씩 나 자신의 내면에 귀 기울이며, 강물 소리를, 거기 내 마음속 깊은 곳에서 소리 내며 흐르는, 금지되어 있는 어두운 강물 소리를 듣는 데만 열중했다. 지난 반년 동안 나는 아주 빨리 자랐다. 그래서 훌쩍 큰 키에 마르고 미숙한 모습으로 세상을 들여다보고 있었다. 소년의 사랑스러움은 내게서 완전히 사라져 버렸다. 그런 나를 사람들이 사랑할 수 없다는 걸 잘 알고 있었고, 나 스스로도 결코 자신을 사랑하지 않았다. 종종 막스 데미안이 몹시 그리웠지만, 그가 미울 때도 적지 않았다. 고약한 병처럼 짊어지게 된 내 삶의 어려움을 모두 그의 탓으로 돌렸던 것이다.

기숙사에서 나는 처음에 사랑도 주목도 받지 못했다. 사람들은 처음에는 나를 놀리더니 그다음엔 멀찍이 물러나서 나를 우울하고 음침한 놈, 기분 나쁜 별종으로 여겼다. 그 역할이 마음에 들어 나는 그것을 더욱더 과장하며, 고독 속으로 기어 들어갔다. 남몰래 자주 비애와 절망의 타는 듯한 발작에 시달렸는데도, 그 고독은 겉보기에는 늘 지극히 남자답게 세상을 경멸하는 것처럼 보였다. 학교에서는 새롭게 배우는 것 없이 집에서 공부했던 것들을 조금씩 써먹었다. 지금 우리 반은 전에 다니던 학교에 비해 진도가 좀 늦었으므로 나는 또래 동급생들을 얕잡아 보며 애들 취급하는 버릇이 들었다.

그렇게 1년 남짓 지나고, 방학이 되어 집으로 돌아갔을 때도 새로운 변화는 없었다. 나는 기꺼이 다시 집을 떠나왔다.

11월 초의 일이었다. 나는 날씨가 어떻든 짧은 산책을 하며 생각에 잠기는 습관이 들었는데, 그렇게 걸으면서 자주 희열 같은 것을 느꼈다. 우울과 염세와 자기모멸감으로 가득 찬 희열이었다. 그렇게 어느 축축하고 안개 자욱한 어스름 녘에 나는 교외를 어슬렁거리고 있었다. 시립 공원의 넓은 가로수 길이 인적 없이 텅 비어 나를 부르는 듯했다. 길에는 낙엽이 수북했고, 나는 낙엽들을 발로 헤적거리며 우울한 쾌감을 느꼈다. 축축하고 쓸쓸한 냄새가 났다. 멀리 있던 나무들이 안개 속에서 유령처럼 커다랗고 희미하게 눈앞에 나타나곤 했다.

가로수 길 끝에서 나는 주춤거리고 멈춰 서서 검은 나뭇잎을 응시하며 썩고 소멸해 가는 그 축축한 내음을 탐닉하며 들이마셨다. 내 안의 무엇인가가 응답하며 그 내음을 반겼던 것이다. 오, 삶은 얼마나 무미했던가!

옆길에서 어떤 남자가 깃 달린 외투를 바람에 펄럭이며 다가왔다. 내가 자리를 뜨려는 순간 그 사람이 나를 불렀다.

"어이, 싱클레어!"

그가 다가왔다. 우리 기숙사에서 제일 나이 많은 알폰스 벡이었다. 나는 평소 그가 싫지 않았고, 그가 다른 후배들에게 하듯 나에게 늘 어른인 척 조롱하듯 대하는 걸 빼면 아무런 반감이 없었다. 그는 곰처럼 힘이 세기로 알려져 있었다. 기숙사 주인도 꽉 휘어잡고 있다고 했고, 남학생들 사이에 떠도는 많은 소문의 주인공이었다.

"대체 여기서 뭘 하고 있나?"

상급생들이 이따금 우리들 중 하나에게 다가올 때의 어투로 그가 붙임성 있게 물었다.

"자, 어디 내기해 볼까. 너 시를 쓰고 있었지?"

"전혀 아닌데."

나는 퉁명스레 말을 잘랐다.

그는 웃음을 터뜨리더니 내 옆에서 나란히 걸으며 이런저런 말을 늘어놓았다. 그것은 나에게 더 이상 익숙지 않은 일이었다.

"걱정 마라, 싱클레어. 내가 그것도 이해 못하겠나. 이렇게 저녁에 안개 속을 걷는다면, 이렇게 가을 생각에 잠겨서 말이야, 그럼 뭔가 있는 거지. 그럴 때면 사람들은 즐겨 시를 쓰지. 나도 이미 알아. 죽어 가는 자연에 대해서, 당연하지, 그리고 그런 자연과 닮은 잃어버린 청춘에 대해서 말이야. 하인리히 하이네를 보라고."

"난 그렇게 감상적이지 않아" 하고 내가 말을 막았다.

"뭐, 좋을 대로 해! 하지만 내가 보기에 이런 날씨에는 말이야, 와인 한잔이나 뭐 그런 것이 있는 조용한 곳을 찾는 것도 좋단 말이지. 같이 갈래? 나도 마침 혼자거든. 싫으냐? 뭐 굳이 모범생이어야겠다면, 이봐, 널 유혹할 생각은 없어."

잠시 후 우리는 교외의 어느 조그만 술집에 마주 앉아 질이 좋지 않은 와인을 마시며 두꺼운 유리잔을 부딪치고 있었다. 처음에는 전혀 마음에 들지 않았지만, 그래도 그건 뭔가 새롭기는 했다. 술이 익숙지 않은 터라 나는 이내 취해서 아주 말이 많아졌다. 마치 내 안에서 창문 하나가 벌컥 열리고, 세상이 밀려 들어오는 것 같았다. 얼마나 오래, 얼마나 끔찍하게 오랫동안 영혼에 대해 입을 닫고 지냈던가! 나는 내키는 대로 떠들었고, 그중 최고는 카인과 아벨의 이야기였다!

벡은 즐겁게 내 말에 귀를 기울였다. 드디어 내가 뭔가를 줄 누군가가 생긴 거다! 그는 내 어깨를 두드리며, 나를 대단한 놈이라고 불렀다. 나는 말하고 싶고 나누고 싶었던 쌓이고 쌓인 욕구를 콸콸 쏟아 내는 기쁨에, 인정받는 기쁨에, 나보다 나이 많은 사람에게 제법이라고 여겨지는 기쁨에 가슴이 잔뜩 부풀어 올랐다. 그가 나를 천재적인 멋진 녀석이라고 불렀을 때 그 말은 달콤하고 독한 와인처럼 내 영혼 속으로 흘러들었다. 세계는 새로운 빛깔로 타오르고 있었다. 수백 개의 펑펑 솟는 샘에서 생각들이 흘러넘쳤고, 내 안에서는 정신과 불꽃이 활활 타올랐다. 선생님들과 친구들에 대해 이야기를 나누었는데 서로 기막히게 잘 통하는 것 같았다. 우리는 그리스인들에 대해서, 그리고 이교(異敎)에 대해서도 이야기했다. 그리고 벡은 내가 체험한 사랑의 모험에 대해 모두 털어놓게 하려고 애썼다. 그러자 나는 이야기 상대가 되지 못했다. 경험한 것이 없어 이야기할 게 없었던 것이다. 그리고 내가 마음속에서 느끼고 구상하고 상상했던 것들은 내 안에 들어앉아 불타고 있기는 했지만 술의 힘을 빌려서도 그걸 풀어내 전달한다는 것은 불가능했다. 여자에 관해선 벡이 훨씬 더 많이 알고 있었고, 나는 그 이야기들에 열렬히 귀 기울였다. 그때 믿을 수 없는 것을 체험했다. 결코 가능하다고 여기지 않았던 것이 평범한 현실 속으로 들어왔고, 당연해 보였던 것이다. 아마 열여덟 살일 텐데, 벡은 벌써 많은 경험을 쌓고 있었다. 그중에는 여자들과의 일이 이렇다는 것도 있었다. 소녀들은 자기네한테 예절 바르게 굴고 알랑거리는 것이나 바라는데, 그야 뭐 아주 귀엽긴 하지만, 진짜는 아니라고 했다. 더 큰 성공은 부인들에게 기대할 수 있다는 것이었다. 부인들이 훨씬 더 노련하다고. 예를 들어 문구점을 하는 야겔트 부인만 해도, 그녀와는 이야기가 통하는 것 같고, 그 가게 계산대 뒤에서 어떤 일들이 벌어지는지는 책에서도 볼 수 없는 것이라고 했다.

　나는 이야기에 깊이 빠져들어 멍하니 앉아 있었다. 어쨌거나 나라면 야겔트 부인을 사랑할 수는 없었겠지만, 어쨌든 그런 이야기는 들어 본 적이 없었다. 거기엔, 적어도 더 나이 든 사람들에게는 내가 꿈도 꾸지 못한 어떤 샘이 흐르고 있는 듯했다. 뭔가 옳지 않다는 느낌이 들었고, 그 모든 것이 내가 사랑은 마땅히 이래야 한다고 생각했던 것보다 더 보잘것없고 일상적인 맛이 났다. 하지만 그렇다 해도 그것은 현실이었다. 삶이고 모험이었다. 그것을 모두 실제로 경험하고, 그것을 당연한 일로 여기는 사람이 내 옆에 앉아 있었다.

우리의 대화는 조금 가라앉고 활기를 잃었다. 나 또한 더 이상 천재적인 어린 녀석이 아니라 이제는 그저 어른의 이야기에 귀를 기울이고 있는 소년에 불과했다. 그렇다 해도 그것은 역시 지난 몇 달 동안의 내 삶에 비하면 근사했고, 낙원 같았다. 그 밖에도 내가 비로소 서서히 느끼기 시작한 것이지만, 술집에 앉아 있는 것에서부터 우리가 이야기한 것들까지 그것은 모두 금지된 것, 엄격하게 금지된 것이었다. 어쨌든 나는 그 속에서 정신을 맛보았고, 혁명을 맛보았다.

그날 밤의 일을 나는 뚜렷이 기억하고 있다. 늦은 밤 희미하게 타고 있는 가스등을 지나 차갑고 축축한 밤공기 속에서 우리 둘이 집으로 돌아갈 때 나는 생전 처음으로 취해 있었다. 몸 상태가 안 좋고 몹시 괴로웠지만 그래도 거기엔 또 무엇인가가 있었다. 어떤 매력, 어떤 감미로움이 있었다. 그것은 반란이요 방종이었고, 삶이요 정신이었다. 벡은 빌어먹을 초보라고 욕을 해 대면서도 끝까지 나를 책임졌다. 반은 떠메고 집으로 데려와 나를 복도의 열린 창문으로 밀어 넣고 자기도 그렇게 숨어 들어왔다.

잠깐 죽은 듯이 잠들었다가 고통을 느끼며 깨어나 정신이 들자 미칠 듯한 괴로움이 덮쳐 왔다. 나는 침대 위에 앉아 있었다. 낮에 입었던 셔츠를 아직도 입고 있었다. 내 옷과 신발이 바닥 여기저기 널려 있었고, 담배와 토사물 냄새가 났다. 두통과 메슥거림, 미칠 듯한 갈증에 시달리는 와중에 내가 오랫동안 보려 하지 않았던 영상 하나가 마음에 떠올랐다. 고향과 부모님의 집, 아버지와 어머니, 누이들과 정원이 보였다. 조용하고 아늑한 내 침실이 보였고, 학교와 시장 광장이 보였고, 데미안과 견진성사 수업 시간들이 보였다. 그 모든 것이 환한 광채로 덮여 있었다. 모든 것이 놀랍고, 신성하고 정결했다. 그리고 모든 것, 그 모든 것이 어제만 해도, 아니 몇 시간 전만 해도 내 것이었고, 나를 기다렸는데 지금은, 이제 이 시각에는, 타락하고 저주받았으며, 더 이상 내 것이 아니고, 나를 밀쳐 내며, 역겨워하며 나를 쳐다보고 있었다! 가장 멀리 되돌아간 유년의 금빛 찬란한 정원에서 부모님으로부터 받았던 그 모든 사랑스럽고 친밀한 체험들이 ― 어머니의 입맞춤, 성탄절, 집에서 보낸 경건하고 환한 일요일 아침, 정원의 꽃들 하나하나가 ― 그 모든 것이 황폐해져 버렸고, 그 모든 것을 스스로 짓밟아 버린 것이었다! 만약 그때 심판의 사자가 와서 나를 묶어 인간쓰레기, 신전 모독자라고 외치며 교수대로 끌고 갔다면, 난 기꺼이 따라갔을 것이고, 그것이 올바른 일이요 합당한 처사라고 여겼을 것이다.

그러니까 내 내면의 모습은 이랬다! 돌아다니며 세상을 경멸했던 나! 정신적으로 자부심 강하고, 데미안과 생각을 함께했던 나! 그런데 겉모습은 이랬다. 술 취하고, 지저분하고, 구역질 나고, 천박한 인간쓰레기에다 잡놈, 끔찍한 충동에 사로잡힌 거친 야수였다! 정결함과 광채, 우아한 사랑스러움으로 가득한 정원에서 온 내가, 바흐의 음악과 아름다운 시를 사랑했던 내가 그런 꼴을 하고 있었던 것이다! 술에 잔뜩 취해 자제력을 잃고 충동적으로 이리석게 푹푹 터뜨려 대는 나 자신의 웃음소리가 아직도 들려오는 듯해 심한 역겨움과 분노를 느꼈다. 그게 나였다!

하지만 그 모든 것에도 불구하고, 이 고통들을 겪는 데에는 거의 쾌감에 가까운 무엇이 있었다. 너무도 오랫동안 맹목적으로 둔감하게 웅크리고 있었기에, 내 마음이 너무도 오랫동안 아무 말 없이 궁색하게 구석에 쭈그리고 있었기에, 이런 자책이나 혐오, 영혼의 이 모든 비참한 감정들조차 반가웠다. 그 속에는 그래도 감정이 있었고, 그래도 불꽃이 솟아올랐으며, 심장이 떨렸으니까! 혼란스러워하는 가운데 비참의 한복판에서 나는 해방이자 봄 같은 그 무엇을 느끼고 있었던 것이다.

그러는 사이 밖에서 보면 나는 신나게 내리막길을 치닫고 있었다. 처음 술에 취한 것이 그 한 번으로 끝나지 않고 계속 이어졌다. 우리 학교에는 술집을 들락거리며 법석을 부리는 학생들이 꽤 있었다. 그 학생들 중에 나는 가장 어린 축에 들었다. 하지만 얼마 지나지 않아 나는 더 이상 '끼워 주는' 어린애가 아니라 주모자요 스타가 되었다. 유명하고 대담한 술집 단골이었다. 나는 다시 한 번 완전히 어두운 세계에, 악마에게 속했고, 그 세계에서 아주 근사한 녀석으로 통했다.

그러면서도 기분은 비참했다. 나는 자기 파괴적인 방종 속에 살아갔다. 친구들 사이에서는 우두머리이자 굉장한 녀석으로, 대단히 과감하고 재치 넘치는 녀석으로 인정받았지만, 마음 깊은 곳에서는 두려움에 가득 찬 영혼이 불안에 떨고 있었다. 어느 일요일 오전 술집에서 나오다가 길에서 환하고 즐거운 모습으로 아이들이 놀고 있는 모습을 보고 눈물이 났던 일을 아직도 기억한다. 금방 빗질해 가지런한 머리에 일요일 정장을 차려입은 아이들이었다. 초라한 술집의 여기저기 맥주가 쏟아져 고인 지저분한 테이블에서 신랄한 냉소주의로 친구들을 즐겁게 하고 자주 놀라게 하면서도, 나는 내심 남몰래 내가 비웃고 있는 모든 것들에 대해 경외심을 품고 있었고, 속으로 울면서 내 영혼 앞에, 내 과거 앞에, 내 어머니 앞에, 신 앞에 무릎 꿇고 있었다.

내가 어울려 다니는 패거리들과 한 번도 일체감을 느끼지 못하고 그들 사이에 있으면서도 늘 외롭고 그 때문에 괴로웠던 데에는 그럴 만한 이유가 있었다. 술집의 영웅이었지만 나는 심정적으로 거친 것을 경멸하는 사람이었다. 선생님들, 학교, 부모, 교회에 대한 내 생각과 말에서는 재치와 용기를 과시했고, 음담패설도 태연히 들었으며, 큰맘 먹고 스스로 하나쯤 하기도 했다. 그러나 내 패거리들이 여자들한테 갈 때는 한 번도 함께한 적이 없었다. 내가 내뱉는 말대로라면 나는 분명 부끄러움을 모르는 향락주의자여야 하건만, 나는 혼자였고, 사랑에 대한 타는 듯한 그리움으로, 이루어질 가망 없는 그리움으로 가득 차 있었다. 나보다 쉽게 상처받는 사람이 없었고, 나보다 더 부끄러움을 타는 사람이 없었다. 때로 반듯한 집안 소녀들이 귀엽고 말쑥하게, 밝고도 우아하게 내 앞에서 걸어가는 것을 보면, 그들은 내게 놀랍고도 정결한 꿈이었다. 나보다 천 배는 더 착하고 순결했다. 한동안 나는 야겔트 부인의 문구점에도 가지 못했다. 그녀를 보면 알폰스 벡이 그녀에 대해 말해 주었던 것이 떠올라, 얼굴이 붉어졌기 때문이다.

이제 새로운 패거리 속에서도 계속 외롭고 남다르다는 것을 알면 알수록, 난 그만큼 더 그들에게서 떨어져 나오지 못했다. 사실 술 퍼마시고 호언장담하는 것이 나에게 즐거운 일이거나 했는지도 더 이상 알 수 없었고, 술 마시는 일 또한 매번 고통스러운 결과를 느끼지 않아도 될 만큼 익숙해지질 않았다. 모든 것이 강압과도 같았다. 나는 내가 할 수밖에 없는 것을 했다. 달리 나 자신을 어떻게 해야 할지 전혀 몰랐기 때문이다. 오래 혼자 있는 것이 두려웠고, 늘 내 마음이 그리로 향하고 있다고 느끼는 그 많은 부드럽고, 부끄럽고, 은밀한 감정이 찾아오는 것이 두려웠으며, 그리도 자주 엄습하는 사랑에 연연하는 생각들이 두려웠다.

내게 가장 아쉬운 것이 하나 있었으니, 그것은 친구였다. 좋아하는 두세 명의 친구가 있기는 했다. 하지만 그들은 모범생에 속했고, 내 악덕은 이미 오래전부터 누구나 다 아는 일이었다. 그들은 나를 피했다. 모두에게 나는 뿌리가 흔들리고 있는, 가망 없는 불량 학생이었다. 선생님들은 내 행실에 대해 많이 알고 있었고, 나는 여러 번 엄한 처벌을 받았다. 이제 마지막으로 퇴학 처분이 기다리고 있을 뿐이었다. 스스로도 알고 있었다. 이미 오래전부터 내가 더 이상 좋은 학생이 아니라는 것, 그리고 그런 생활을 더 이상 유지할 수 없으리라는 것을 느끼면서도 겨우겨우 버티며 자신을 속이고 있다는 것을.

신이 우리를 고독하게 만들어서 우리 자신에게로 이끌어 줄 수 있는 길은 많다. 그런 길을 그때 신은 나와 함께 갔던 것이다. 그것은 마치 악몽 같았다. 더러움과 끈적거림 너머로, 깨진 맥주잔과 독설로 지새운 밤들 너머로 내 모습이 보인다. 주문에 걸린 몽상가가 끊임없이 고통받으며 추하고 더러운 길을 기어가는 모습이. 공주님에게로 가는 도중에, 시궁창에, 악취와 쓰레기로 가득 찬 뒷골목에 처박혀 버리는 꿈 이야기들이 있다. 내 형편이 그랬다. 별로 아름답지 못한 그런 식으로 나는 고독해지도록, 나와 유년 사이에 가차 없이 빛을 뿜는 문지기들이 지키는 잠겨 버린 낙원의 문 하나를 세우도록 정해져 있었다. 그것은 나 자신을 향한 그리움의 시작이요 눈뜸이었다.

사감 선생님의 편지로 경고를 받고 아버지가 처음으로 성 ○○시에 나타나 느닷없이 나와 마주쳤을 때만 해도 나는 깜짝 놀라고 움찔했다. 그 겨울이 끝나 갈 무렵 아버지가 두 번째로 오셨을 때 나는 이미 냉담하고 무관심해져 있었다. 아버지가 야단을 치든, 애원을 하든, 어머니를 상기시키든 개의치 않고 들어 넘겼다. 아버지는 마지막에는 몹시 화가 나서, 만약 내가 달라지지 않는다면, 창피하고 치욕스럽게 학교에서 퇴학시켜 감화원에 처넣겠다고 했다. 그러시든가! 그때 아버지가 떠난 후 미안한 마음이 들었지만,

그러나 아버지는 아무것도 이루지 못했고, 내게로 오는 길을 찾지 못했다. 아주 잠깐, 일이 그렇게 된 것이 당연하다고 느꼈다.

　장차 내가 뭐가 되든 상관없었다. 이상하고 별로 아름답지 못한 방식으로, 술집에 앉아 의기양양 떠들어 대면서 나는 세상과 싸움을 벌이고 있었다. 그것은 내 나름의 저항이었다. 그러면서 나 자신을 망가뜨렸고, 이따금 내 일을 이런 식으로 보았다. 세상이 나 같은 사람을 필요로 하지 않는다면, 나 같은 사람들에게 좀 더 나은 자리, 좀 더 가치 있는 일을 줄 수 없다면, 나 같은 사람들은 이렇게 망가지는 거라고. 세상만 손해지 뭐.

　그해 성탄절 휴가는 정말 불쾌했다. 나를 다시 본 어머니는 놀랐다. 그사이 키가 훌쩍 컸고, 축 처지고 눈 가장자리에 염증이 생긴 내 마른 얼굴은 잿빛을 띠고 황폐해 보였다. 콧수염이 돋기 시작한 데다 최근에 쓰기 시작한 안경이 나를 더욱 낯설어 보이게 했던 것이다. 누이들은 뒤로 물러나 킬킬거렸다. 만사가 불쾌했다. 서재에서 나눈 아버지와의 대화는 씁쓸했고, 몇몇 친척들과 나눈 인사도 불쾌했다. 무엇보다 불쾌했던 건 성탄절 저녁이었다. 성탄절은 내가 태어난 이래 우리 집에서 가장 성대한 날이었다. 잔치 분위기로 훈훈한 사랑과 감사의 저녁, 부모님과 나 사이의 유대를 새롭게 하는 저녁이었다. 그런데 이번에는 모든 것이 그저 답답하고 곤혹스러울 뿐이었다. 늘 그래 왔듯이 아버지는 '그들은 거기서 양 떼를 지키고 있었노라' 하는 들판의 목자들에 관한 복음서 구절을 낭독했고, 누이들은 여느 때처럼 기쁨에 차서 그들의 선물이 놓인 탁자 앞에 서 있었다. 그러나 아버지의 음성에는 즐거운 기색이 없었고, 얼굴은 늙고 짓눌려 보였으며, 어머니는 슬픈 표정을 짓고 있었다. 그리고 나에게는 선물과 축복, 복음서와 불 밝힌 트리, 그 모든 것이 거북하고 부담스러웠다. 꿀이 든 케이크에서는 달콤한 냄새가 났고, 그보다 더 달콤한 추억들이 구름처럼 짙게 피어올랐다. 전나무는 향기를 뿜으며, 이제는 존재하지 않는 것들에 대해 말하고 있었다. 나는 어서 그 저녁이 끝나기를, 휴일들이 지나가기를 바랐다.

겨울이 그렇게 갔다. 방학이 되기 직전에 나는 교무 위원회로부터 엄중한 경고를 받았다. 제적시키겠다는 위협도 받았다. 더 이상 오래 걸리지 않을 것이었다. 그럼, 그러시든가. 나야 상관없었다.

특히 막스 데미안이 원망스러웠다. 그동안 그를 한 번도 보지 못했다. ○○시에서의 학교생활 초기에 그에게 두 번 편지를 썼지만 답장을 받지 못했다. 때문에 나는 방학에도 그를 찾지 않았다.

가을에 알폰스 벡과 만났던 바로 그 공원에서 이른 봄에 있었던 일이다. 가시나무 울타리가 막 초록빛을 띠기 시작할 무렵 한 소녀가 내 눈에 띄었다. 나는 골치 아픈 생각과 걱정에 싸여 혼자 산책하고 있었다. 건강이 나빠진 데다 계속 돈에 쪼들리고 있었기 때문이다. 학교 친구들에게 빚을 지고 있었는데, 집에서 받아 내려면 그럴듯한 핑계를 만들어 내야 했고, 몇 군데 가게에 담배나 뭐 그 비슷한 물건들의 외상값도 늘어나고 있었다. 하지만 이런 걱정들이 아주 심각해지진 않을 터였다. 머지않아 여기 있는 것도 끝이 나 내가 물속으로 뛰어들거나 감화원에 가게 되면, 이 자질구레한 일들 또한 문제 되지 않을 테니 말이다. 하지만 나는 여전히 이런 아름답지 못한 일들과 마주치며 살았고, 그것들에 시달렸다.

그 봄날 공원에서 내 눈길을 끄는 소녀를 만났다. 키가 크고 날씬하고 옷차림이 우아한 그녀는 영리한 소년의 얼굴을 하고 있었다. 첫눈에 마음에 들었다. 내가 좋아하는 타입으로, 내 상상력을 바삐 움직이게 만들었다. 나보다 별로 나이 많아 보이지는 않았지만 훨씬 성숙하고 우아하고 윤곽이 뚜렷했고, 이미 숙녀 같았다. 얼굴에 어딘지 오만하고 소년 같은 느낌이 있었는데, 그건 내가 정말 좋아하는 것이었다.

나는 그때까지 마음에 든 소녀에게 다가가 본 적이 한 번도 없었고, 그건 이 소녀의 경우에도 마찬가지였다. 하지만 그녀는 과거의 어느 소녀보다 깊은 인상을 주었고, 이번에 빠진 사랑이 내 삶에 미치는 영향은 강력했다.

갑자기 내 앞에 또다시 하나의 이미지가, 드높고 우러러볼 만한 이미지가 나타났던 것이다. 아, 내 안의 그 어떤 욕구도, 그 어떤 충동도 경외심을 느끼고 숭배하고 싶은 소망만큼 깊고 격렬하지는 않았다! 나는 그녀에게 베아트리체라는 이름을 붙여 주었다. 단테를 읽지는 않았지만, 베아트리체에 대해 알고 있었다. 내가 그 복사본을 가지고 있는 한 영국 그림에서 보았던 것이다. 그 그림은 영국 라파엘 전파의 화풍으로 그려진 소녀의 모습이었는데, 팔다리가 상당히 길고 날씬한 데다 머리는 작고 갸름했으며, 두 손과 표정에 영혼이 깃들어 있는 듯했다. 내가 좋아하는 날씬한 자태와 소년 같은 구석이 있고, 얼굴에 정신이나 영혼이 깃들어 있었지만, 나의 아름다운 소녀가 그림 속의 소녀와 빼닮은 것은 아니었다.

나는 베아트리체와 말 한마디 나눈 적이 없었다. 그럼에도 불구하고 당시 그녀는 나에게 아주 깊은 영향을 주었다. 자신의 이미지를 내 앞에 세우고, 내게 성전을 열어 주었으며, 나를 사원 안의 기도자로 만들었다. 날이 갈수록 나는 술집에 드나들고 밤에 나돌아 다니는 일에서 멀어졌다. 다시 홀로 있을 수 있었다. 나는 다시 즐겨 책을 읽고, 즐겨 산책했다.

그 갑작스러운 전향은 조롱을 사기에 충분했다. 그러나 이제 나는 사랑하고 숭배할 어떤 것을 가지고 있었다. 다시 하나의 이상이 생긴 것이었다. 삶은 다시 예감으로 가득 찼고, 신비롭게 동터 오는 여명으로 영롱했다. 그것이 나를 남들의 조롱에 무심하게 만들었다. 내가 숭배하는 이미지의 노예요 종복의 신세에 불과했지만 나는 다시 나 자신에게 편안해졌다.

일말의 감동 없이는 그 시절을 생각할 수 없다. 나는 있는 힘을 다해 무너져 버린 한 시기의 폐허에서 다시 '밝은 세계'를 세우려 노력했고, 내 안의 어둠과 악을 떨쳐 내고 신들 앞에 무릎 꿇은 채 다시 온전히 밝음 속에 머물고자 하는 단 하나의 열망으로 살았다. 그렇기는 해도 지금의 이 '밝은 세계'는 어느 정도 내가 만들어 낸 창조물이었다. 그것은 더 이상 어머니에게로, 책임 없는 안전한 곳으로 도망쳐 기어드는 것이 아니었다. 나 자신에 의해 창안되고 요구된 하나의 새로운 헌신, 책임과 극기가 따르는 헌신이었다. 그동안 시달리고 계속 피해 다녔던 성 문제는 이제 이 성스러운 불길 속에서 정신과 경건함으로 승화되어야 했다. 캄캄한 것, 추한 것은 더 이상 있어서는 안 되었다. 신음하며 지새우는 밤도, 음란한 생각으로 인한 두근거림도, 금지된 문 앞에서 엿듣기도, 음탕함도 모두 다. 그 모든 것 대신 나는 베아트리체의 이미지로 나의 제단을 세웠다. 그리고 나 자신을 그녀에게 바침으로써 자신을 정신에 그리고 신들에게 헌정했다. 어두운 힘들에게서 빼앗아 낸 삶의 부분을 나는 밝은 힘들에게 제물로 바쳤다. 내 목적은 쾌락이 아니라 정결함이었고, 행복이 아니라 아름다움과 정신성이었다.

베아트리체에 대한 숭배는 내 삶을 송두리째 바꾸어 놓았다. 어제만 해도 조숙한 냉소주의자였지만 이제 나는 성인이 되겠다는 목표를 지닌 신전의 예배자였다. 나는 그동안 몸에 익은 불량한 생활을 떨쳐 버렸을 뿐 아니라 모든 것을 바꾸려고 했다. 모든 것에 정결함과 고귀함, 품위를 부여하려 했다. 먹고 마시면서도, 말하고 옷을 입으면서도 그 생각을 했다. 냉수욕으로 아침을 시작했는데, 처음에는 엄청난 노력을 요하는 일이었다. 진지하고 품위 있게 처신했고, 몸을 쭉 펴 자세를 똑바로 했으며, 좀 더 느리고 품위 있게 걸었다. 남들에게는 우스꽝스러워 보였을지도 모른다. 그러나 내 마음속에서 그것은 모두 예배였다.

그 속에 내 새로운 신념을 표현하려 했던 그 모든 시도들 가운데 하나가 내게 중요해졌다. 나는 그림을 그리기 시작했다. 내가 가지고 있는 영국판 베아트리체의 초상이 저 소녀와 충분히 닮지 않았다는 점이 발단이 된 일이었다. 나는 그녀를 내 나름으로 그려 보려고 애썼다. 아주 새로운 기쁨과 희망을 가지고 나는 내 방에 ─ 얼마 전부터 나는 혼자 쓰는 방을 갖게 되었다 ─ 아름다운 종이, 물감과 붓을 모아들였고, 팔레트, 유리잔, 도자기 접시, 연필을 가지런히 놓아두었다. 조그만 튜브에 든 새로 산 품질 좋은 수성 물감이 나를 매혹시켰다. 그중에 크롬옥시드 그린이 있었는데, 그 눈부신 초록색 물감이 처음으로 작은 흰색 접시 위에서 빛을 내뿜던 광경이 지금도 눈에 선하다.

나는 조심스럽게 시작했다. 얼굴을 그리는 것은 어려워서, 우선 다른 것으로 시험해 보았다. 장식 무늬, 꽃, 상상으로 그린 작은 풍경, 예배당 옆의 한 그루 나무, 사이프러스 나무들이 서 있는 로마의 다리를 그렸다. 이따금 나는 이 유희적인 행위에 완전히 빠져들어, 크레파스를 가지고 노는 아이처럼 행복해했다. 그러다 마침내 베아트리체를 그리기 시작했다.

몇 장은 완전히 망쳐서 버렸다. 이따금 거리에서 마주치곤 했던 그 소녀의 얼굴을 떠올리려 할수록 그만큼 더 잘되질 않았다. 결국 소녀를 그리는 것을 포기하고 나는 그냥 얼굴 하나를 그리기 시작했다. 환상을 좇아, 시작만 해 놓고는 그다음엔 붓 가는 대로,

물감과 붓에서 나오는 대로 따라 그렸다. 그렇게 해서 나온 것은 내가 꿈꾸던 얼굴이었고, 별로 불만족스럽지는 않았다. 그래도 난 계속 더 그려 나갔다. 새로 그려지는 그림 한 장 한 장은 무언가를 더 분명하게 말했고, 소녀의 실제 모습에 가깝지는 않아도 그 타입에는 가까워져 갔다.

나는 점점 더 꿈꾸는 듯 붓 가는 대로, 대상 없이 유희적으로 더듬으며, 무의식에서 나오는 선을 그리고 면을 칠하는 데 익숙해졌다. 그리고 어느 날 드디어 거의 의식 없이 전에 그린 것들보다 더 강력하게 내게 말을 걸어오는 얼굴 하나를 완성했다. 그것은 소녀의 얼굴이 아니었고, 이미 오래전부터 그래서도 안 되었다. 그것은 무언가 다른 것, 무언가 비현실적인 것이었으나, 그렇다고 가치가 덜하지는 않았다. 그것은 소녀의 얼굴이라기보다는 차라리 소년의 머리처럼 보였다. 머리카락은 나의 예쁜 소녀처럼 밝은 금발이 아니라 붉은빛이 도는 갈색이었고, 턱은 강하고 견고했으며, 입은 꽃 피어난 듯 붉었다. 전체적으로 조금 딱딱하고 가면 같은 느낌이었지만, 그러나 인상적이었고 신비로운 생명으로 가득 차 있었다.

완성된 그림 앞에 앉았을 때, 그것은 내게 기이한 인상을 주었다. 나에게는 그것이 신상(神像)이나 성스러운 가면처럼 보였다. 반은 남자고 반은 여자이며, 나이를 초월해, 꿈꾸는 것 같으면서도 강한 의지에 차 있고, 남모를 생기로 넘치면서도 딱딱하게 굳어 보였다. 이 얼굴은 나에게 할 말이 있었고, 나에게 속했으며, 나에게 요구하고 있었다. 그리고 누군지는 모르겠으나 그 누군가와 닮아 있었다.

그때부터 그 초상은 한동안 나의 모든 생각을 따라다니며, 나와 함께했다. 나는 그것을 서랍에 감추어 두었다. 누군가 그것을 훔쳐보고 나를 비웃게 할 수는 없었던 것이다. 그러나 내 작은 방에 혼자 있을 때면 당장 그것을 꺼내 들여다보곤 했다. 저녁에는 그 그림을 마주 보이는 침대 위 벽지에 핀으로 꽂아 놓고 잠들 때까지 바라보았으며, 아침에 눈뜨면 맨 먼저 그것을 쳐다보았다.

바로 그 시절, 어린아이 때 늘 그랬던 것처럼 나는 다시 꿈을 꾸기 시작했다. 벌써 몇 년째 꿈을 꾸지 않았던 것 같다. 이제 꿈들이, 아주 새로운 종류의 이미지들이 다시 나를 찾아왔다. 그리고 자주 거듭해서 내가 그린 초상이 꿈속에 나타났다. 살아서 말을 하고, 아주 친하거나 혹은 적대적인 태도로, 어떤 때는 잔뜩 찌푸리고, 또 어떤 때는 한없이 아름답고, 조화롭고, 고귀하게 모습을 드러냈다.

그리고 어느 날 아침, 그런 꿈들에서 깨어났을 때, 나는 갑자기 그 그림이 무엇인지 알게 되었다. 그것은 이루 말할 수 없이 친숙하게 나를 바라보고 있었는데, 내 이름이라도 부르는 것 같았다. 어머니만큼 나를 잘 아는 듯했고, 아득히 오랜 세월 내내 나를 바라보고 있었던 것 같았다. 두근거리는 가슴을 안고 나는 그 그림을 응시했다. 숱 많은 갈색 머리카락과 반쯤 여성적인 입, 유난히 밝은 (그림이 저절로 그렇게 말라 있었다) 강인한 이마를 뚫어지게 바라보았다. 그리고 마음속에 점점 더 그가 누군지 알 것 같은 느낌이 들었다.

나는 침대에서 벌떡 일어나 그 얼굴 앞에 바짝 다가서서 크게 뜨고 있는, 초록빛 감도는, 응시하고 있는 눈을 똑바로 들여다보았다. 오른쪽 눈이 왼쪽 눈보다 약간 치켜 올라가 있었다. 그런데 갑자기 그 오른쪽 눈이 찡긋했다. 가볍고 미세하게, 그러나 분명하게. 그리고 이 찡긋거림으로 나는 이 그림이 누구의 얼굴인지를 알아차렸다. 어떻게 이제야 그것을 알아차릴 수 있단 말인가! 그것은 데미안의 얼굴이었다.

그 후 나는 자주 그 그림을 내가 기억하고 있는 데미안의 실제 모습과 비교해 보았다. 비슷하기는 해도 똑같지는 않았다. 하지만 그래도 그것은 데미안이었다.

어느 초여름 석양 무렵, 서쪽으로 난 내 방 창문으로 기울어져 가는 태양 빛이 붉게 비쳐 들고 있었다. 방 안은 어둑해져 갔다. 그때 베아트리체 혹은 데미안의 초상을 핀으로 창틀 중앙의 창살이 교차하는 곳에 고정시키고 석양이 그림을 통과해 비쳐 들면 어떤지 봐야겠다는 생각이 들었다. 얼굴은 윤곽이 흐릿해졌지만, 테두리가 불그스름해진 눈과 밝은 이마, 유난히 붉은 입이 지면으로부터 깊이 야성적으로 빛을 발했다. 빛이 사라진 후에도 나는 오랫동안 그 앞에 마주 앉아 있었다. 그리고 차츰 그것은 베아트리체도 데미안도 아닌 나 자신이라는 느낌이 들었다. 그 그림은 나를 닮지 않았지만—그래서도 안 된다고 나는 느꼈다—그러나 그것은 내 삶을 결정지은 것이고, 나의 내면, 나의 운명 혹은 나의 수호신이었다. 언제고 내가 다시 친구를 찾아낸다면, 친구의 모습이 저러하리라. 언제고 내가 애인을 하나 얻게 된다면, 애인의 모습이 저러하리라. 나의 삶이 저럴 것이며, 나의 죽음이 저럴 것이다. 그것은 내 운명의 울림이자 리듬이었다.

그 몇 주 동안 나는 책을 한 권 읽기 시작했는데, 그것은 그때까지 내가 읽었던 그 어느 책보다도 깊은 인상을 주었다. 이후로도 내게 그런 체험을 안겨 준 책은 거의 없었다. 아마 니체 정도나 있었을까. 그것은 노발리스의 책으로 편지와 잠언들이 실려 있었는데, 그중 많은 것을 이해하지 못했지만 그래도 구절마다 무어라 말할 수 없는 힘이 나를 끌어당기고 사로잡았다. 그 잠언들 중 하나가 그때 생각났다. 나는 펜을 들어 그 잠언을 초상화 밑에 적어 놓았다. '운명과 심성은 한 개념을 칭하는 두 이름이다.' 그 말을 난 그때 이해했던 것이다.

내가 베아트리체라고 이름 붙인 소녀는 여전히 자주 마주쳤다. 이제는 아무런 동요를 느끼지 않았지만 일말의 부드러운 동질감과 감정이 깃든 예감을 늘 느끼고 있었다. 너는 나와 연결되어 있어. 그러나 네가 아니라 네 이미지만 연결되어 있지. 너는 내 운명의 한 부분이다.

막스 데미안을 향한 내 그리움이 다시 강렬해졌다. 나는 그에 대해 아무것도 모르고 있었다. 벌써 몇 년째 아무것도 몰랐다. 딱 한번 방학 중에 그와 마주친 일이 있긴 했다. 지금에야 내가 이 짧은 만남을 내 기록에서 뺐다는 것을 알겠다. 그리고 그것이 수치심과 허영에서 비롯된 일이라는 것도 알겠다. 그것을 만회해야겠다.

한번은 방학 때 술집을 전전하던 시절의 그 권태롭고 피곤에 찌든 얼굴로 산책용 지팡이를 빙빙 돌리면서 세상 사람들의 나이 들고 늘 그렇고 그런 추레한 얼굴들을 들여다보며 고향 시내를 어슬렁거리며 걷고 있는데, 옛 친구가 마주 오고 있었다. 그를 보자 나는 움찔했다. 순간 번개처럼 프란츠 크로머를 생각하지 않을 수 없었다. 제발 데미안이 그 이야기를 잊어버렸으면 좋으련만! 그에게 마음의 빚을 지고 있다는 게 몹시 불편했다. 사실 그건 바보 같은 어릴 때의 일이었지만, 그래도 신세는 신세였다.

데미안은 내가 그에게 인사할 마음이 있는지 어떤지 지켜보는 것 같았다. 내가 될 수 있는 한 태연하게 인사하자, 그가 손을 내밀었다. 다시금 그의 악수였다! 그렇게도 든든하고, 따뜻하고, 그러면서도 시원스럽고 남자다운!

그가 내 얼굴을 주의 깊게 들여다보더니 말했다.

"너 컸구나, 싱클레어."

그 자신은 전혀 변한 게 없어 보였다. 언제나 그랬듯이 꼭 그렇게 나이 들어 보이는 동시에 젊어 보였다.

우리는 함께 산책을 하며 소소한 딴 이야기만 했을 뿐 서로의 당시 상황에 대해서는 아무 이야기도 하지 않았다. 전에 그에게 답장도 받지 못하면서 여러 차례 편지를 보냈던 일이 생각났다. 아, 그가 그 멍청하고 바보 같은 편지들도 잊어버렸으면 좋으련만! 그는 편지 이야기는 한마디도 하지 않았다!

그때는 아직 베아트리체도 초상화도 없었고, 나는 내 황폐한 시절의 한가운데 있었다. 교외에서 나는 그에게 함께 술집에 가자고 청했다. 그는 따라왔다. 나는 잔뜩 폼을 재며 술을 한 병 시켜 잔에 따르고, 그와 잔을 부딪치고, 대학생들 술 마시는 법에 아주 익숙하다는 것을 과시하며 첫 잔을 단숨에 비웠다.

"술집에 자주 오나 보지?"

그가 물었다.

"아, 그래."

나는 느른하게 대답했다.

"달리 뭐 할 게 있겠어? 그래도 결국 늘 그게 제일 신나는 일이잖아."

"그렇게 생각해? 그럴 수도 있겠지. 거기에도 뭐 제법 근사한 게 있긴 해. 도취, 바쿠스적인 것 말이야! 하지만 내 생각으론, 술집에 죽치고 앉아 있는 대다수 사람들에게 그런 건 완전히 사라지고 없어. 술집 들락거리는 일이야말로 내겐 속물적이라는 느낌이 들어. 그래, 하룻밤, 타오르는 횃불 곁에서, 제대로 멋지게 취해 비틀거리는 것! 그야 좋지. 하지만 그렇게 한도 끝도 없이 한 잔 또 한 잔 홀짝이며 마셔 대는 것, 그건 진정한 도취가 아니잖아? 이를테면 밤이면 밤마다 단골 술집에 죽치고 앉아 있는 파우스트가 넌 상상이 돼?"

나는 술을 마시며 적의에 찬 얼굴로 그를 바라보았다.

"그래, 하지만 누구나 다 파우스트 같은 사람은 아니니까" 하고 짧게 잘랐다.

그는 약간 어리둥절해서 나를 바라보았다.

그러더니 예전의 신선함과 우월함을 보이며 웃었다.

"자, 뭐 하러 그런 걸 가지고 다투겠어? 어쨌거나 술꾼이나 탕아의 삶이 아마 흠잡을 데 없는 시민의 삶보다 생생하긴 할 거야. 그런데 말이지, 언젠가 읽은 적이 있는데, 탕아의 삶이 신비주의자가 되는 데는 최고의 준비 중 하나라더라. 예언자가 된 성 아우구스티누스 같은 사람들이 실제로 늘 있기도 하고 말이야. 그도 한때는 향락주의자에 탕아였어."

나는 미심쩍었으며 절대 그에게 훈계당하고 싶지 않았다. 그래서 냉담하게 말했다.

"그래, 각자 자기 취향대로 사는 거지! 솔직히 말해서 나는 예언자나 뭐 그런 거 되는 데 전혀 관심 없어."

데미안은 눈을 약간 가느스름하게 뜨고 뭔가 아는 듯 나를 쏘아봤다.

"이봐, 싱클레어."

그가 천천히 말했다.

"너한테 듣기 싫은 소리를 하려는 건 아니었어. 그런데 말이지, 무슨 목적으로 네가 지금 술을 마시고 있는지, 그건 우리 둘 다 알 수 없어. 하지만 네 안에 있는 것, 네 삶을 만들어 가는 그것은 이미 그걸 알고 있어. 이걸 알아 두는 게 좋아. 모든 것을 알고, 모든 것을 원하고, 모든 것을 우리 자신보다 더 잘 해내는 누군가가 우리 안에 있다는 것 말이야. 미안한데, 난 집에 가 봐야겠다."

우리는 짧게 작별 인사를 나누었다. 나는 기분이 몹시 상해서 그대로 앉아 남은 술을 다 마셨다. 그리고 집으로 가려 했을 때에야 데미안이 술값을 계산했다는 것을 알았다. 그것이 나를 더 화나게 했다.

내 생각은 이제 다시 이 작은 사건에 가 있었다. 내 생각은 데미안으로 가득했다. 그가 저 교외의 술집에서 했던 말들이 신기하게도 고스란히 내 기억 속에 생생히 떠올랐다.

"이걸 알아 두는 게 좋아. 모든 것을 다 아는 누군가가 우리 안에 있다는 것 말이야!"

나는 아직도 창문에 걸려 있는, 이제 빛이 다 사라져 버린 그림을 쳐다보았다. 빛이 사라졌는데도 나는 보았다. 두 눈이 아직도 활활 타오르고 있는 것을. 그것은 데미안의 시선이었다. 혹은 내 안에 있는 시선, 모든 것을 다 아는 시선이었다.

데미안이 얼마나 그리웠던가! 그에 대해 나는 아는 게 아무것도 없었고, 그는 내게 연락이 닿지 않는 사람이었다. 아는 것이라곤 그저 아마 지금 어딘가에서 대학을 다니고 있으리라는 것, 그가 김나지움을 졸업한 후 그의 어머니가 우리 도시를 떠났다는 것뿐이었다.

크로머 사건까지 거슬러 오르며 나는 내 안에서 막스 데미안에 관한 기억을 남김없이 다 끄집어냈다. 그가 해 준 얼마나 많은 말들이 그때 다시 생생하게 울려 왔던가! 그 모든 말들이 어쩌면 그리도 나에게 여전히 의미 있고, 눈앞의 문제이고, 절실한 것들이었던가! 그리도 불쾌했던 지난번 만남에서 탕아와 성자에 대해 그가 말했던 것 또한 갑자기 마음속에서 그 의미가 분명해졌다. 내게도 똑같은 일이 일어나지 않았던가? 나 또한 취한 상태로 진창 속에서, 무감각하고 방탕하게 살지 않았던가, 새로운 삶의 충동으로 내 안에서 정반대의 것이, 순결함에 대한 욕구, 성스러움을 향한 동경이 살아날 때까지?

그렇게 기억을 계속 따라갔다. 이미 오래전에 밤이 되었고, 밖에는 비가 오고 있었다. 내 기억 속에서도 빗소리가 들려온다. 밤나무 아래서 그가 프란츠 크로머에 대해 캐묻고 나의 첫 비밀들을 알아맞히던 때의 빗소리였다. 기억이 하나씩 차례로 떠올랐다. 하굣길에 나눈 대화들, 견진성사 수업 시간들. 그리고 마지막으로 막스 데미안과 맨 처음 만났을 때의 기억이 떠올랐다. 그때는 뭐가 문제였지? 얼른 생각이 나질 않았다. 천천히 생각했다. 완전히 그 생각에 잠겨 들었다. 그리고 이제 다시 떠오른다. 그 일도. 그가 카인에 대한 자신의 의견을 말해 준 뒤 우리는 우리 집 앞에 서 있었다. 그때 그는 우리 집 대문 위 아치의 쐐기돌에 새겨진 오래되고 닳아 버린 문장에 대해 말했었다. 그 문장이 흥미롭다고, 사람들은 그런 것들을 유의해서 봐야 한다고 했었다.

그날 밤 나는 데미안과 문장에 관한 꿈을 꾸었다. 데미안이 그것을 손에 들고 있었는데, 문장의 모습이 계속 바뀌었다. 금방 조그맣고 회색이었다가 어떤 때는 엄청나게 커져서 여러 가지 빛깔을 띠기도 했다. 그런데도 그것은 늘 하나요 동일한 것이라고 그가 내게 설명했다. 마지막에는 나에게 그것을 먹으라고 권했다. 그것을 삼켰을 때 나는 질겁했다. 삼킨 문장의 새가 내 안에 살아서, 나를 가득 채우더니, 안으로부터 나를 쪼아 먹기 시작하는 걸 느꼈던 것이다. 죽음의 공포에 가득 차 잠에서 깨어나며 벌떡 일어났다.

의식이 또렷해졌다. 한밤중이었는데, 방 안으로 비가 들이치는 소리가 들렸다. 나는 창문을 닫으려고 일어났다가 방바닥에 놓여 있는 희끄무레한 무언가를 밟았다. 아침에야 그것이 내가 그린 그림이라는 것을 알았다. 그림은 축축하게 젖은 채 방바닥에 떨어져 있었고, 불룩하게 부풀어 올라 있었다. 나는 그림을 말리려고 압지 사이에 끼워 두꺼운 책 속에 넣어 놓았다. 다음 날 다시 찾아보니, 그림은 말라 있었다. 그러나 그림이 달라져 있었다. 붉은 입은 색이 바랬고, 약간 가늘어져 있었다. 그것은 바로 데미안의 입이었다.

이제 나는 새로 문장의 새를 그리기 시작했다. 그 새가 원래 어떤 모습이었는지 나는 분명히 생각나지 않는다. 또 어떤 부분은 내가 알기론 가까이 가도 잘 알아볼 수 없었다. 문장이 워낙 낡은 데다 그 위에 계속 덧칠이 되어 있었기 때문이다. 그 새는 무엇인가의 위에 서 있거나 앉아 있었는데, 아마도 한 송이 꽃이거나, 바구니이거나, 둥지 혹은 나무 꼭대기였을 것이다. 나는 그런 것에 상관하지 않고 이미지가 분명히 떠오르는 부분부터 그렸다. 뭔지 알 수 없는 욕구를 따라 나는 즉시 강한 색깔들을 쓰기 시작했다. 내 그림에서 새의 머리는 황금빛이었다. 마음 내키는 대로 계속 그려 나간 끝에 나는 며칠 만에 그 그림을 완성시켰다.

그려진 것은 날카롭고 대담한 매의 머리를 한 맹금이었다. 푸른 하늘을 배경으로, 마치 거대한 알에서 빠져나오려고 애쓰는 것처럼 몸의 절반이 어둡고 둥근 지구에 박혀 있었다. 보면 볼수록 그 그림은 점점 더 내 꿈속에 나왔던 화려한 색깔의 문장 같았다.

어디로 보낼지 설령 알았더라도 내가 데미안에게 편지를 쓰는 일 같은 건 못했을 것이다. 하지만 당시 늘 그런 식이었듯이, 나는 꿈같은 예감에 사로잡혀 전달이 제대로 되든 말든 매가 그려진 그림을 그에게 보내기로 결심했다. 나는 그림 위에 아무것도, 심지어 내 이름조차 쓰지 않았다. 그림이 그려진 종이 가장자리를 조심스럽게 잘라 내고, 커다란 종이봉투를 사서 그 위에 내 친구의 옛 주소를 적었다. 그러고는 그것을 부쳤다.

시험이 다가오고 있었고, 나는 다른 때보다 더 열심히 공부해야 했다. 내가 돌연 그 되어먹지 않은 방황을 접은 후로 선생님들은 다시 나를 너그럽게 받아 주었다. 여전히 훌륭한 학생은 아니었지만, 나도, 다른 누구도 반년 전 내가 퇴학당해 마땅한 학생이었다는 사실을 더 이상 떠올리지 않았다. 아버지도 이제는 비난이나 협박 없이 예전의 어조로 편지를 보냈다. 그래도 나는, 아버지나 다른 누구에게 어떻게 해서 내게 그런 변화가 일어나게 되었는지 설명하고 싶은 생각이 없었다. 이 변화가 내 부모님과 선생님들의 바람과 일치한 것은 우연이었다. 이 변화는 나를 다른 사람들에게 데려가지 않았다. 그 누구에게도 가까이 가게 만들지 않았으며, 그저 나를 더 고독하게 만들었을 뿐이다. 그것은 어딘가를, 데미안을, 머나먼 운명을 목표로 하고 있었다. 물론 나 자신도 그것을 모르고 있었다. 그 한가운데 있었으니까. 베아트리체로 시작된 일이었지만, 얼마 전부터 나는 내가 그린 그림들과 데미안에 대한 생각으로 전혀 비현실적인 세계에 살고 있었으므로, 베아트리체조차 완전히 내 시야에서, 생각에서 사라져 버리고 말았다. 설령 그렇게 하고 싶었을지라도, 그 누구에게도 내 꿈들, 내 기대들, 내 내면의 극심한 변화에 대해 한마디도 할 수 없었으리라. 그러니 내가 어떻게 그것을 바랄 수 있었겠는가?

제5장 새는 알을 깨고 나온다

내가 그린 꿈의 새는 날아가 친구를 찾아냈다. 그리고 아주 놀라운 방법으로 답이 왔다.

우리 교실 내 자리에서 한번은 수업 중간의 쉬는 시간이 끝난 뒤 내 책에 쪽지 하나가 끼여 있는 것을 발견했다. 우리 반 학생들이 수업 중에 몰래 서로 쪽지를 주고받을 때 접는 것과 똑같이 접혀 있었다. 누가 나에게 그런 쪽지를 보냈는지 그저 놀라울 따름이었다. 학교 친구 누구와도 그런 교류를 하는 사이가 아니었기 때문이다. 거기에 끼지도 않을 테지만, 학생들이 벌이는 장난을 같이하자는 것이리라 여기고는 읽지도 않은 채 앞에 있는 책 속에 꽂아 두었다. 수업 중에야 비로소 그 쪽지가 우연히 다시 손에 들어왔다.

그 종이를 만지작거리다가 무심코 펼쳤는데 안에 몇 마디 문구가 적혀 있었다. 거기 흘깃 시선을 던졌던 나는 어떤 단어 하나에 사로잡혔고, 깜짝 놀라서 읽었다. 심장이 운명 앞에서 얼어붙는 듯했다.

"새는 알을 깨고 나온다. 알은 세계다. 태어나고자 하는 자는 한 세계를 부수어야 한다. 새는 신에게로 날아간다. 그 신의 이름은 아브락사스다."

그 글을 여러 번 읽고 나서 나는 깊은 생각에 잠겼다. 의심할 여지 없이 그것은 데미안에게서 온 답이었다. 나와 그 말고 그 새에 대해 알 사람이 없었다. 그가 내 그림을 받은 것이다. 그는 이해했고 내게 그 해석을 도운 것이다. 하지만 이 모든 것이 서로 어떻게 연관되어 있는 걸까? 그리고 무엇보다 나를 힘들게 한 것은 아브락사스라는 이름의 정체였다. 그런 것은 들어 본 적도 읽은 적도 없었다. "그 신의 이름은 아브락사스다!"

거의 아무것도 듣지 못한 채 수업이 끝났다. 다음 시간이 시작되었다. 오전의 마지막 수업이었다. 대학을 갓 졸업하고 부임한 젊은 보조 교사가 담당하는 과목이었는데, 그 선생님은 젊은 데다 우리에게 불필요한 권위를 내세우지 않는다는 것만으로도 이미 우리 마음에 들었다.

우리는 폴렌 선생님의 지도로 헤로도토스를 읽고 있었다. 이 강독은 내가 흥미를 느끼는 몇 안 되는 과목 중 하나였다. 그러나 이번에 나는 다른 데 정신이 팔려 있었다. 책을 펼쳐 놓기는 했지만 번역을 따라가는 게 아니라 내 생각에 빠져 있었다. 어쨌든 데미안이 예전에 종교 수업 시간에 내게 했던 말이 얼마나 옳은지 나는 이미 여러 번 경험을 통해 알고 있었다. 충분히 강렬하게 원하는 것, 그것은 이루어졌다. 수업 시간에 내가 아주 강력하게 나 자신의 생각에 몰두해 있으면 나는 조용히 있을 수 있었고, 선생님도 나를 가만 내버려 두었다. 그랬다, 정신이 산만하거나 졸릴 때면 어느새 선생님이 옆에 와 서 있곤 했다. 그런 적이 여러 번 있었다. 하지만 정말 생각에 잠겨 있으면, 실제로 깊이 생각에 빠져 있으면, 그럴 때는 안전했다. 뚫어질 듯 빤히 쳐다보는 것도 벌써 시험해 보았고, 믿을 만하다는 것을 알았다. 당시 데미안과 함께였던 시절에는 되질 않았었는데, 이젠 눈빛과 생각으로 아주 많은 것을 할 수 있다는 것을 자주 느꼈다.

그때도 나는 그렇게 자리에 앉아 헤로도토스로부터 그리고 학교로부터 멀리 떠나 있었다. 그러나 그때 어찌 된 일인지 선생님의 목소리가 번개처럼 의식을 치고 들어와 나는 깜짝 놀라 깨어났다. 선생님의 목소리가 들렸고, 그분이 내 곁에 바짝 서 있어서, 내 이름을 부른 줄 알았다. 그러나 선생님은 나를 보고 있지 않았다. 나는 안도의 한숨을 쉬었다.

그러자 다시 선생님의 목소리가 들려왔다. 그 목소리는 또렷하게 "아브락사스"라고 말하고 있었다.

시작 부분을 나는 놓쳐 버렸지만 폴렌 선생님은 설명을 계속했다.
"우리는 저 종파들과 고대 신비주의 교단들의 견해를 합리주의의 관점에서 보듯 그렇게 단순하게 생각해서는 안 됩니다. 고대에는 오늘날 우리가 말하는 의미의 학문은 있지도 않았습니다. 대신 철학적이고 신비주의적인 진실들을 다루는 고도로 발달된 연구가 있었습니다. 부분적으로는 아마 종종 사기와 범죄로도 이어졌던 마술과 놀이도 거기서 나왔습니다. 그러나 마술 또한 고귀한 유래와 심오한 사상을 가지고 있습니다. 내가 앞에서 예로 들었던 아브락사스 학설이 그런 경우입니다. 이 이름을 사람들은 그리스의 주문에 연계해 입에 올리고, 때로는 오늘날 미개 민족들이 아직 믿고 있는 마법의 힘을 지닌 어떤 악마의 이름으로 여깁니다. 그러나 아브락사스는 훨씬 많은 의미를 지니고 있는 것 같습니다. 우리는 이 이름을 이른바 신적인 것과 악마적인 것을 결합시키는 상징적 과제를 지닌 어떤 신성의 이름 정도로 생각할 수 있을 것입니다."

자그마한 체구의 학자는 자세하게 열심히 설명을 계속했지만 주목하고 있는 사람은 아무도 없었다. 그리고 아브락사스라는 이름이 더 이상 나오지 않자, 내 주의력도 곧 나 자신 속으로 다시 가라앉아 버렸다.

'신적인 것과 악마적인 것을 하나로 결합시키는'이라는 말이 귀에 남아 울리고 있었다. 여기에 연결시킬 수 있는 게 있었다. 그것은 데미안과 친하게 지냈던 마지막 시기에 그와의 대화에서 내게 익숙한 말이었다. 그때 데미안은 말했었다. 우리는 우리가 숭배하는 신 하나를 가지고 있지만, 그 신은 임의로 나누어 놓은 세계의 반쪽만 나타내고 있을 뿐이라고(그것은 공적이고, 허락된 '밝은' 세계였다). 그러나 사람들은 세계 전체를 숭배할 수 있어야 한다고. 그러니까 동시에 악마이기도 한 어떤 신을 갖거나, 아니면 신에 대한 예배와 나란히 악마에 대한 예배도 마련해야 한다고 했다. 그렇다면 지금 이 아브락사스가 신이자 악마이기도 한 바로 그 신이었던 것이다.

한동안 나는 아주 열심히 그 신에 대해 찾아보았으나, 별 진전이 없었다. 아브락사스를 찾느라 도서관을 다 뒤져 보았지만 아무 소득이 없었다. 하긴 우선은 그저 손에 든 돌멩이보다 나을 것 없는 진리를 찾아내는 이런 식의 직접적이고 의식적인 탐구는 내 본성에 그다지 맞지도 않았다.

얼마 동안 그토록 몰두했던 베아트리체의 모습은 이제 서서히 가라앉았다. 아니 그보다는 천천히 내게서 멀어져 차츰 지평선에 가까워지며, 점점 더 그림자 같아지고, 멀어지고, 희미해져 갔다. 그것은 더 이상 내 영혼을 충족시키지 못했다.

독특하게 나 자신 속으로 자아 넣은 현존, 내가 몽유병자처럼 살아가고 있는 그 현존 속에 이제 새로운 어떤 것이 형성되기 시작했다. 삶을 향한 동경이 내 안에서 피어났다. 아니 그보다는 사랑을 향한 동경이, 그리고 한동안 베아트리체를 숭배함으로써 해

소할 수 있었던 성적 충동이 새로운 이미지와 목표를 요구하고 있었다. 아직 여전히 아무런 충족도 이루어지지 않았고, 그 동경을 속여 본다거나 친구들이 만족을 찾곤 하는 그런 소녀들에게서 무언가를 기대하는 것은 내게 그 어느 때보다 불가능했다. 나는 다시 심하게 꿈을 꾸었고, 그것도 밤보다 낮에 더 많이 꾸었다. 상상들이, 이미지들 혹은 소망들이 내 안에서 솟아올라 나를 외부 세계로부터 멀어지게 했고, 나는 내 안의 이 이미지들, 이 꿈들 혹은 그림자들과 내 실제 주변보다 더 현실적으로, 더 생생하게 교류하며 살았다.

하나의 특정한 꿈 혹은 계속 되풀이되는 환상의 유희 하나가 내게 의미심장해졌다. 내 생애에서 가장 중요하고도 치명적인 이 꿈은 대충 이런 내용이었다. 나는 부모님 집으로 돌아갔고, 대문 위에는 문장의 새가 푸른 바탕 위에 노랗게 빛나고 있었다. 집 안에서 어머니가 나를 향해 나왔다. 그러나 내가 들어서며 어머니를 포옹하려 하자 그것은 어머니가 아니라 한 번도 본 적 없는 사람이었다. 키 크고 힘 있는 인물로, 막스 데미안과 내가 그린 그림과 닮았으나, 그래도 뭔지 달랐다. 그리고 막강함에도 불구하고 매우 여성적이었다. 이 사람이 나를 자신에게로 끌어당겨 온몸을 전율하게 하는 깊은 사랑의 포옹을 했다. 환희와 공포가 뒤섞였으니, 이 포옹은 신에 대한 예배였고, 동시에 범죄였다. 나를 안은 이 사람에게는 내 어머니에 대한 너무도 많은 기억이, 내 친구 데미안에 대한 너무도 많은 기억이 서려 있었다. 이 사람의 포옹은 모든 경외심에 반하는 것이었으나, 그럼에도 지복의 환희였다. 자주 나는 깊은 행복감에 젖어 이 꿈에서 깨어났고, 자주 마치 무서운 죄라도 지은 듯 죽을 것 같은 두려움과 극심한 양심의 가책을 느끼며 깨어났다.

다만 이 완전히 내면적인 이미지들과 지금 찾고 있는 신에 대해 외부로부터 내게 도달한 신호 사이에 차츰 무의식적으로 어떤 연결이 이루어졌다. 이후 그 연결은 더 밀도 있고 내밀해졌으며, 나는 내가 바로 이 예감의 꿈속에 아브락사스를 불러냈다는 것을 감지하기 시작했다. 환희와 두려움, 남자와 여자가 뒤섞이고, 깊은 죄악이 천진난만함을 관통하며 가장 성스러운 것과 추악한 것이 서로 뒤얽혔으니, 그것이 내가 꾼 사랑의 꿈의 이미지였고, 아브락사스 또한 그러했다. 사랑은 더 이상 내가 처음에 잔뜩 겁내며 느꼈던 것처럼 동물적인 어두운 충동이 아니었다. 그리고 더 이상 내가 베아트리체의 이미지에 바쳤던 것 같은 경건하게 정신화된 숭배도 아니었다. 사랑은 그 둘 다였다. 둘 다이면서 또 훨씬 그 이상이었다. 사랑은 천사의 모습이자 악마였고, 남자와 여자가 하나였으며, 인간이자 동물이고, 지고의 선이자 극단적인 악이었다. 이것을 살아 내는 일이 내게 주어진 운명이요, 그 대가를 치르는 것이 내 숙명인 듯했다. 나는 그 운명을 열망하면서도 그 앞에서 두려워했다. 하지만 운명은 늘 거기 있었고, 늘 내 위에 드리워져 있었다.

이듬해 봄이면 김나지움을 졸업하고 대학에 가도록 되어 있었지만 나는 아직도 어느 대학에서 무엇을 공부해야 할지 모르고 있었다. 코 밑에는 수염이 약간 났고, 나는 다 자란 성인이었다. 그런데도 어찌할 바 모르는 채 목표가 없었다. 단 하나, 내 안의 목소리, 그 꿈의 이미지만은 확실했다. 내가 할 일은 그것이 이끄는 대로 무조건 따라가는 것이라고 느꼈다. 하지만 그 일은 어려웠고, 나는 날마다 뻗대며 거부했다. 아마 내가 미쳤나 보다고 생각한 적도 많았다. 혹시 나는 다른 사람들과 같지 않은 걸까? 그러나 다른 사람들이 해내는 것은 나 역시 모두 할 수 있었다. 조금 열심히 노력해 플라톤을 읽을 수 있었고, 삼각법 과제를 풀거나 화학 분석을 따라갈 수도 있었다. 그러나 단 하나, 내가 할 수 없는 게 있었다. 내 내면에 어둡게 숨어 있는 목표를 끄집어내 다른 사람들이 하듯 눈앞에 분명히 그려 보이는 일이었다. 교수나 판사, 의사나 예술가가 될 것이고, 그러자면 얼마나 걸리고 어떤 장점들이 있는지를 정확히 아는 다른 사람들처럼 말이다. 난 그것을 할 수 없었다. 아마 나도 언젠가는 그런 무엇이 되겠지만, 내가 그걸 어떻게 안단 말인가. 아마 나 또한 찾고 또 계속 찾아야겠지, 여러 해 동안. 그러고는 아무것도 되지 못하고, 어떤 목표에도 도달하지 못할지도 모른다. 어쩌면 어떤 목표에 도달하지만, 그것은 악하고, 위험하고, 끔찍한 것일지도 모른다.

내 안에서 저절로 우러나오려는 것, 난 그것을 살아 보려 했을 뿐이다. 그게 왜 그리 힘들었을까?

종종 나는 내 꿈속 강력한 사랑의 이미지를 그림으로 그려 보려고 했다. 하지만 한 번도 성공하지 못했다. 그게 성공했더라면 나는 그 그림을 데미안에게 보냈을 것이다. 그는 어디에 있는 것일까? 나는 알지 못했다. 아는 것이라곤 오직 그가 나와 이어져 있다는 사실뿐. 언제 그를 다시 보게 될 것인가?

베아트리체 시절의 저 몇 주, 몇 달간의 안정된 평온은 이미 사라진 지 오래였다. 당시엔 섬에 도착해서 평화를 찾아냈다고 생각했었다. 그러나 늘 이런 식이었다. 어떤 상태가 마음에 들거나 어떤 꿈으로 인해 기분이 좋아지기 무섭게 그것들은 이내 시들고 공허해져 버렸다. 아쉬워 탄식한들 무엇하랴! 이제 나는 채워지지 않은 욕망과 팽팽하게 당겨진 기대의 불꽃 속에 살고 있었다. 이 상태는 자주 나를 거친 미치광이로 만들었다. 꿈속 애인의 모습을 나는 너무도 생생하게 내 눈앞에서 보았다. 그 모습은 나 자신의 손을 보는 것보다 더 선명했다. 나는 그 이미지와 이야기하고, 그 앞에서 울었으며, 그것을 저주했다. 나는 그것을 어머니라 불렀고, 눈물 흘리며 그 앞에 무릎 꿇었다. 그것을 애인이라 불렀고, 모든 욕망을 채워 주는 성숙한 입맞춤을 예감했으며, 또한 그것을 악마, 창녀, 흡혈귀, 살인자라고 부르기도 했다. 그 모습은 나를 다정하기 이를 데 없는 사랑의 꿈으로 유혹하는가 하면, 거칠고 음탕한 행위로 이끌었다. 그것에게는 지나치게 선한 것도 존귀한 것도 없었고, 지나치게 악한 것도 천한 것도 없었다.

그해 겨우내 나는 이루 형용하기 힘든 내면의 폭풍 속에 지냈다. 고독에는 익숙해진 지 오래라 그로 인해 힘들지는 않았다. 나는 데미안과, 매와, 나의 숙명이자 애인이었던 거대한 꿈속의 이미지와 더불어 살았다. 그 속에서 살기에는 충분했다. 모든 것이 크고 광대한 세계를 내다보고 있었고, 모든 것이 아브락사스를 암시했기 때문이다. 그러나 이 꿈들 중 어느 것도, 내 생각들 중 어느 것도 나에게 순응하지 않았다. 나는 그것들 중 어느 것도 불러낼 수 없었고, 그 어느 것에도 내 마음대로 색을 입힐 수 없었다. 그것들이 와서 나를 사로잡고, 나를 지배하고, 나를 살아가게 했다.

나는 외부를 향해서는 안전했을 것이다. 나는 사람들에 대해 두려움이 없었다. 학교 친구들도 그것을 알았고, 은근한 존경을 보내와 종종 나를 미소 짓게 만들었다. 원하기만 하면 그들 대부분을 잘 꿰뚫어 볼 수 있었고, 그로 인해 가끔 그들을 깜짝 놀라게 할 수 있었다. 다만 그럴 마음이 거의 없었거나, 전혀 없었다. 나는 늘 내 일에, 나 자신에게 몰두해 있었다. 그리고 이제 드디어 한번 생의 한 부분을 살아 보기를, 내 안으로부터 나온 어떤 것을 세상에 내놓고, 세상과 관계를 맺고 세상과 맞서 싸워 보기를 갈망했다. 이따금, 저녁때 거리를 돌아다닐 때면, 어지러운 마음에 한밤

중이 될 때까지 집으로 돌아오지 못할 때면 이런 생각을 하곤 했다. 지금, 바로 지금 내 애인이 나를 향해 오고 있을 거라고, 다음 모퉁이에서 내 앞으로 지나갈 거라고, 다음번 창문에서 나를 부를 거라고. 때로는 이 모든 일이 견딜 수 없을 만큼 괴롭게 느껴져 자살을 결심한 적도 있었다.

당시 나는 특이한 피난처를 하나 찾아냈다. 사람들 말대로 하자면 '우연히'. 하지만 세상에 그런 우연이란 없다. 무언가를 간절히 필요로 하는 사람이 자기한테 절실한 그것을 찾아낸다면, 그것은 우연이 아니라, 그 자신이, 그 자신의 욕구와 필요가 그를 그리로 이끌어 간 것이다.

시내를 걷다가 두 번인가 세 번쯤 교외의 조그만 교회에서 흘러 나오는 오르간 연주를 들은 적이 있었다. 멈춰 서서 듣지는 않았다. 다음번에 지나갈 때 또 그 소리를 들었고, 바흐의 곡이 연주되고 있다는 것을 알았다. 문으로 가 보았지만 잠겨 있었다. 골목에 지나다니는 사람이 거의 없었으므로 나는 교회 옆 길가 돌 위에 앉아 외투 깃을 올리고 귀를 기울였다. 크지는 않아도 좋은 오르간이었고, 놀라운 연주였다. 독특하고도 극도로 개인적인 의지와 끈질김이 표현되어 마치 기도처럼 들렸다. 이런 느낌이 들었다. 연주하고 있는 사람은 이 음악 속에 어떤 보물이 숨겨져 있다는 것을 알고, 마치 자기 목숨이기라도 한 것처럼 이 보물을 얻기 위해 구하고, 두드리고, 애쓰고 있는 것이라고. 기교적인 측면에서는 음악을 잘 모르지만, 바로 영혼의 이런 표현을 나는 어릴 적부터 본능적으로 이해했고, 음악적인 것을 내 안에서 자명한 것으로 느끼고 있었다.

음악가는 이어 현대 음악도 연주했는데, 레거의 곡인 듯했다. 교회는 거의 어둠에 싸였고, 아주 약한 빛줄기 하나가 옆집 창문에

서 새어 나왔다. 나는 음악이 끝날 때까지 기다렸다. 그리고 오르간 연주자가 밖으로 나올 때까지 이리저리 거닐고 있었다. 오르간 연주자는 젊었지만, 나보다는 나이가 많아 보였고, 다부진 체격에 키가 작달막했는데, 힘차면서도 뭔가 불만스러운 듯한 걸음걸이로 급히 멀어져 가 버렸다.

그날 이후 나는 종종 저녁 무렵에 그 교회 앞에 앉아 있거나 서성거렸다. 한번은 문이 열려 있는 것을 발견하고 안으로 들어갔다. 위층에서 오르간 연주자가 희미한 가스등 불빛 아래 연주하는 동안 나는 신도석에 앉아 추위에 떨면서 반 시간가량 행복하게 들었다. 그가 연주하는 음악에서는 그 남자 자신만 들리는 게 아니었다. 그가 연주하는 모든 것이 저희들끼리 서로 연결되어 은밀한 관계를 맺고 있는 것처럼 보였다. 그가 연주하는 모든 것은 신앙심에 차 있고 헌신적이며 경건했지만, 교회 신자나 목사들처럼 경건한 것이 아니라 중세의 순례자나 탁발승에게서 볼 수 있는 경건함으로, 모든 종파를 초월해 존재하는 세계 감정에 물불 안 가리고 헌신하는 그런 경건함이었다. 바흐 이전 거장들의 곡과 옛 이탈리아 작곡가들의 곡이 신실하게 연주되었다. 모든 연주곡들이 한결같이 같은 것을 말하고 있었다. 모두가 연주자 또한 그의 영혼 속에 지니고 있는 것을 말해 주고 있었다. 동경, 가장 내면적인 세계 이해, 난폭하기 이를 데 없이 그 세계에서 다시 떨어져 나오기, 자신의 어두운 영혼에 대한 간절한 귀 기울임, 헌신에의 도취와 경이로운 것에 대한 깊은 호기심을 말이다.

한번은 오르간 연주자가 교회를 나서는 것을 보고 몰래 뒤따라갔는데, 멀리 교외에 있는 작은 선술집으로 들어가는 것이었다. 나는 더 이상 참을 수 없어 그를 따라 들어갔다. 거기서 처음으로 그의 모습을 똑똑히 보았다. 그는 검정 펠트 모자를 쓴 채 조그만

홀의 구석 테이블에 술 한 잔을 앞에 놓고 앉아 있었다. 그의 얼굴은 내가 예상한 그대로였다. 못생겼고 약간 야성적인 데다 탐색적이고 완고하고 고집스럽고 의지에 차 있었지만, 그러면서도 입가는 연약하고 어린아이 같았다. 남성다움과 강인함은 모두 눈과 이마에 모여 있었고, 얼굴 아랫부분은 여리고 완성되지 않은 모습으로 무절제하고 어딘지 약해 보였다. 우유부단함이 여실히 드러나는 턱은 흡사 이마나 눈빛에 대항이라도 하듯 소년 같은 모습으로 거기 드러나 있었다. 나는 자부심과 적의에 찬 그의 짙은 갈색 눈이 마음에 들었다.

나는 아무 말 없이 그의 맞은편에 앉았다. 술집 안에는 우리 말고 아무도 없었다. 그는 나를 쫓아 버리기라도 하려는 듯 노려보았다. 그래도 난 버티고 앉아 그가 화나서 투덜댈 때까지 계속 그를 바라보았다.

"대체 뭘 그리 빌어먹게 노려보고 있는 거요? 내게 원하는 게 있소?"

"원하는 건 없습니다."

내가 말했다.

"하지만 당신에 대해 이미 많은 걸 알고 있어요."

그는 이마를 찌푸렸다.

"그래, 음악광이오? 음악에 미치는 짓 따위 난 구역질 나는데."

나는 꿈쩍도 하지 않았다.

"당신 연주를 자주 들었습니다. 저 외곽의 교회에서요."

내가 말했다.

"귀찮게 할 생각은 없습니다. 당신에게서 뭔가를, 뭔가 특별한 것을 찾을 수 있을지도 모른다고 생각했어요. 그게 뭔지는 저도 잘 모르겠습니다. 하지만 제 말에 신경 쓰실 것 없습니다. 교회에서 연주를 듣는 것으로 족하니까요."

"난 늘 문을 잠그는데."

"최근에 그걸 잊으셨더군요. 그래서 안에 앉아 있었지요. 다른 때는 밖에 서 있거나 길가 돌 위에 앉아 있습니다."

"그래요? 다음번엔 안으로 들어오시오. 더 따뜻할 거요. 그럴 때는 그냥 문을 두드려요, 세게. 내가 연주하고 있을 때는 말고. 자, 그런데 무슨 말을 하려고 했소? 아주 젊은 사람이로군. 고등학생 아니면 대학생 같은데. 음악을 하나요?"

"아니요. 음악 듣기를 좋아합니다. 하지만 당신이 연주하는 그런 무조건적인 음악, 듣고 있으면 한 인간이 거기서 천국과 지옥을 잡아 흔들고 있다고 느껴지는 그런 음악만 좋아하지요. 음악을 아주 좋아하는데, 제 생각에 음악은 별로 도덕적이지 않아서입니다. 다른 모든 것들은 도덕적이지요. 그래서 도덕적이지 않은 무언가를 찾고 있어요. 전 도덕적인 것에는 늘 짓눌려 시달리기만 했습니다. 잘 표현이 되지 않는군요. 신인 동시에 악마인 신이 있다는데, 아십니까? 그런 신이 있었다는 이야길 들었습니다."

음악가가 챙 넓은 모자를 살짝 뒤로 젖히며 머리를 흔들어 짙은 색 머리카락을 넓은 이마에서 털어 냈다. 그러더니 나를 뚫어질 듯 바라보며 식탁 너머로 얼굴을 바싹 들이댔다.

그가 긴장된 태도로 나직하게 물었다.

"지금 말하는 그 신 이름이 뭐요?"

"유감스럽게도 그 신에 대해 아는 게 거의 없습니다. 그저 이름만 알 뿐이에요. 아브락사스입니다."

음악가는 마치 누가 우리 이야기를 엿듣기라도 한다는 듯 의심스러운 눈빛으로 주변을 둘러보았다. 그러곤 내게로 바싹 다가앉으며 속삭이듯 말했다.

"내 그럴 줄 알았지. 당신 누구요?"

"저는 김나지움 학생입니다."

"어디서 아브락사스를 알았지?"

"우연히."

그가 테이블을 쾅 치는 바람에 그의 잔에서 술이 넘쳤다.

"우연이라니! 이봐, 빌어먹을, 말도 안 되는 소린 하지도 말아! 아브락사스는 우연히 알게 되는 게 아냐, 명심해 두라고. 내가 아브락사스에 대해 좀 더 말해 주겠어. 난 그 신에 관해 아는 게 좀 있으니까."

그는 입을 다물고 자기 의자를 도로 뒤로 밀었다. 내가 잔뜩 기대에 차서 그를 쳐다보고 있자 그가 인상을 썼다.

"여기서 말고! 다음번에. 자, 이거나 받아요!"

그는 입고 있던 외투 주머니를 뒤져 군밤 몇 개를 꺼내 내게로 던졌다.

나는 아무 말 없이 그것을 받아 먹었고, 아주 만족스러웠다.

"그래!"

그가 잠시 후 소곤거리듯 말했다.

"어떻게 알게 된 거요, 그 신에 대해서?"

나는 주저하지 않고 말했다.

"저는 혼자였고, 어찌할 바를 모르고 있었어요."

나는 이야기를 이어 갔다.

"그때 옛날 친구 하나가 머리에 떠올랐습니다. 아는 것이 많다고 생각한 친구였어요. 제가 뭘 하나 그린 게 있었는데, 지구를 뚫고 막 밖으로 나오는 새 한 마리를 그린 것이었습니다. 전 그 그림을 친구에게 보냈어요. 시간이 흐르고, 그 일을 더 이상 생각도 안 하고 있을 때쯤 쪽지 하나가 손에 들어왔어요. 거기에 이렇게 적혀 있었습니다. '새는 알을 깨고 나온다. 알은 세계다. 태어나고자 하는 자는 한 세계를 부수어야 한다. 새는 신에게로 날아간다. 신의 이름은 아브락사스다.'"

그는 아무 대꾸도 없었다. 우리는 밤을 까서 술안주로 먹었다.

"한 잔 더 할까?"

그가 물었다.

"아뇨, 됐습니다. 술을 좋아하지 않아서요."

그는 약간 실망한 듯 웃었다.

"좋을 대로! 나는 달라. 나는 여기 좀 더 있겠소. 먼저 가 보슈!"

그 다음번에 오르간 연주가 끝난 후 함께 걸을 때 그는 별로 말이 없었다. 그는 나를 어느 오래된 골목에 있는 낡고 웅장한 집 위층으로 데리고 올라갔다. 크고 좀 황량하고 제대로 관리되지 않은 방으로 들어갔는데, 거기엔 피아노 한 대 외에는 음악과 관련된 것은 아무것도 없었다. 반면에 커다란 책장과 책상이 있어 어딘지 학자의 방 같은 분위기를 풍겼다.

"책이 참 많으시군요!"

내가 감탄해서 말했다.

"일부는 아버지 책들이오. 아버지 집에 살고 있거든. 그래, 젊은 친구, 난 부모님 집에서 살아. 하지만 자네를 부모님께 소개할 수는 없어. 내가 사귀는 사람들은 이 집에서 별로 대접을 못 받아. 난 내놓은 자식이거든. 알겠지. 우리 아버지는 엄청나게 존경할 만한 분이시지. 이 도시에서 손꼽히는 목사이자 설교가라네. 그리고 나는, 알기 쉽게 말하자면, 재능 있고 전도유망한, 그러나 궤도를 벗어나 좀 돌아 버린 그분의 아드님이지. 나는 신학도였는데 국가시험을 보기 직전에 그 훌륭한 전공을 팽개쳐 버렸지. 내 사적인 공부로 보자면 사실 여전히 그 전공에 머물러 있는 것이긴 하지만 말이야. 사람들이 그때그때 어떤 신들을 생각해 냈는지 하는 문제가 나에게는 여전히 가장 중요하고 흥미 있는 일이니까. 그 외에 나는 지금 음악가이고, 머지않아 자그마한 오르간 연주자 자리를 하나 얻게 될 것 같소. 그러면 난 다시 교회로 돌아가는 거지."

나는 서가에 꽂혀 있는 책들을 작은 탁상 램프의 희미한 불빛이 비치는 데까지 대충 훑어보았다. 그리스어, 라틴어, 히브리어 제목들이 눈에 들어왔다. 그동안 그는 컴컴한 속에서 벽 쪽 방바닥에 엎드려 무언가 부스럭거리고 있었다.

"이리 와요."

얼마 후 그가 불렀다.

"이제 철학을 좀 해 봅시다. 말인즉 입 다물고, 배 깔고 누워서 생각하자는 거지."

그는 성냥을 켜서 자기 앞에 있던 벽난로 속의 종이와 장작에 불을 붙였다. 불꽃이 높이 솟아올랐고, 그는 세심하게 불을 쑤셔 일으키기도 하고 장작을 더 넣기도 했다. 나는 그의 곁에, 낡아서 올이 풀린 양탄자 위에 엎드렸다. 그는 불 속을 응시하고 있었고, 불은 나 또한 끌어당겼다. 우리는 거의 한 시간이나 아무 말 없이 널름거리는 장작불 앞에 배를 깔고 엎드려서, 불길이 활활 타오르고, 윙윙거리고, 꺾이고, 휘어지고, 가물가물 흔들리다가, 경련하듯 파르르 떨며, 마침내 조용히 사그라져, 바닥에서 잦아드는 모습을 바라보았다.

"불의 숭배는 인간이 생각해 낸 일들 가운데 제법 쓸 만한 것이었어."

한번은 그가 혼잣말로 웅얼거렸다. 그 밖에는 우리 둘 다 한마디도 말이 없었다. 눈도 깜짝 않고 불을 응시하며 꿈과 정적 속으로 가라앉은 채, 나는 연기 속에서 어떤 모습을, 재 속에서 무엇인가의 형상을 보았다. 한번은 내가 깜짝 놀랐다. 함께 불을 보고 있던 그가 이글거리는 불 속으로 송진 한 조각을 던져 넣었던 것이다. 조그맣고 가느다란 불꽃이 솟아올랐는데, 그 속에서 나는 노란색 매의 머리를 한 그 새를 보았다. 꺼져 가는 벽난로 불 속에서 금빛으로 빛나는 가느다란 빛줄기들이 한데 모여 서로 얼크러지며 문자와 형상들이 나타났다. 얼굴들, 동물들, 식물들, 벌레와 뱀들에 대한 기억들이 떠올랐다. 문득 정신이 들어 옆을 보니 그는 턱을 괴고 엎드려 완전히 몰두한 채 열광적으로 재 속을 응시하고 있었다.

"전 이제 가야겠는데요."

내가 나직하게 말했다.

"그래, 그럼 가시오. 잘 가요!"

그는 일어나지 않았다. 램프의 불이 꺼졌으므로 나는 간신히 더듬거리며 컴컴한 방과 복도와 계단을 지나 을씨년스러운 집에서 나왔다. 거리로 나온 나는 잠시 멈춰 서서 그 오래된 집을 올려다보았다. 어느 창에도 불빛이 없었다. 놋쇠로 된 작은 문패가 문 앞 가스등 불빛을 받아 반짝이고 있었다.

'주임 목사 피스토리우스'라고 적혀 있었다.

집으로 돌아와, 저녁을 먹고 내 작은 방에 혼자 앉았을 때에야 비로소 나는 피스토리우스에게서 아브락사스나 그 밖의 어떤 것에 대해서도 들은 것이 없으며, 우리가 서로 열 마디도 나누지 않았다는 것을 알았다. 하지만 나는 그의 집에 갔던 것에 매우 만족했다. 그리고 그는 다음번에는 옛 오르간 음악 가운데 아주 뛰어난 작품인 북스테후데의 「파사칼리아」를 들려주겠다고 약속했다.

미처 모르는 사이에 오르가니스트 피스토리우스는 내가 그 음울한 은둔자 방의 벽난로 앞 바닥에 함께 엎드려 있던 그때 나에게 첫 수업을 해 준 것이었다. 불을 들여다보는 일은 내게 좋은 영향을 미쳤다. 그 일은 내게 잠재되어 있었지만 한 번도 살펴본 적 없던 내면의 성향들을 강화시키고 확인해 주었다. 나는 차츰 그 성향들에 대해 부분적으로 알게 되었다.

아주 어릴 적부터 나는 때때로 자연의 기이한 모양을 바라보는 버릇이 있었다. 관찰하는 것이 아니라 그 고유한 마력, 그 뒤얽혀 있는 깊은 언어에 푹 빠져 몰두하는 것이었다. 고목처럼 드러난 긴 나무뿌리, 돌 속의 알록달록한 무늬, 물 위에 뜬 기름의 얼룩, 유리에 난 금, 그 비슷한 온갖 것들이 이따금 나에게 커다란 마력을 발휘했다. 무엇보다 물과 불, 연기, 구름, 먼지, 그리고 특히 눈을 감았을 때 이리저리 떠도는 온갖 색깔 무늬들이 그랬다. 피스토리우스를 처음 방문한 후 며칠 동안 그런 것들이 다시 떠오르기 시작했다. 왜냐하면 그 이후 내가 느낀 활기와 기쁨, 감정의 고양이 순전히 활활 타오르는 불을 오랫동안 응시한 덕분이라는 것을 알아차렸기 때문이다. 불을 바라보는 것이 이상하게도 기분 좋고 풍요로워지는 느낌을 주었으니까!

그때까지 내 본래의 인생 목표를 향해 가는 동안 발견한 몇 안 되는 경험들에 이 새로운 경험이 추가되었다. 그런 모습들을 가만히 바라보는 것, 비이성적으로 얽히고설킨 기이한 자연의 형상들에 몰두하는 것은 내심 우리의 내면이 이 형상들을 있게 한 어떤 의지와 일치하고 있다는 느낌을 만들어 낸다. 우리는 곧 그 형상들을 우리의 뜻에 의한 것으로, 우리의 창조물로 여기고 싶은 유혹을 느낀다. 우리는 우리와 자연 사이의 경계가 흔들리고 녹아 버리는 것을 보며, 우리 망막 위의 이 같은 이미지들이 바깥의 인상들에서 비롯한 것인지 아니면 내면의 인상에서 온 것인지 잘 모르겠는 그 기분을 알게 된다. 우리가 얼마나 창조자인지, 우리의 영혼이 얼마나 쉴 새 없이 세계의 끊임없는 창조에 함께하고 있는지를 이 연습에서만큼 간단히 쉽게 알 수 있는 곳은 없다. 더구나 우리 안의 신과 자연 속에서 주재하는 신은 분리할 수 없는 동일한 신성이다. 그래서 만약 바깥 세계가 멸망한다면, 우리 중 누군가가 그것을 다시 세울 수 있을 것이다. 산과 강, 나무와 잎, 뿌리와 꽃 같은 자연의 모든 형성물은 우리 안에 이미 그 원형이 깃들어 있고, 영혼에서 유래하기 때문이다. 영혼의 본질은 영원이고, 그 본질을 우리는 알지 못하나, 대개 사랑의 힘과 창조의 힘으로 느껴지곤 한다.

　몇 년 후에야 나는 이러한 내 관찰이 이미 어떤 책에서 확인되고 있음을 알았다. 많은 사람들이 침을 뱉은 담벼락을 바라보는 일이 얼마나 훌륭하고 깊은 감동을 주는지에 대해 레오나르도 다 빈치가 한 말이었다. 그는 축축한 담벼락의 그 얼룩들 앞에서 피스토리우스와 내가 불 앞에서 느낀 것과 똑같은 감정을 느꼈던 것이다. 다음번에 만났을 때 오르간 연주자는 내게 설명해 주었다.

　"우리는 개인의 경계를 늘 너무 좁게 그어 버리곤 하지! 언제나 우리가 개인적이라고 구분해 놓은 것, 남과 다르다고 인식하는 것만 개인으로 치지. 그러나 우리는 세계의 전체 성분으로 구성되어 있어요. 우리 한 사람 한 사람 모두 다. 우리 몸이 어류나 그 훨씬 이전의 생물체에까지 이르는 진화의 계보를 지니고 있듯이, 일찍이 인간의 영혼들 속에 살았던 모든 것을 우리 영혼 속에 가지고 있지. 이제까지 존재했던 모든 신과 악마는, 그것이 그리스인들에게 있었건, 중국인들에게 있었건, 아프리카 토인들에게 있었건 간에 모두 우리 안에 함께 있소. 가능성으로, 소망으로, 탈출구로 거기 있는 거요. 전혀 교육받지 못한 평범한 아이 하나만을 남기고 인류가 멸망해 버린다 해도, 그 아이는 사물의 모든 과정을 다시 찾아낼 거요. 신들, 악마들, 낙원, 계율과 금기, 구약과 신약, 모든 것을 그 애는 다시 만들어 낼 수 있을 거야."

"좋아요."

내가 이의를 제기했다.

"그렇다면 개인의 가치는 어디에 있는 겁니까? 우리 내면에 모든 것을 이미 완성된 상태로 가지고 있다면, 왜 우리는 아직도 노력하는 겁니까?"

"잠깐!"

피스토리우스가 격하게 외쳤다.

"세계를 그저 자기 안에 지니고 있느냐 아니면 그 사실을 알고도 있느냐, 그건 큰 차이지! 어떤 미친 사람이 플라톤을 연상시키는 생각을 내놓을 수도 있고, 헤른후트파 학교에 다니는 경건한 어린 학생이 그노시스파나 조로아스터파에 나타나는 심오한 신화적 연관을 독창적으로 숙고해 볼 수도 있겠지. 하지만 그들은 자기 안에 세계가 있다는 건 몰라! 그것을 모르는 한 그는 한 그루 나무나 돌인 거지. 기껏해야 동물이고. 그러나 이 인식의 최초의 빛이 희미하게 동터 올 때, 그때 그는 인간이 되는 거요. 당신도 아마 저기 거리에 걸어 다니는 두 발 달린 족속들을 단지 직립 보행을 하며 자식을 열 달 배 속에 넣고 다닌다는 것만으로 모두 인간이라고 생각하지는 않겠지? 그들 가운데 얼마나 많은 이가 물고기나 양, 벌레나 거머리인 줄은 당신도 알고 있을 거요. 얼마나 많은 부류가 개미인지, 얼마나 많은 부류가 벌인지! 자, 그들 하나하나 속에 인간이 될 가능성들이 부여되어 있지. 하지만 각자 그것을 예감할 때, 한 걸음 더 나아가 그것을 의식으로 전환하는 것을 배울 때에야 그 가능성들은 비로소 그의 것이 되는 거요."

우리의 대화는 대략 이런 식이었다. 대화에서 무언가 전혀 새로운 것, 정말 놀라운 것이 나오는 일은 드물었다. 그러나 그 모두가, 가장 평범한 대화조차도 나직하고 지속적인 망치질로 내 마음속의 한 점을 계속 두드렸다. 모든 대화가 나의 형성에 도움을 주었다. 모든 대화가 내 허물 벗는 일에, 알껍데기를 부수는 일에 도움이 되어 주었다. 그리하여 대화를 나눌 때마다 나는 머리를 조금 더 높이, 조금 더 자유롭게 치켜들어, 마침내 내 노란색 새는 그 아름다운 맹금의 머리를 산산이 부수어진 세계의 껍데기 밖으로 쑥 내밀었다.

우리는 자주 서로의 꿈 이야기를 했다. 피스토리우스는 꿈을 해석할 줄 알았다. 방금 놀라운 예 하나가 생각났다. 꿈을 꾸었는데, 그 꿈속에서 내가 날 수 있었다. 실은 내가 감당할 수 없는 힘으로 휙 들려 올라가 공중에 내던져진 것이었다. 비상하는 느낌은 근사했지만, 내 의지와 상관없이 까마득한 높이로 치솟아 오른 것을 보자 그것은 곧 두려움으로 변했다. 그러나 그 순간 나는 숨을 멈추고 내뱉고 하는 것으로 상승과 하강을 조절할 수 있다는 것을 알고 마음을 놓았다.

그 꿈에 대해 피스토리우스는 이런 말을 했다.

"자네를 날게 만든 그 들어 올림, 그것은 누구나 가지고 있는 우리 위대한 인류의 재산이야. 모든 힘의 뿌리와 연결되어 있는 느낌이 그것인데, 하지만 곧 두려워지고 말지! 엄청 위험하거든! 그래서 대부분의 사람들은 기꺼이 날기를 포기하고 법의 규정에 따라 인도 위에서 걸어 다니는 쪽을 택하지. 하지만 자네는 아니야. 자네는 계속 날고 있어, 유능한 젊은이답게 말이야. 그런데 보게, 자네는 놀라운 것을 발견하고, 점차 그것의 주인이 되어 가고, 자네를 공중으로 낚아채 올린 저 거대하고 보편적인 힘에게로 하나의 섬세하고 작은, 독자적인 힘을 내놓지. 하나의 기관, 하나의 방향 키를 말이야! 멋진 일이야. 그것이 없다면 그냥 속수무책으로 공중에 떠 있겠지, 미친 사람들이 그러듯 말이야. 자네에게는 인도 위를 걸어 다니는 사람들보다 더 깊은 예감들이 주어져 있지만 거기에 맞는 열쇠와 방향키가 없어서 바닥 모르는 곳으로 쉬익 떨어져 내리고 있어. 그러나 자네, 싱클레어, 자네가 그 일을 해내고 있어! 어떻게 그럴 수 있냐고, 이보게, 아직도 그걸 전혀 모르겠나? 자네는 그 일을 하나의 새로운 기관, 즉 하나의 호흡 조절기를 가지고 하고 있는 거야. 그리고 이제 자네의 영혼이 근본적으로 얼마나 '개인적'이지 못한가를 알 수 있겠나? 이 조절기는 자네가 발명한 게 아니잖아! 그건 새로운 게 아냐! 그 조절기는 빌려 온 것으로, 수천 년 전부터 존재해 온 거야. 그건 물고기의 평형 기관, 즉 부레라네. 실제로 부레는 일종의 허파이기도 해서 상황에 따라 숨 쉬는 데 이용되기도 하는, 진화가 덜 된 희귀 어류가 오늘날에도 있다네. 그러니까 자네가 꿈에서 날 때 비행용 기포로 사용한 허파와 똑같은 거지!"

심지어 그는 동물학 책을 한 권 가져다가 그 진화의 흔적이 담긴 물고기의 이름과 그림을 보여 주기까지 했다. 나는 신비한 전율과 함께 내 몸 안에 진화 초기 단계의 기능이 살아 숨 쉬고 있는 것을 느꼈다.

제6장 야곱의 싸움

아브락사스에 대해 별난 음악가 피스토리우스에게 들은 걸 짧게 줄여 다시 들려줄 수는 없다. 하지만 그에게 배운 가장 중요한 것은 나 자신에게로 가는 길 위의 또 한 걸음이었다. 그때 나는 열여덟 살의 평범하지 않은 젊은이였다. 여러 면에서 남다르게 조숙했지만, 다른 면에선 상당히 뒤처지고 쩔쩔맸다. 어쩌다 자신을 다른 사람들과 비교할 때면 자부심을 느끼며 우쭐하기도 했으나, 그만큼 또 자주 의기소침하고 열등감을 느끼기도 했다. 어떨 때는 자신을 천재라고 여겼다가 다른 때는 반쯤 미쳤다고 생각하기도 했다. 또래들이 누리는 즐거움이나 생활을 함께하지 못했고, 자주 자책하고 근심하며 괴로워했다. 절망적으로 그들에게서 고립되어 있는 듯, 마치 내게는 삶이 닫혀 있는 듯.

그 자신이 별난 어른이었던 피스토리우스는 내게 스스로를 존중하고 용기를 갖는 법을 가르쳤다. 내가 한 말들, 내 꿈들, 내 환상과 생각들에서 늘 가치 있는 것을 찾아냈고, 그것들을 언제나 중요하게 생각하고 진지하게 논함으로써 나에게 모범을 보여 주었다.

"자넨 말했었지."

그가 말했다.

"음악은 도덕적이지 않아서, 그래서 좋아한다고. 이의는 없네. 그러나 바로 자네 자신이 도덕주의자가 아니어야 해! 자신을 남과 비교하면 안 된다는 말이야. 자연이 자네를 박쥐로 만들어 놓았다면, 자신을 타조로 만들려고 해서는 안 돼. 자넨 걸핏하면 자기가 이상하다 생각하고, 보통 사람들과는 다른 길을 간다고 자책하지. 그런 생각을 버려야 해. 불을 들여다보게. 구름을 바라봐. 그러다가 예감이 떠오르고 자네 영혼 속의 목소리들이 말하기 시작하거든, 거기에 자신을 맡기고, 그게 선생님이나 아버지나 그 어떤 신의 뜻에 맞는지, 그들 마음에 들겠는지 그런 것부터 묻지 마! 그걸 묻는 바람에 다들 자신을 망치고 말지. 그걸 물어서 인도(人道)로 올라서 걷고, 구태의연한 인간이 되어 버리는 거야. 이봐 싱클레어, 우리의 신은 아브락사스라 하고, 신이면서 동시에 악마이고, 자기 안에 밝은 세계와 어두운 세계를 지니고 있어. 아브락사스는 자네의 어떤 생각에도 반대하지 않고, 자네의 어떤 꿈에도 이의를 제기하지 않아. 그걸 잊지 말게. 그러나 자네가 언제고 흠잡을 데 없이 정상적인 사람이 되면, 아브락사스가 자네를 떠나. 자네를 떠나서 자신의 사상을 담아 요리할 새 그릇을 찾는 거지."

내 모든 꿈들 중에서 가장 지속적으로 이어지는 것이 저 어두운 사랑의 꿈이었다. 자주, 정말 자주 나는 그 꿈을 꾸었다. 문장의 새 밑을 지나 오래된 우리 집 안으로 들어가 어머니를 끌어당겨 포옹하려는데, 어머니 대신 키가 큰, 반은 남성적이고 반은 어머니다운 그런 여인을 껴안는 것이었다. 그 여인이 두려웠는데도 불타는 욕망이 나를 그녀에게로 이끌었다. 이 꿈만은 내 친구에게 이야기할 수가 없었다. 그에게 다른 모든 것을 다 열어 보였을 때도 그 꿈만은 남겨 두었다. 그것은 나만의 구석, 나의 비밀, 나의 피난처였다.

마음이 무거울 때면 나는 피스토리우스에게 북스테후데의「파사칼리아」를 연주해 달라고 청했다. 그럴 때면 나는 저녁 무렵 어두운 교회 안에서, 내면으로 가라앉아 스스로에게 귀 기울이고 있는 듯한 이 기이하고 내밀한 음악에 푹 빠져 넋을 잃은 채 앉아 있었다. 이 음악은 늘 마음에 들었고, 내게 더욱더 영혼의 목소리들을 인정할 준비가 되도록 해 주었다.

가끔 우리는 오르간 소리가 잦아든 후에도 한동안 그대로 교회 안에 앉아 희미한 저녁 빛이 높은 고딕식 창문으로 비쳐 들었다가 이윽고 사라져 버리는 것을 바라보곤 했다.

"우습게 들리지."

피스토리우스가 말했다.

"내가 한때는 신학도였고 거의 목사가 될 뻔했다는 게 말이야. 하지만 그때 일은 그저 형식상의 오류에 불과해. 사제로 사는 게 내 직업이고 내 목표야. 다만 아브락사스를 알기도 전에 너무 일찍 만족해서 난 여호와에게 자신을 맡겨 버렸던 거지. 아, 모든 종교는 아름다운 거라네. 종교는 영혼이야. 기독교식 성찬을 들든, 메카로 순례를 가든 마찬가지라고."

"그렇다면 진짜 목사가 되실 수도 있었겠는데요."

내가 말했다.

"아니, 싱클레어, 아니야. 난 거짓말을 해야 했을 거야. 우리 종교는 종교가 아닌 것처럼 수행되고 있어. 종교가 무슨 지적인 일인 양 행동들을 해. 부득이한 경우 가톨릭이라면 몰라도, 신교의 목사, 그건 아냐! 진짜 신자들, 그런 사람들 몇 명을 내가 아는데, 그 사람들은 성경의 자자구구에 매달려. 그 사람들에게, 그리스도가 나한테는 개인이 아니라 하나의 영웅 신이요 신화라고, 인류가 자신이 영원의 벽에 그려진 것을 보는 엄청난 그림자상(像)이라고 말할 수는 없었을 테니. 그리고 훌륭한 설교를 들으러, 의무를 이행하러, 어떤 일에든 소홀하지 않으려고 교회에 오는 다른 사람들에게는 내가 무슨 말을 할 수 있었을까? 그들을 개종시켜야 한다고 생각해? 나는 그럴 생각이 전혀 없네. 목사는 개종시키는 사람이 아니야. 그저 신자들 가운데 자기와 같은 사람들 속에 살기를 원하고, 거기서 우리가 신을 만들어 내는 그런 감정을 지닌 자이자 그것을 표현하는 자이고자 하지."

그가 잠깐 말을 멈추었다. 그러더니 다시 계속했다.

"우리가 지금 아브락사스라는 이름으로 부르는 우리의 새로운 신앙은 좋은 것이야. 우리가 가지고 있는 최고의 것이라네. 그러나 아직 새끼에 불과해! 아직 날개도 돋아나지 않았지. 아, 외로운 종교, 그건 아직 진짜가 아니야. 종교란 공동의 것이어야 하고, 예배와 도취, 축제와 신비 의식(儀式)이 있어야 하는 거야⋯⋯."

그는 생각에 잠겨 자신 속으로 빠져들었다.

"신비 의식이야 혼자든 적은 수의 인원으로든 행할 수 있지 않나요?"

내가 주저하면서 물었다.

"그럴 수 있지."

그가 고개를 끄덕였다.

"나는 이미 오래전부터 그렇게 해 왔네. 다른 사람들이 알면 몇 년은 교도소에 갇힐 그런 예배를 행했어. 하지만 그게 아직 진짜가 아니라는 걸 알고 있네."

그가 갑자기 내 어깨를 탁 치는 바람에 나는 놀라서 움찔했다.

"이봐."

그가 다그치듯 말했다.

"자네도 신비 의식을 가지고 있지. 틀림없이 나한테 말하지 않은 꿈들이 있다는 걸 알아. 그걸 알고 싶은 생각은 없네. 그러나 말해 두지만, 그것을 살게, 그 꿈들을, 그것들을 연주하게, 그것들에 제단을 세우게! 아직 완전하지는 않지만 그것은 하나의 길이야. 우리가 언젠가, 자네와 나 그리고 몇몇 다른 사람들이 세계를 새롭게 개혁하게 될지 어떨지 그건 두고 보면 알겠지. 그러나 마음속에서 우리는 그것을 날마다 새롭게 해야 해. 그렇지 않으면 그것은 우리와 더불어 아무것도 아니야. 생각해 봐! 자넨 열여덟 살이야, 싱클레어, 자넨 거리의 창녀들에게 가지 않지, 자네는 사랑의 꿈들, 사랑의 소망들을 가지고 있을 게 분명해. 어쩌면 그 꿈들은, 자네가 두려워하는 그런 것이겠지. 두려워하지 말게! 그것들은 자네가 가진 최고의 것이라네! 날 믿어도 돼. 나는 자네 나이에 내 사랑의 꿈들을 너무 억눌렀기 때문에 많은 것을 잃었다네. 그래선 안 돼. 아브락사스를 아는 사람이라면 더 이상 그러면 안 되지. 아무것도 두려워해선 안 되고, 우리 마음속에서 영혼이 소망하는 그 무엇도 금지되었다고 여겨선 안 되네."

깜짝 놀라서 내가 이의를 제기했다.

"그러나 머리에 떠오른다고 모든 것을 행동으로 옮길 수는 없지요. 누군가 마음에 들지 않는다고 해서 사람을 죽일 수는 없잖아요."

그가 내게 바싹 다가왔다.

"상황에 따라서는 죽여도 돼. 다만 죽이는 건 대부분 잘못된 일이라는 것뿐이지. 나 역시 머릿속을 스쳐 간 모든 생각을 무조건 행동에 옮겨야 한다는 말은 아닐세. 그건 아니야. 다만 자네 마음에 떠오른, 그 자체로 좋은 의미를 지닌 어떤 생각을 몰아낸다거나 그것에 도덕적인 잣대를 들이댐으로써 망쳐 버려선 안 된다는 말이지. 자신이나 다른 사람을 십자가에 못 박는 대신 엄숙한 생각을 하며 잔에 든 포도주를 마시며 희생 제물을 바치는 비밀 의식을 생각할 수도 있지. 또 그런 행위 없이도, 자신의 충동과 유혹을 존경과 사랑으로 대처할 수 있다네. 그러면 그것들이 제 의미를 드러내지. 그것들 모두 나름의 의미가 있으니까. 다시 한 번 정말로 미친 생각이나 죄 많은 생각이 떠오르거든, 싱클레어, 혹시 누군가를 죽이고 싶다거나 대단히 외설적인 어떤 짓을 하고 싶어지거든, 그렇게 자네 속에서 공상을 펼치고 있는 것이 아브락사스라는 것을 잠시 생각하게! 자네가 죽이고 싶어 하는 인간은 결코 실재하는 아무아무개 씨가 아니라 분명 하나의 위장에 불과하다는 것을 말이야. 우리가 누군가를 미워한다면, 우린 그 누군가의 모습에서 바로 우리 내면에 들어앉아 있는 무엇인가를 미워하는 거야. 우리 자신 속에 있지 않은 것은 우리를 흥분시키지 못하거든."

피스토리우스가 이토록 내 마음 깊숙이 정곡을 찌르는 말을 한 것은 처음이었다. 나는 아무 대답도 할 수 없었다. 그러나 가장 강하게 그리고 특별하게 나를 감동시켰던 것은 그 충고가 이미 여러 해 전부터 내가 가슴속에 지녀 온 데미안의 말과 울림이 같다는 점이었다. 그들은 서로 전혀 모르는 사이인데, 두 사람이 나에게 똑같은 말을 한 것이다.

"우리가 보는 것들은" 하고 피스토리우스가 나직이 말했다.

"바로 우리 내면에 있는 것과 똑같은 것들이지. 우리가 내면에 지니고 있는 것 이외의 현실이란 없어. 그래서 대부분의 사람들이 그처럼 비현실적으로 사는 거지. 바깥에 있는 것들을 현실이라 여기고 자기 안에 있는 그들 본연의 세계는 입도 뻥긋 못하게 하니까. 뭐 그러면서도 행복할 수는 있겠지. 그러나 일단 다른 것을 알게 되면, 그다음엔 더 이상 대부분의 사람들이 가는 길을 선택할 여지는 없어. 싱클레어, 대부분의 사람들이 가는 길은 쉽고, 우리가 가는 길은 어렵다네. 우리 그 길을 가 보세."

두 번이나 그를 기다렸지만 허탕을 치고, 며칠 후 저녁 늦게 거리에서 나는 그와 마주쳤다. 차가운 밤바람 속에서 외롭게 모퉁이를 돌아 바람에 떠밀리듯 이쪽으로 오고 있었다. 완전히 취해 비틀거리면서. 나는 그를 부르고 싶은 마음이 들지 않았다. 그는 나를 보지 못하고 내 곁을 스쳐 지나갔다. 타는 듯이 고독한 눈빛으로 앞만 응시하며 마치 알 수 없는 것으로부터 오는 어두운 부름을 따르듯이. 나는 거리 하나쯤 그의 뒤를 따라갔다. 그는 마치 보이지 않는 줄에 매여 끌려가는 듯 열광적이면서도 흐트러진 걸음걸이로 유령처럼 가고 있었다. 우울해져서 나는 집으로, 구원을 얻지 못한 내 꿈들에게로 돌아왔다.

'저렇게 그는 지금 자기 내면의 세계를 새롭게 하고 있구나!' 하고 생각했는데, 순간 바로 그런 생각이 저열하고 도덕적인 생각이라는 느낌이 들었다. 내가 그의 꿈들에 대해 뭘 안단 말인가? 아마 그는 그 도취 속에서 불안에 시달리는 나보다 더 확고한 길을 갔는지도 모르는 것을.

이따금 수업 중간의 쉬는 시간에 그동안 내가 한 번도 주의를 기울인 적이 없는 반 아이 하나가 나에게 가까이 오려고 애쓰는 것이 눈에 띄었다. 키가 작고 약해 보이는 비쩍 마른 몸에 붉은 기가 도는 숱 적은 금발 머리를 가지고 있었고, 눈빛과 행동에 나름대로 독특한 무엇이 있는 애였다. 어느 날 저녁 집으로 돌아오는데 그 애가 골목에서 기다리고 있었다. 그는 내가 자기 앞을 지나가도록 놔두더니, 얼른 다시 뒤따라와 우리 집 현관문 앞에 멈춰 섰다.

"나한테 무슨 할 말이 있니?"

내가 물었다.

"그저 너와 한번 이야기하고 싶은데."

그가 수줍게 말했다.

"잠깐 같이 걸었으면 해."

따라 걸으며 나는 그 애가 몹시 흥분한 상태로 잔뜩 기대에 차 있다는 것을 느꼈다. 그의 손이 떨리고 있었다.

"너 심령술 하지?"

그가 갑자기 물었다.

"아니, 크나우어."

내가 웃으며 말했다.

"전혀 아니야. 도대체 어떻게 그런 생각을 하게 된 거니?"

"그러면 접신술 하지?"

"그것도 아니야."

"아, 그렇게 감추지 마! 아무리 그래도 너에게는 뭔가 특별한 게 있다는 걸 나는 아주 잘 느끼는걸. 네 눈이 그걸 말해 주지. 난 네가 틀림없이 영(靈)들과 교류하고 있다고 믿어. 그냥 호기심에서 묻는 게 아냐, 싱클레어, 아니야! 나 자신이 탐구자야. 그리고 난 너무 외로워."

"말해 보렴."

나는 그를 격려해 주었다.

"나는 영들에 대해선 전혀 아는 게 없지만, 내 꿈들 속에서 살고 있어. 그걸 네가 느낀 모양이야. 다른 사람들도 꿈속에서 살지만, 그러나 자기 자신의 꿈이 아니야. 그게 차이지."

"그래, 그럴지도 몰라."

그가 속삭이듯 말했다.

"단지 그 속에서 살아가는 꿈이 어떤 종류의 것이냐가 문제지. 백마법(白魔法)에 대해 들어 본 적 있어?"

나는 아니라고 할 수밖에 없었다.

"그걸 배우면 자기 자신을 지배할 수 있다더라. 죽지도 않고, 마법을 쓸 수도 있지. 너 그런 연습 해 본 적 없어?"

그 연습에 대해 호기심을 가지고 묻자 그는 처음에는 대답을 피하다가 내가 가려고 돌아서니 그제야 주섬주섬 털어놓았다.

"예를 들어 잠들려고 할 때나 집중하려고 할 때 난 그 연습을 해. 어떤 것을, 이를테면 어떤 단어나 이름 혹은 기하학의 도형을 하나 떠올리는 거야. 그런 다음 할 수 있는 한 그것을 내 안으로 힘껏 집어넣어. 그것이 내 안에, 내 머릿속에 있다고 상상하는 거야. 그것이 그 안에 있다고 느껴질 때까지. 그다음엔 그것이 목에 있다고 생각하고, 그런 식으로 내 몸이 그것으로 가득 찰 때까지 생각해. 그러면 나는 아주 확고해져서, 더 이상 그 무엇도 내 평온함을 깨지 못해."

나는 그가 무슨 말을 하고 있는지 어느 정도 알 수 있었다. 하지만 정작 하고 싶은 말은 따로 있다는 것을 분명히 느낄 수 있었다. 그 애는 이상하게 흥분해 서두르고 있었던 것이다. 나는 그의 질문을 가볍게 해 주려고 했다. 그러자 곧 본래 말하고자 했던 문제를 들고 나왔다.

"너도 금욕하고 있지?"

그가 불안한 어조로 물었다.

"무슨 소리야? 성 문제 말이니?"

"그래, 그래. 난 2년 전부터 금욕하고 있어. 그 가르침을 알게 된 이후로 말이야. 그전에 난 죄를 지었어, 무슨 말인지 알 거야. 너는 그러니까 여자하고 자 본 적이 없니?"

"없어."

내가 말했다.

"맞는 사람을 찾지 못했어."

"그러나 네가 말하는 그 맞는 사람을 찾는다면, 그 여자와 잘 거야?"

"그래, 물론이지. 만약 여자도 이의가 없다면."

나는 약간 조롱을 섞어 말했다.

"오, 그렇다면 넌 잘못된 길을 가는 거야! 내면의 힘은 완전히 금욕할 때만 키울 수 있어. 나는 그렇게 했어. 2년 동안이나. 2년하고도 한 달이 조금 넘도록! 그건 너무 힘들어! 어떨 때는 거의 참을 수 없는 지경이었어."

"이봐, 크나우어, 나는 금욕이 그 정도로 엄청나게 중요하다곤 생각지 않아."

"알아."

그가 내 말을 막았다.

"모두들 그렇게 말하지. 하지만 너한테까지 그런 말을 들을 줄은 몰랐다. 더 높은 정신적인 길을 가려는 사람은 정결을 지켜야 해, 반드시!"

"그래, 그럼 그렇게 해! 하지만 난 이해가 안 된다. 자신의 성을 억누르는 사람이 왜 다른 사람보다 '더 정결하다'는 건지. 아니면 너는 성을 모든 생각과 꿈들로부터도 차단할 수 있니?"

그는 절망적인 표정으로 나를 바라보았다.

"아니, 바로 그게 안 돼! 맙소사, 그래도 그래야만 해! 나는 밤에 꿈을 꾸는데, 나 자신에게조차 말할 수 없는 그런 꿈을 꿔! 몸서리치는 꿈들을!"

피스토리우스가 내게 해 준 말들이 생각났다. 하지만 아무리 그의 말이 옳다고 느껴도, 그것을 그대로 전할 수는 없었다. 스스로의 체험에서 나온 것이 아닌 데다, 그것을 따르기에 나 자신 안에서 아직 성숙해 있지 못하다고 느끼는 충고를 다른 사람에게 해 줄 순 없는 일이었다. 나는 말이 없어졌다. 누군가 내게 조언을 구했는데, 그에 대해 아무런 해 줄 말이 없다는 사실이 참담했다.

"뭐든 다 해 봤어!"

옆에서 크나우어가 한탄했다.

"할 수 있는 건 다 해 봤어. 냉수욕도 해 보고, 차가운 눈으로 몸을 비벼도 보고, 체조도 해 보고, 달리기도 해 봤지만 아무 소용 없었어. 밤마다 생각도 해서는 안 되는 꿈을 꾸다가 깨어나곤 해. 그리고 끔찍한 것은, 내가 정신적으로 배운 모든 것이 차츰 다시 사라져 버린다는 거야. 더 이상 집중하거나 스스로 잠드는 일도 제대로 못하겠고, 자주 누워서 밤을 꼬박 새우곤 해. 이대로는 더 이상 견딜 수가 없어. 만약 내가 이 싸움을 끝내 해내지 못하거나 포기해 버려 다시 나 자신을 더럽히게 되면, 그때는 이런 싸움을 해 보지도 않은 다른 사람들보다 더 나빠지는 거야. 무슨 말인지 알겠지?"

나는 고개를 끄덕였다. 그러나 아무것도 해 줄 말이 없었다. 나는 그가 지루해지기 시작했다. 그리고 분명한 그의 괴로움과 절망이 나에게 그다지 깊은 인상을 주지 못한다는 사실에, 나 자신에 대해 깜짝 놀랐다. 내가 느끼는 것은 그저, 난 너를 도울 수 없어, 라는 것이었다.

"그러니까 너는 내게 아무것도 해 줄 말이 없는 거니?"

마침내 그가 지쳐서 슬프게 말했다.

"아무것도? 그래도 무슨 방법이 있겠지! 너는 대체 어떻게 하는

데?"

"난 너에게 해 줄 말이 아무것도 없어, 크나우어. 사람들은 그런 일에선 서로 도울 수가 없단다. 나 역시 도와준 사람이 아무도 없었어. 너 자신에 대해 곰곰이 생각해 봐야만 해. 그런 다음 정말로 네 본질로부터 나오는 것, 그걸 해야 돼. 다른 방법은 없어. 네가 너 자신을 찾을 수 없으면, 그 어떤 영(靈)도 찾지 못할 거야. 난 그렇다고 믿어."

실망해서 갑자기 말을 뚝 끊더니 그 작은 녀석은 나를 쳐다보았다. 그러더니 그의 눈빛이 갑자기 증오심으로 확 타올랐다. 그러곤 험악한 얼굴로 분노에 차서 소리 질렀다.

"아, 너야 근사한 성인군자시지! 너도 죄를 져, 난 알아! 현자처럼 굴지만, 너도 뒤에서는 남몰래 나나 다른 사람들처럼 똑같은 오물에 매달려! 넌 돼지야, 돼지, 나처럼. 우리 모두 다 돼지라고!"

나는 그를 세워 둔 채 그 자리를 떠났다. 그는 두세 걸음 나를 따라오다가 멈춰 서더니, 몸을 획 돌려 뛰어가 버렸다. 나는 동정과 혐오가 뒤섞인 느낌으로 속이 메슥거렸다. 집에 돌아와 내 작은 방에서 내 그림들 몇 개를 주위에 빙 둘러 세우고 온 마음을 다해 나 자신의 꿈들에 몰두했을 때에야 그 느낌에서 벗어날 수 있었다. 그러자 바로 나의 꿈이 다시 떠올랐다. 대문과 문장, 어머니와 낯선 여인에 대한 그 꿈. 그리고 그 여인의 표정이 얼마나 생생하던지 그날 저녁 바로 그녀의 모습을 그리기 시작했다.

15분씩 꿈꾸는 듯한 상태에서 거의 무의식적으로 그려 나간 끝에 며칠 후 그림이 완성되었을 때, 저녁 무렵 나는 그것을 벽에 붙여 놓고 탁상용 램프를 그 앞으로 옮겨다 놓고는 결판이 날 때까지 싸워야 하는 정령 앞에 서듯 그 앞에 섰다. 그것은 얼굴이었다. 전에 그렸던 초상과 비슷하고, 친구 데미안과 비슷했으며, 몇몇 표정은 나 자신과도 닮아 있었다. 한쪽 눈이 다른 쪽보다 눈에 띄게 올라가 있고, 운명으로 가득 찬 시선은 나를 넘어 어딘가를 골똘히 응시하고 있었다.

그림 앞에 서자 내적인 긴장으로 가슴속까지 써늘해져 왔다. 그 그림을 향해 나는 물었다. 그림을 비난하고, 그림을 애무하고, 그림에게 기도했다. 나는 그 그림을 어머니라고 불렀고, 연인이라고 불렀으며, 창녀요 매춘부라 불렀고, 아브락사스라고 불렀다. 그러는 사이 피스토리우스의 말이 ─아니면 데미안의 말이었던가?─ 떠올랐다. 언제 한 말인지는 기억해 낼 수 없지만, 그 말이 다시 들리는 듯했다. 그것은 야곱과 천사의 싸움에 대한 말이었다. '나를 축복하지 않으면 너를 놓아주지 않겠다'는 그 말.

그림 속의 얼굴은 램프의 불빛 속에서 내가 부를 때마다 달라졌다. 그것은 환하게 빛나다가, 시커멓게 어두워졌고, 꺼져 가는 눈 위로 창백한 눈꺼풀을 감았다가, 다시 떠서는 타는 듯한 눈빛을 번쩍이기도 했다. 그것은 여자였고, 남자였고, 소녀였고, 조그만 아기였고, 동물이었고, 조그만 얼룩으로 흐려졌다가는, 다시 크고 뚜렷해졌다. 마지막에 나는 강력한 내면의 부름에 따라 눈을 감았고, 이제 더 강하고 더 힘차게 된 그 그림을 내 안에서 보았다. 나는 그 그림 앞에 무릎을 꿇으려 했다. 그러나 그림이 얼마나 내 안으로 깊이 들어가 버렸던지, 마치 그것이 온통 나 자신이 되어 버리기라도 한 것처럼 더 이상 나에게서 떼어 낼 수가 없었다.

그때 마치 봄의 폭풍처럼 어둡고 무겁게 몰아치는 소리가 들려왔고, 나는 불안과 체험의 형언하기 힘든 새로운 감정에 몸을 떨었다. 별들이 내 앞에서 명멸하다가 꺼져 갔다. 최초의, 완전히 잊힌 유년으로까지, 실로 전생과 생성의 초기 단계로까지 거슬러 올라가는 기억들이 내 곁을 콸콸 흘러 지나갔다. 그러나 내 전 생애를 가장 은밀한 것까지 되풀이해 보여 주는 듯한 그 기억들은 어제, 오늘에서 그치는 것이 아니라, 계속 나아가며 미래를 비추었고, 나를 오늘에서 낚아채어 새로운 삶의 형태들 속에 넣었다. 그 새로운 삶의 이미지들은 엄청나게 밝고 눈부신 것이었지만, 나중에 그 어느 것도 제대로 기억해 낼 수가 없었다.

밤에 깊은 잠에서 깨어나 보니 내가 옷을 입은 채 침대에 비스듬히 걸쳐 누워 있었다. 나는 불을 켰다. 뭔가 중요한 것을 생각해야 할 것 같은 느낌이 들었으나 몇 시간 전의 일을 아무것도 알 수 없었다. 불을 껐다. 차츰 기억이 났다. 그림을 찾았지만 그것은 벽에 없었다. 책상 위에도 없었다. 그때 어렴풋이 내가 그것을 태웠던 것 같기도 했다. 아니면 내가 그것을 손바닥 위에서 태워 그 재를 먹어 버린 것이 꿈이었을까?

불쑥불쑥 치미는 커다란 불안이 나를 몰아댔다. 나는 모자를 쓰고 억지로 끌려가듯 집과 골목을 빠져나와 거리를 지나고 광장을 가로질러 달리고 또 달렸다. 마치 폭풍에 휩쓸리듯이. 피스토리우스의 어두운 교회 앞에서 귀를 기울였고, 어두운 충동에 휩싸여 무얼 찾는지도 모르면서 찾고 또 찾았다. 사창가가 있는 교외를 지나갔는데, 거기엔 아직 여기저기 불이 켜져 있었다. 더 멀리 외곽으로는 공사 중인 신축 건물들과 벽돌 더미가 군데군데 더러워진 눈에 덮여 있었다. 몽유병자처럼 알 수 없는 힘에 이끌려 그 황량한 곳을 헤매다가 언젠가 나의 박해자 크로머가 처음 계산을 하자면서 나를 끌고 갔던 고향 도시의 공사장 생각이 났다. 그 비슷한 느낌의 건물이 잿빛 어둠 속에 내 앞에 있었고, 시커먼 문구멍이 입을 딱 벌리고 있었다. 그것이 나를 안으로 끌었고, 나는 피하려다가 모래와 흙더미에 걸려 비틀거렸다. 충동 쪽이 더 강했으므로, 들어가야 했다.

널빤지와 부서진 벽돌들을 넘어 나는 비척비척 그 황막한 공간 속으로 들어갔다. 축축한 냉기와 돌 냄새가 음울하게 밀려왔다. 약간 밝은 잿빛으로 모래 더미 하나가 드러난 곳이 있고, 그 밖에는 온통 캄캄했다.

거기서 깜짝 놀란 목소리 하나가 나를 불렀다.

"맙소사, 싱클레어, 어디서 온 거야?"

그러곤 내 곁 어둠 속에서 한 사람이, 작고 마른 청년 하나가 유령처럼 일어섰다. 나는 머리카락이 쭈뼛 곤두섰지만, 곧 그가 학교 친구 크나우어라는 것을 알아보았다.

"어떻게 네가 여길 온 거야?"

흥분해서 제정신이 아닌 것처럼 그가 물었다.

"너 어떻게 나를 찾아낼 수 있었어?"

나는 무슨 말인지 알 수 없었다.

"너를 찾았던 게 아닌데."

나는 얼떨떨해서 말했다. 말 한마디 한마디 하는 게 몹시 힘들어서 죽은 듯이 무겁고 얼어붙은 듯한 입술에서 간신히 새어 나왔다.

그가 나를 똑바로 쳐다보았다.

"찾지 않았다고?"

"찾지 않았어. 이끌려 온 거야. 네가 나를 불렀니? 네가 나를 부른 게 틀림없어. 너 도대체 여기서 뭘 하고 있어? 이 밤중에."

그가 야윈 팔로 나를 미친 듯이 껴안았다.

"그래, 밤이지. 곧 아침이 될 게 틀림없고. 오, 싱클레어, 네가 나를 잊지 않았다니! 나를 용서해 줄 수 있어?"

"뭘 용서해?"

"아, 내가 너무 추하게 굴었어!"

그제야 우리가 나누었던 대화가 생각났다. 그게 4, 5일 전이었던가? 내겐 그 후로 한평생이 지난 것만 같았다. 하지만 순간적으로 나는 모든 것을 알아차릴 수 있었다. 우리 사이에 일어난 일뿐만 아니라, 내가 왜 그리로 가게 되었는지, 크나우어가 거기 바깥에서 무얼 하려 했는지도.

"너 그러니까 죽으려 했던 거구나, 크나우어?"

그는 추위와 두려움에 몸을 덜덜 떨고 있었다.

"그래, 그러려고 했어. 그럴 수 있었을지는 모르겠지만. 아침이 될 때까지 기다리려고 했어."

나는 그를 끌고 밖으로 나왔다. 첫새벽의 햇살이 잿빛 공중에서 이루 말할 수 없이 차갑고 냉랭하게 희미한 빛을 뿌리고 있었다.

나는 그의 팔을 잡고 한 구간을 더 데리고 갔다. 나에게서 이런 말이 나왔다.

"이제 집으로 가. 그리고 아무한테도 말하지 마! 넌 길을 잘못 들었던 거야, 길이 잘못된 거라고! 우리 또한 네가 말하는 것처럼 돼지가 아니야. 우린 인간이야. 우린 신들을 만들고, 신들과 싸우지, 그리고 신들은 우리를 축복해."

우리는 아무 말 없이 좀 더 걷다가 헤어졌다. 집으로 돌아오니 날이 완전히 밝아 있었다.

그 시절 성 ○○시에서 내게 주어진 최고의 것은 피스토리우스와 오르간 옆에서, 혹은 벽난로 불 앞에서 보낸 시간이었다. 우리는 아브락사스에 대한 그리스어 텍스트를 함께 읽었다. 그는 나에게 베다 경전들의 번역에서 이런저런 부분을 읽어 주기도 했고, 신성한 '옴(Om)'을 발음해 부르는 법을 가르쳐 주기도 했다. 그러는 동안 나를 내면적으로 키워 준 것은 그러한 학식이 아니라 오히려 그 반대의 것이었다. 내 안에서 앞으로 나아가고 있음을 아는 것이 좋았고, 스스로의 꿈, 생각, 예감에 대한 신뢰가 커 가는 것이 좋았으며, 내 안에 지니고 있는 힘에 대해 점점 더 많이 알아 가는 것이 좋았다.

나는 피스토리우스와 어떤 식으로든 잘 통했다. 그저 강하게 그를 생각하기만 하면 되었다. 그러면 그가 오거나 그의 인사가 내게 온다는 것을 확신했다. 나는 데미안에게 했던 것처럼, 곁에 없어도 그에게 무엇이든 물어볼 수 있었다. 그의 모습을 눈앞에 떠올리고 생각을 집중해 그에게 질문을 던지기만 하면 되었다. 그러면 질문에 실렸던 모든 영혼의 힘이 대답이 되어 되돌아왔다. 다만 내가 눈앞에 떠올린 것은 피스토리우스라는 인물이 아니었다. 데미안이라는 인물도 아니었다. 내가 불러야 했던 것은 내가 꿈꾸고 그린 그림, 남자이면서 여자인 꿈속의 모습, 내 수호신의 이미지였다. 그것은 이제 더 이상 꿈속에 존재하거나 종이 위에 그려진 초상으로서가 아니라, 나의 이상형이 되어, 나 자신의 고양된 모습이 되어 내 안에 살고 있었다.

자살 미수자 크나우어가 나와 맺게 된 관계는 독특했고, 가끔씩 웃기는 구석이 있었다. 내가 그에게로 이끌려 갔던 그날 밤 이후 그는 나에게 충직한 하인이나 개처럼 매달렸다. 자기 삶을 나의 삶에 이어 붙이려 하면서, 맹목적으로 나를 따랐다. 기상천외한 질문과 소원들을 들고 내게로 왔고, 영(靈)들을 보고자 했으며, 카발라*를 배우고 싶어 했다. 내가 그런 것들을 전혀 모른다 해도 믿지 않았다. 그는 내가 온갖 힘을 다 가지고 있다고 믿었다. 그러나 신기한 것은, 그가 놀랍고도 바보 같은 질문들을 가지고 나를 찾아오는 시점이 바로 내 마음속에서 어떤 매듭 하나가 풀려야 할 때였다는 것과, 그의 변덕스러운 착상과 관심사들이 내게는 화두이자 문제 해결의 실마리가 되었다는 점이다. 종종 그가 귀찮아져서 우악스럽게 쫓아 버리면서도, 그 또한 나에게 보내진 사람임을 나는 감지하고 있었다. 내가 그에게 준 것이 갑절로 내게 되돌아옴을, 그 또한 나에게는 하나의 인도자이거나 하나의 길임을 느끼고 있었다. 그가 내게 가져온, 그 속에서 자기 구원을 찾았던 놀라운 책이나 글들은 내가 당시에 통찰할 수 있는 것 이상의 가르침을 주었다.

크나우어는 훗날 나도 모르는 사이에 내 길에서 떨어져 나갔다. 그와는 대결이 필요치 않았다. 그러나 피스토리우스와는 필요했다. 성 ○○시에서의 학창 시절 끝 무렵에 나는 그와 또 한 번 독특한 체험을 했다.

아주 평범한 사람이라도 살면서 한 번쯤 혹은 몇 번은 경건과 감사라는 미덕과의 갈등에 빠지는 일을 겪게 마련이다. 누구든 한 번은 자기를 아버지로부터, 스승들로부터 갈라놓는 걸음을 떼어야 한다. 누구나 고독의 쓰라림을 조금은 느껴야 한다. 대부분의 사람들이 그것을 견뎌 내지 못해 금방 그들 밑으로 다시 기어든다 하더라도 말이다. 내 부모님과 그분들의 세계, 내 아름다운 유년의 '밝은' 세계로부터 나는 격렬한 싸움을 하며 떨어져 나온 것이 아니라, 서서히 거의 눈에 띄지 않게 멀어지고 낯설어졌다. 유감스러웠고, 그래서 고향을 찾아갈 때면 자주 씁쓸한 시간들이 있었다. 그러나 그것이 마음속까지 가지는 않았다. 견딜 만했다.

하지만 우리가 일상적인 습관이 아니라 스스로 내켜서 사랑과 경외를 바쳤던 곳, 우리 스스로 마음이 끌려서 제자이자 친구였던 그곳, 바로 거기에 아주 쓰라리고 무서운 순간이 존재한다. 마음속에서 우리를 이끌어 가던 흐름이 사랑하는 이로부터 멀어지려 한다는 것을 갑자기 알아차렸다는 생각이 들 때 말이다. 거기서는 친구이자 스승을 거부하는 생각 하나하나가 독침으로 우리 자신의 심장을 찌른다. 거기서는 방어하는 주먹질 하나하나가 스스로의 얼굴을 맞힌다. 거기서는 적절한 도덕을 마음속에 지녔다고 생각해 온 사람에게 '배신'과 '배은망덕'이라는 단어가 수치스러운 욕이나 낙인처럼 떠오른다. 거기서 놀란 가슴은 두려움에 차유년의 미덕들이 있는 아늑한 골짜기로 도망쳐 돌아가고, 이런 결별도 일어나야 하고, 이런 유대도 끊어져야 한다는 것을 믿지 못한다.

시간이 흐르며 차츰 내 안에서 어떤 느낌이 피스토리우스를 무조건 지도자로 인정하는 데 반대했다. 청년기의 가장 중요한 몇 달 동안 내가 체험했던 것은 그와의 우정, 그의 충고, 그의 위로, 그의 친근함이었다. 그를 통해 신이 나에게 이야기했다. 그의 입을 통해 내 꿈들은 밝혀지고 해석되어 나에게로 되돌아왔다. 그는 내게 나 자신에게로 가는 용기를 선사했다. 아, 그런데 이제 서서히 자라면서 그에 대해 저항을 느끼고 있었다. 내겐 그의 말에서 너무 많은 가르침이 들렸고, 그가 나의 일부만 제대로 이해하고 있다고 느꼈다.

우리 사이에 다툼은 없었다. 아무 특별한 장면도 없었고, 불화나 무슨 담판 한 번 없었다. 내가 그에게 단 한마디, 뭐 따지고 보면 무해한 한마디를 했을 뿐이다. 하지만 그게 바로 우리 사이의 환상이 산산조각 나는 순간이었다.

이미 한동안 어떤 예감이 나를 짓누르고 있었지만, 그것이 분명한 느낌으로 나타난 것은 어느 일요일 그의 낡은 서재에서였다. 우리는 불 앞 방바닥에 엎드려 있었고, 그는 비밀 의식과 종교 형태들에 대해 이야기하고 있었다. 그는 그런 것들을 연구하고 깊이 생각하며, 그 가능한 미래에 열중하고 있었던 것이다. 그러나 내게는 그 모든 것이 살아가는 데 중요하다기보다는 그저 묘하고 흥미로운 호사거리나 현학적인 과시로 들렸다. 내게는 거기서 이전 세계들의 폐허를 뒤지는 고단한 탐색의 소리가 들렸다. 그래서 불현듯이 모든 방식, 이런 신화 숭배, 전해 내려온 신앙 형태를 모자이크처럼 짜 맞추는 유희에 거부감이 느껴졌다.

"피스토리우스."

내가 갑자기 말했다. 나 스스로도 당황스럽고 놀랄 만큼 악의가 담겨 있었다.

"다시 한 번 꿈 이야기를 해 주셔야겠어요, 당신이 밤에 꾼 진짜 꿈 이야기요. 지금 이야기하시는 건 왠지 케케묵은 골동품 냄새가 나네요."

내가 그런 식으로 말하는 것을 그는 한 번도 들은 적이 없었다. 말을 내뱉은 순간 나 스스로 번개같이, 내가 그에게 쏘아 그의 심장을 맞힌 화살이 바로 그의 무기고에서 꺼낸 것이라는 사실을 수치심과 놀라움이 뒤섞인 감정으로 느꼈다. 그가 이따금 냉소적으로 내뱉던 자기 비난을 이제 내가 심술궂게도 더욱더 날카롭게 갈아 그에게 쏜 것이었다.

그도 순간적으로 그것을 느꼈고, 즉시 조용해졌다. 나는 두려운 마음으로 그를 쳐다보았다. 그리고 그가 무섭도록 창백해지는 것을 보았다.

길고 무거운 침묵이 흐른 후 그가 새 장작을 불에 올리더니 조용히 말했다.

"자네 말이 전적으로 옳아, 싱클레어. 자네는 똑똑한 친구야. 이제 케케묵은 골동품 나부랭이로 자네를 괴롭히지는 않을 걸세."

그는 아주 침착하게 말했지만, 나는 그가 입은 상처의 고통을 느낄 수 있었다. 내가 무슨 짓을 한 건가!

나는 거의 눈물이 나려고 했다. 진심으로 그에게 용서를 빌고,

그에게 나의 사랑, 나의 애정 어린 감사를 다짐하고 싶었다. 감동적인 말들이 떠올랐다. 하지만 말할 수가 없었다. 나는 그대로 엎드린 채 불을 들여다보며 아무 말도 하지 않았다. 그도 말이 없었다. 그렇게 우리는 그냥 엎드려 있었고, 불은 다 타서 사위어 들기 시작했다. 불꽃이 사그라질 때마다 나는 다시는 돌아올 수 없는 아름답고 친밀한 무엇이 다 타서 날아가 버리는 느낌이었다.

"제 말을 오해하셨을까 봐 두렵습니다."

마침내 나는 잔뜩 억눌린 채 건조하고 쉰 목소리로 말했다. 어리석고 무의미한 말들이 신문 연재소설 낭독하듯 자동적으로 입술에서 새어 나왔다.

"난 자네 말을 제대로 이해했네."

피스토리우스가 나직이 말했다.

"자네가 옳아."

조금 기다렸다가 그는 천천히 이어 나갔다.

"한 사람이 다른 사람에 대해 옳을 수 있는 딱 그만큼 말일세."

아니, 아니요, 내가 틀렸어요! 나는 속으로 외쳤다. 그러나 아무 말도 할 수가 없었다. 단 한마디 말로 내가 그의 본질적인 약점과 괴로움과 상처를 가리켜 보였다는 것을 알고 있었다. 그가 자신을 불신하지 않을 수 없는 바로 그 점을 내가 건드린 것이다. 그의 이상은 '케케묵은 골동품 같았다'. 그는 과거를 향한 구도자였으며, 낭만주의자였다. 그리고 갑자기 나는 뼈저리게 느꼈다. 피스토리우스가 나에게 했던 역할, 나에게 주었던 바로 그것을 그가 자신에게는 할 수 없고, 줄 수 없다는 것을. 인도자인 그 자신마저 넘어서고 떠나지 않을 수 없는 길로 그는 나를 이끌어 온 것이었다.

어떻게 그런 말이 나왔는지 누가 알겠는가! 나는 전혀 나쁜 뜻이 없었고, 파국은 상상도 못했다. 말하는 바로 그 순간에도 대체 무슨 말을 하는지 스스로도 잘 모르고 한 말이었다. 순간적으로 떠오른, 약간 재치 있고 조금 심술궂은 별것 아닌 생각을 그냥 내뱉은 것인데, 그게 운명적인 일이 되어 버렸다. 나는 부주의한 작은 횡포를 저질렀는데, 그것이 그에게는 심판이 되어 버린 것이다.

오, 그가 화를 내고, 자신을 방어하며, 내게 소리 지르기를 그때 난 얼마나 간절히 바랐던가! 그는 그 어느 것도 하지 않았다. 그 모든 것을 나는 내 안에서 스스로 해야만 했다. 할 수만 있었다면 그는 아마 미소 지었으리라. 그러지 못하는 것을 보고 내가 그에게 얼마나 심한 타격을 가했는지 알 수 있었다.

피스토리우스는 주제넘고 배은망덕한 제자의 공격을 소리 없이 받아들임으로써, 아무 말 않고 내가 옳다고 해 줌으로써, 내 말을 운명으로 인정함으로써, 내가 나 자신을 미워하게 하고, 내 경솔함을 천 배나 더 크게 만들었다. 공격할 때 나는 방어할 수 있는 강한 사람을 친다고 생각했었다. 그런데 이제 보니 그는 조용하고 참아 내는 사람, 말없이 항복하는 무방비 상태의 사람이었다.

우리는 오랫동안 꺼져 가는 불 앞에 엎드려 있었다. 불 속에서 빛을 발하는 형상 하나하나가 구부러져 들어가는 재의 모양 하나하나가 행복하고 아름답고 풍요로웠던 시간들을 떠올리게 했고, 내가 피스토리우스에게 진 빚을 점점 더 크게 쌓아 올렸다. 마침내 더 이상 참을 수 없는 지경이 되었을 때 나는 일어서서 나왔다. 오래도록 그 집 문 앞에, 어두운 계단 위에, 집 바깥에 서 있었다. 혹시 그가 따라 나오지 않을까 기다리면서. 그러곤 그곳을 떠나 몇 시간이고 시내를 지나, 교외로, 공원으로, 숲으로, 저녁이 될 때까지 헤매고 돌아다녔다. 그리고 그때 처음으로 내 이마 위에 찍힌 카인의 표적을 느꼈다.

다만 서서히 나는 되짚어 생각해 보게 되었다. 내 생각들은 전부 전적으로 나를 책망하고 피스토리우스를 옹호하려는 취지였다. 그런데 결과는 늘 반대로 나왔다. 천 번이라도 나는 내 경솔한 말을 후회하고 철회할 용의가 있었다. 하지만 그럼에도 불구하고 그 말은 사실이었다. 그제야 피스토리우스가 이해되었고, 그의 꿈 전체를 떠올려 볼 수 있었다. 그 꿈은 성직자가 되고, 새로운 종교를 선포하고, 찬양과 사랑과 예배의 새로운 형식을 내놓고, 새로운 상징들을 세우는 것이었다. 하지만 그것은 그의 힘으로 할 수 있는 일이 아니었고, 그의 사명이 아니었다. 그는 기존의 것에 너무 안주했다. 예전의 것을 너무도 정확히 알고 있었다. 이집트에 대해, 인도에 대해, 미트라에 대해, 아브락사스에 대해 너무 많은 것을 알고 있었다. 그의 사랑은 이미 지상에 존재했던 형상들에 묶여 있었다. 그러면서도 마음속 깊은 곳에서는 스스로도 잘 알고 있었다. 새로운 것은 새롭고 달라야 하며, 신선한 기반에서 솟아나야지 수집품이나 도서관에서 만들어져선 안 된다는 것을.

그의 사명은 아마도, 나에게 해 주었던 것처럼, 사람들을 그 자신에게 이르도록 돕는 일이었을 것이다. 그 사람들에게 한 번도 들어 본 적이 없는 것을, 새로운 신들을 제시하는 것은 그의 사명이 아니었다.

그리고 여기서 갑자기 예리한 불꽃같은 깨달음이 나를 확 태웠다. 누구에게나 사명이 있지만, 누구도 그 사명을 스스로 선택하거나, 고쳐 쓰거나, 마음대로 관장할 수 없다는 사실이었다. 새로운 신들을 원하는 것도 틀렸고, 세상에 그 무엇인가를 주겠다는 생각도 틀렸다! 깨달은 사람에게는 단 하나의 의무가 있을 뿐 그 어떤 다른 의무도 없었다. 자기 자신을 찾고, 자기 안에서 확고해지고, 자기 자신의 길을 더듬어 앞으로 나아가는 것이었다. 그 길이 어디로 이끌든 간에. 이 깨달음은 나를 깊이 흔들었다. 그리고 그것은 내가 이 체험에서 얻은 열매였다. 자주 나는 미래의 모습을 그려 보며 상상의 유희를 펼치곤 했었다. 시인으로, 혹은 예언자로, 혹은 화가로, 그 무엇으로든 나에게 부여되었을 역할들에 대해 꿈꾸곤 했었다. 그 모든 게 아무것도 아니었다. 나는 시를 쓰기 위해, 설교하기 위해, 그림 그리기 위해 거기 있는 게 아니었다. 나뿐만 아니라 어느 누구도 그런 것을 하기 위해 존재하는 것이 아니었다. 그 모든 것은 그저 부차적으로 생겨나는 일이었다. 누구나 진정으로 해야 하는 일은 오직 하나, 자기 자신에게 이르는 것이었다. 그는 시인으로 혹은 광인으로, 예언자로 혹은 범죄자로 끝날지도 몰랐다. 이는 그가 관심 가질 일이 아니었다. 그렇다, 결국 그런 건 중요하지 않았다. 그가 해야 할 일은, 아무래도 좋은 임의의 어떤 운명이 아니라 바로 자기 자신의 운명을 찾는 것이고, 그 운명을 자기 내면에서 온전히 끝까지 살아 내는 것이었다. 다른 모든 것은 반쪽이고, 도피의 시도이고, 대중의 이상으로의 재도피이며, 적응이자 스스로의 내면에 대한 두려움이었다. 두렵고도 성스럽게 새로운 이미지가 내 앞에 떠올랐다. 수없이 예감했고, 이미 자주 이야기하기도 했지만, 그제야 비로소 확실히 체험했던 것이다. 나는 자연이 던진 생명이었다. 미지 속으로, 아마도 새로운 것에로, 아마도 무(無)에로 던져졌다. 그리고 원초적 심연으로부터의 이 던져짐이 남김없이 이루어지게 하고, 그 의지를 내 안에서 느끼며 그것을 온전히 내 것으로 만드는 것, 그것만이 내가 해야 할 일이었다. 오직 그것만이!

이미 나는 숱한 고독을 맛보았다. 그런데 이제 더 깊은 고독이 있고, 그 고독으로부터 벗어날 수 없다는 걸 예감했다.

나는 피스토리우스와 화해하려는 시도를 하지 않았다. 우리는 여전히 친구였지만 관계는 달라졌다. 딱 한 번, 우리는 그 일에 대해 말한 적이 있었다. 아니, 실은 그만 그렇게 했다. 그는 이렇게 말했다.

"자네도 알다시피 나는 사제가 되고 싶은 소망이 있어. 우리가 그처럼 많은 예감을 가지고 있는 새로운 종교의 사제가 되고 싶었지. 나는 그럴 수 없을 거야. 그걸 알고 있어. 완전히 인정은 못한 채로 이미 오래전부터 알고 있었네. 나는 다른 사제 노릇을 하려고 해. 오르간 건반 위에서든, 다른 어떤 방식으로든. 하지만 나는 늘 아름답고 성스럽다고 느끼는 무언가에 둘러싸여 있어야 해. 오르간 음악이든, 비밀 의식이든, 상징과 신화든 간에. 나는 그런 것들이 필요하고, 그것들을 떠나고 싶지 않네. 그게 내 약점이지. 나도 가끔, 싱클레어, 그런 소망을 가져선 안 된다는 것, 그게 사치이고 약점이라는 걸 알아. 내가 만약 아무 요구 없이 아주 단순하게 운명에 몸을 맡긴다면, 그게 더 위대하고 더 옳은 일일 거야. 하지만 난 그렇게 할 수 없다네. 그게 내가 할 수 없는 유일한 일이지. 아마 자네는 언젠가 할 수 있을 거야. 그것은 어려워. 이보게, 그것은 세상에 단 하나 진짜로 어려운 일이라네. 나는 자주 그렇게 하는 꿈을 꾸었지만, 할 수는 없어. 두려워서 몸서리가 쳐져. 나는 그렇게 완전히 벌거벗은 채 외롭게 서 있을 수 없다네. 나 역시 약간의 따뜻함과 먹을 것을 필요로 하고, 가끔은 자신과 비슷한 동류들 곁에 있고 싶어 하는 한 마리 가련하고 약한 개에 불과해. 정말 자신의 운명 이외에 아무것도 원하지 않는 사람에게는 이미 동류란 없어. 완전히 홀로 서 있고, 주위는 그저 차가운 우주 공간이 감싸고 있을 뿐이지. 자네 아나, 그게 바로 겟세마네 동산의 예수라네. 흔연히 십자가에 못 박히는 순교자들이 있었지만, 그들도 영웅은 아니었고, 놓여난 것도 아니었어. 그들 또한 자기네들에게 친숙하고 다정한 무언가를 원했으니까. 그들에겐 모범이 있었고, 이상이 있었으니까. 이제 오로지 운명만을 원하는 사람, 그에게는 더 이상의 모범도 이상도 없고, 그 어떤 좋아하는 것도 위안이 되는 것도 없어! 그리고 사실 이 길을 가야 하는 걸 거야. 나나 자네 같은 사람들은 정말 고독하지. 그래도 우리는 아직 서로가 있고, 우린 남들과 다르다는, 반항한다는, 비범한 것을 원한다는 은밀한 만족감이 있어. 이 또한 떨쳐 버려야 해. 그 길을 온전히 가고자 한다면 말이야. 혁명가가 되려 해서도 안 되고, 모범이 되려 해서도 안 되며, 순교자가 되려 해서도 안 돼. 그 길은 예측이 불가능하니까."

그랬다. 예측이 불가능했다. 그러나 꿈꿀 수는 있었다. 미리 느낄 수는 있었다. 예감할 수 있었다. 아주 조용한 시간이 찾아왔을 때 몇 번인가 그런 어떤 것을 느낀 적이 있었다. 그럴 때면 나는 내면으로 눈길을 돌려 내 운명의 이미지의 크게 뜬 눈을 응시하곤 했다. 그 두 눈은 지혜로 가득 차 있는 듯했고, 광기로 가득 차 있는 것 같기도 했다. 사랑으로 빛을 발하거나 깊은 악의로 번뜩이는 듯도 했으나, 아무래도 상관없었다. 그중 어느 것도 선택할 수 없고, 아무것도 원해서는 안 되었으니까. 원할 수 있는 건 오직 자신의 운명뿐이었다. 그리로 가는 한 구간을 나아갈 수 있도록 피스토리우스는 나의 인도자로 봉사했던 것이다.

그 시절 나는 천지 분간 없이 헤매고 돌아다녔다. 내 안에서는 폭풍이 몰아쳤고, 내딛는 걸음마다 위험이었다. 나는 내 앞에 이제까지 걸어온 길이 모두 그 속으로 가라앉고 마는 캄캄한 심연 외에는 아무것도 보이지 않았다. 그리고 내 안에서 인도자의 모습을 보았다. 데미안을 닮았으며, 그 눈에 내 운명이 적혀 있었다.

나는 종이에 이렇게 적었다. '한 인도자가 나를 떠났습니다. 나는 캄캄한 어둠 속에 서 있습니다. 혼자서는 한 발짝도 내디딜 수

없습니다. 도와주세요!'

그 쪽지를 데미안에게 보내려 했다. 그러나 그만두었다. 그러려고 할 때마다 그것은 번번이 어린애 같고 무의미한 일처럼 보였던 것이다. 하지만 나는 그 작은 기도를 외웠고, 자주 속으로 되뇌었다. 그 말은 매 순간 나와 함께 있었다. 나는 기도가 무엇인지 예감하기 시작했다.

내 학생 시절이 끝났다. 나는 쉬는 기간 동안 여행을 하기로 했다. 그것은 아버지가 생각해 낸 일이었다. 그런 다음 대학에 가기로 되어 있었다. 어느 학부로 갈지는 몰랐다. 철학을 한 학기 듣기로 했다. 아마 다른 과목도 내게는 똑같이 만족스러웠을 것이다.

제7장 에바 부인

방학 중에 나는 몇 해 전 막스 데미안이 어머니와 함께 살았던 집을 가 보았다. 나이 든 부인이 정원에서 산책하고 있기에 말을 건넸고, 그 집이 지금은 그녀 소유라는 것을 알게 되었다. 나는 데미안 가족에 대해 물어보았다. 부인은 그들을 잘 기억하고 있었다. 그러나 지금 그들이 어디에 사는지는 몰랐다. 그녀는 내가 관심이 있다는 것을 알고는, 나를 집 안으로 데리고 들어가 가죽 표지의 앨범을 꺼내 오더니, 데미안 어머니의 사진 한 장을 보여 주었다. 나는 데미안의 어머니에 대한 기억이 거의 없었다. 하지만 그 조그만 사진을 보았을 때 심장이 멎는 줄 알았다. 그것은 내 꿈의 초상이었다! 그녀였다. 큰 키에 거의 남성적인 여인의 모습으로, 아들과 닮았으면서도 모성적이고도 엄격한 표정, 깊은 열정의 표정을 띤, 아름답고 유혹적이며, 아름다우면서도 가까이 갈 수 없는, 수호신이자 어머니이고, 운명이자 연인인 사람. 그녀였다!

내 꿈의 초상이 지상에 살아 있다는 것을 알게 되었을 때, 그것은 엄청난 기적처럼 나를 꿰뚫었다! 그런 모습의 여자, 내 운명의 모습을 지닌 여성이 있다니! 그녀는 어디 있는가? 어디에? 그리고 그녀는 데미안의 어머니였다.

그 후 곧 나는 여행을 떠났다. 이상한 여행이었다! 나는 내키는 대로 쉬지 않고 여기저기 돌아다녔다. 계속 그녀를 찾으면서. 그녀를 생각나게 하고, 그녀를 연상시키며, 그녀를 닮은 여인들, 그래서 마치 혼란스러운 꿈속에서처럼 낯선 도시의 골목길로, 기차역으로, 열차 안으로 따라가게 만드는 그런 여인들만 계속 마주치는 날들이 있었다. 또 그렇게 찾아 헤매는 일이 얼마나 부질없는 짓인지 깨닫는 날들도 있었다. 그럴 때면 아무것도 하지 않고 어느 공원이나, 호텔 정원이나, 대합실에 앉아 내 안을 들여다보며, 내면의 그 모습을 살려 내려고 애썼다. 그러면 그 모습은 서먹해지고 흐려져 버렸다. 잠을 잘 수가 없었다. 그저 기차를 타고 낯선 풍경들을 지나며 15분 정도 끄덕끄덕 졸곤 했다. 한번은 취리히에서 어떤 여자가 나를 쫓아왔다. 예쁘지만 좀 뻔뻔스러운 여자였다. 나는 아무도 안 보이는 듯 거들떠보지도 않고 길을 계속 갔다. 한 시간이라도 다른 여자에게 시간을 빼앗기느니 당장 죽어 버리는 게 나을 것 같았다.

내 운명이 나를 끌어당기고 있음을 느꼈고, 그 실현이 머지않았음을 느끼고 있었다. 그런데 내가 할 수 있는 건 아무것도 없다는 조바심으로 거의 미칠 지경이었다. 한번은 어느 역에서, 인스부르크였던 것 같은데, 막 출발한 기차의 차창에서 그녀를 상기시키는 여인을 보았고, 그 일로 며칠이나 괴로웠다. 그리고 꿈속의 이미지가 불현듯 밤에 다시 꿈속에 나타났다. 그렇게 찾아다니는 일이 전혀 의미 없다는 창피하고도 허전한 느낌으로 깨어나 그길로 나는 집으로 돌아와 버렸다.

몇 주 뒤 나는 H대학에 입학했다. 모든 것이 실망스러웠다. 내가 들은 철학사 강의는 대학을 다니는 젊은이들의 행태와 마찬가지로 공허하고 공장처럼 기계적이었다. 모든 것이 찍어 낸 듯 똑같았고, 너나없이 하는 짓이 똑같았으며, 소년티를 못 벗은 얼굴들에 드러난 과장된 쾌활함은 슬플 정도로 텅 비고 기성품 같아 보였다! 하지만 나는 자유로웠다. 온종일 자신을 위해 시간을 쓰며 교외의 오래된 집에서 조용하고 편안하게 지냈다. 내 책상 위에는 니체의 책 몇 권이 놓여 있었다. 나는 그와 더불어 살고, 그의 영혼의 고독을 느꼈으며, 그를 그토록 쉴 새 없이 몰아간 운명의 냄새를 맡으며, 그와 더불어 괴로워했다. 그리고 그렇게 가차 없이 자신의 길을 간 사람이 있었다는 사실에 기뻐했다.

한번은 저녁 늦게 가을바람을 맞으며 한가롭게 시내를 걷고 있었다. 여기저기 술집에서 대학생 무리의 노랫소리가 들려왔다. 열린 창문으로 담배 연기가 자욱하게 흘러나왔고, 노랫소리는 거센 물결처럼 크고 요란했지만, 그럼에도 아무 감흥이 없었고 생기 없이 획일적이었다.

나는 한 거리 모퉁이에 서서 귀를 기울였다. 술집 두 곳에서 정확히 훈련된 청춘의 쾌활함이 울려 나와 밤의 대기 속으로 퍼지고 있었다. 어디를 가도 모임이요, 어디를 가도 함께 쭈그려 앉은 집회요, 어디를 가도 운명 내팽개치기와 따뜻한 무리 속으로의 도망이라니!

내 뒤로 두 남자가 천천히 지나가고 있었다. 나는 그들 대화의 일부를 들었다.

"흑인 부락의 젊은이들이 모이는 집하고 똑같지 않아요?"

한 사람이 말했다.

"모든 게 일치하지요. 심지어 문신까지 아직 유행이고요. 보세요. 이게 신유럽의 실상입니다."

그 음성이 내게는 놀랍게도 경고하는 듯 귀에 익숙했다. 나는 어두운 골목길에서 두 사람을 따라갔다. 한 사람은 자그마하고 세련돼 보이는 일본인이었다. 가로등 아래서 그의 노리끼리한 얼굴이 미소를 띠고 환히 빛나는 것이 보였다.

그러자 다른 사람이 다시 말했다.

"그런데 당신네 일본에서도 역시 더 나을 것이라곤 없겠지요. 무리를 따르지 않는 사람은 어디서나 드문 법이니까요. 여기도 그저 조금 있을 뿐입니다."

말 한마디 한마디가 기쁜 놀라움으로 내게 와 닿았다. 말하는 사람을 난 알았다. 데미안이었던 것이다.

바람 부는 밤 어두운 골목으로 그와 일본인을 뒤따라가면서 나는 그들의 대화를 들었고, 특히 데미안의 목소리를 즐겁게 들었다. 옛날의 음색을 그대로 지니고 있었다. 그 음성에는 옛날의 저 멋진 확고함과 평온함이 있었고, 나를 지배하는 힘이 있었다. 이제 모든 게 다 잘됐다. 그를 찾아낸 것이다.

교외의 어느 거리 끝에서 일본인은 작별을 하고, 집 현관문을 열었다. 데미안은 그 길을 되돌아왔다. 나는 거리 한복판에 멈춰서서 그를 기다렸다. 가슴 두근거리며 그가 곧고 탄력 있는 걸음걸이로 나를 향해 다가오는 것을 보고 있었다. 그는 갈색 레인코트를 입고, 팔에 가느다란 단장(短杖)을 걸고 있었다. 그는 걸음을 흩뜨리지 않고 내 앞까지 와서는 모자를 벗고 옛날의 그 환한 얼굴을 보여 주었다. 결단력 있게 다문 입과 넓은 이마가 특이하게 밝은 그 얼굴을.

"데미안."

내가 불렀다.

그가 나에게 손을 내밀었다.

"거기 있었구나, 싱클레어! 너를 기다렸어."

"내가 여기 있다는 걸 알았어?"

"정확히는 몰랐지만, 그렇게 되기를 분명하게 바랐지. 보는 건 오늘 저녁이 처음이고. 너 저녁 내내 우리 뒤를 따라왔잖아."

"그럼 나를 바로 알아봤어?"

"물론이지. 너 변하기는 했어. 하지만 표적을 지니고 있잖아."

"표적이라니? 무슨 표적?"

"전에 우린 그걸 카인의 표적이라고 불렀지. 네가 아직 기억한다면 말이야. 그건 우리들의 표적이야. 너는 늘 그걸 지니고 있었어. 그래서 나는 네 친구가 되었던 거고. 지금은 그게 더 뚜렷해졌구나."

"나는 몰랐어. 아니면 실은 알았던 것인지도 몰라. 언젠가 네 초상화를 그린 적이 있어, 데미안. 그런데 난 그 초상이 나하고도 닮았다는 사실에 놀랐었지. 그게 그 표적이었을까?"

"그래, 그 표적이었어. 네가 와서 좋구나! 어머니도 기뻐하실 거야."

나는 깜짝 놀랐다.

"너의 어머니? 여기 계셔? 나를 전혀 모르시잖아."

"아, 어머니는 너에 대해 알고 계셔. 네가 누군지 내가 말씀드리지 않아도 아마 어머니는 한눈에 널 알아보실 거야. 넌 오랫동안 아무 소식이 없었지."

"오, 자주 편지를 하려고 했지만, 마음대로 되지 않았어. 난 얼마 전부터 곧 너를 찾게 될 거라 느끼고 있었어. 그러곤 매일 기다렸지."

그는 내 팔짱을 끼고 계속 걸었다. 편안함이 그에게서 나와 내 안으로 흘러들었다. 우리는 곧 옛날처럼 이런저런 이야기를 주고받았다. 학창 시절과 견진성사 수업과, 또 그 당시 방학 중의 불행했던 만남도 떠올렸다. 단지 이번에도 우리 둘 사이의 가장 긴밀한 최초의 끈, 프란츠 크로머 일에 대해서만은 아무 말도 하지 않았다.

　모르는 사이에 우리는 특별하고도 예감에 가득 찬 대화 한가운데로 빠져 들어가 있었다. 우리는 데미안이 일본인과 나누었던 대화를 상기하며 대학 생활에 대해 이야기했고, 거기서부터 다시 그런 것들과는 아주 거리가 멀어 보이는 다른 이야기로 옮아갔다. 한데도 그것은 데미안의 말 속에서 서로 긴밀하게 연결되었다.

　그는 유럽의 정신과 이 시대의 특징에 대해 이야기했다. 어디를 가든 연합과 무리 짓기가 기세를 떨치고 있다고, 그러나 어디에도 자유와 사랑은 없다고 했다. 대학생 단체와 노래 동호인 모임에서 국가에 이르기까지 그 모든 공동체는 강제로 형성된 것이며, 불안에서, 두려움에서, 당황에서 비롯된 것이라고 했다. 그런 공동체들은 속이 썩고 낡아 머지않아 와해될 거라고 했다.

　"연대란" 하고 데미안이 말했다.

　"아름다운 일이지. 그러나 지금 도처에 만발해 있는, 우리가 보는 것들은 연대가 아니야. 진정한 연대는 각 개인이 서로를 알게 됨으로써 새로이 생겨날 것이고, 한동안 세계를 바꿔 놓을 거야. 지금 연대라면서 저러고 있는 것은 그저 가축들이 하는 무리 짓기에 불과해. 사람들은 서로에게로 도피하고 있어. 서로가 두렵기 때문이지. 신사들은 신사들끼리, 노동자들은 노동자들끼리, 학자들은 학자들끼리! 그런데 그들은 왜 불안한 걸까? 자기 자신과 하나가 되지 못하기 때문에 불안한 거야. 자기 자신을 한 번도 안 적이 없기 때문에 불안한 거지. 자기 내면의 알 수 없는 것에 불안해하는 사람들로만 이루어진 공동체라니! 그들은 모두 자기네 삶의 법칙들이 이제 더 이상 맞지 않는다는 것을, 자기네가 낡은 계율에 따라 살고 있다는 것을 느끼고 있는 거야. 자기네 종교들도, 도덕도, 그것들 중 어느 것도 우리가 필요로 하는 것에 더 이상 맞지 않는다는 것을 말이야. 유럽은 백 년 그리고 그 이상을 아직도 그저 연구만 하고 공장들이나 짓고 있어! 사람들은 정확히 알지, 사람 하나 죽이는 데 화약이 몇 그램 필요한지. 하지만 신에게 어떻게 기도하는지는 몰라. 어떻게 하면 한 시간을 만족스럽게 보낼 수 있는지조차 모른다고. 대학생들이 모인 술집을 한번 봐! 아니면 부자들이 드나드는 유흥업소를 보든지! 절망적이야! 이봐, 싱클레어, 그 모든 것들에서는 어떤 명랑함도 나오지 않아. 저렇듯 불안스레 모여든 사람들은 두려움으로 가득 차고, 악의로 가득 차 있고, 아무도 다른 사람을 믿지 않아. 그들은 이제 더는 이상(理想)이 되지 못하는 이상들에 매달려 있어. 그러면서 새로운 이상을 내세우는 사람에겐 돌을 던지지. 싸움이 시작되리라는 걸 난 느껴. 싸움들이 벌어질 거야, 날 믿어, 곧 벌어진다고! 물론 그 싸움들이 세계를 '개선'하지는 못할 거야. 노동자들이 자신들의 공장주들을 때려죽이든, 러시아와 독일이 서로 총질을 해 대든, 결국 주인만 바뀌겠지. 하지만 그렇다고 완전히 헛되지만은 않을 거야. 오늘날의 이상이 얼마나 가치 없는지 밝혀질 테고, 석기 시대의 신들을 쓸어 내게 될 테니. 지금 있는 대로의 이 세계는 죽으려 하고, 멸망하려고 해. 그리고 그렇게 될 거야."

"그럼 그때 우리는 어떻게 될까?"

내가 물었다.

"우리? 오, 아마 우리도 함께 멸망하겠지. 우리 같은 이들도 맞아 죽을 수 있으니까. 다만 그로 인해 우리가 다 사라지는 일만 없기를 바라야지. 우리에게서 남겨진 것이나 우리 가운데 살아남은 자들 주위로 미래의 의지가 결집될 거야. 우리의 유럽이 한동안 기술과 과학이라는 큰 시장을 벌여 놓고 고래고래 소리를 질러 대는 통에 들리지 않았던 인류의 의지가 드러나겠지. 그러면 인류의 의지는 결코 어디서도 오늘날의 공동체들, 국가들, 민족들, 협회들, 교회들의 의지와 같지 않다는 게 밝혀질 거야. 오히려 자연이 인간에게 바라는 것은 각자의 내면에 쓰여 있어. 네 안에, 그리고 내 안에. 예수의 내면에 있었고, 니체의 내면에 있었지. 오로지 중요한 이 흐름을 위한 — 물론 날마다 달리 보일 수 있겠지만 — 여지가 생길 거야. 오늘날의 공동체들이 붕괴된 다음에."

우리는 늦게야 강가에 있는 어느 정원 앞에 멈춰 섰다. 데미안이 말했다.

"여기가 우리 집이야. 곧 한번 와! 우린 널 몹시 기다리고 있어."

기쁨에 차서 나는 차가워진 밤공기 속에 먼 거리를 걸어 집으로 돌아왔다. 시내 여기저기서 대학생들이 소란을 피우며 비틀거리고 있었다. 때로는 결핍감을 느끼고, 때로는 비웃으며 이따금 나는 그들의 우스꽝스러운 방식의 즐거움과 내 고독한 삶의 대비를 느끼곤 했었다. 하지만 그런 것이 나와는 얼마나 상관없는 짓인지, 그런 세계가 나에게 얼마나 멀고 잊힌 것인지 오늘처럼 평온하게 남모르는 힘으로 느껴 본 적은 한 번도 없었다. 내 고향 도시의 관리들, 그 늙고 위엄 있는 신사들이 생각났다. 그들은 마치 행복했던 낙원의 기억이라도 되는 듯 술 퍼마시고 허비한 대학 시절의 추억에 매달렸고, 흡사 시인이나 낭만주의자들이 그들의 유년 시절에 바치는 숭배와도 같이, 사라져 버린 자기네 학창 시절의 '자유'를 예찬했다. 어디서나 똑같았다! 순전히 그들 자신의 책임을 상기시키고, 그들 자신의 길을 가라는 경고를 받을까 봐 두려워서, 그들은 이미 지나간 과거의 어딘가에서 '자유'와 '행복'을 찾았다. 몇 년간 실컷 퍼마시고 환성을 질러 댄 다음 얌전히 기어 들어가 공직의 근엄한 관리가 되었던 것이다. 그래, 썩었다. 우리가 사는 세상은 썩어 있었다. 그리고 세상에는 이 대학생들의 어리석음보다 더 멍청하고 나쁜, 수백 가지의 다른 멍청함이 있었다.

그러나 멀리 떨어진 내 숙소에 도착해서 잠자리에 들었을 때, 이 모든 생각들은 날아가 버리고 없었다. 내 온 정신은 기대에 차서 오늘이 나에게 준 커다란 약속에 쏠려 있었다. 원한다면 나는 당장 내일이라도 데미안의 어머니를 볼 수 있었다. 대학생들이 술집에 발을 끊고 그들 얼굴에 문신을 새기든 말든, 세상이 썩어 몰락을 기다리든 말든, 그게 나와 무슨 상관이란 말인가! 나는 오로지 내 운명이 새로운 모습으로 나를 향해 다가오는 것을 기다릴 뿐이었다.

나는 아침 늦게까지 깊은 잠을 잤다. 새날이 나에겐 장엄한 축제일로 밝아 왔다. 내게는 유년 시절 성탄절 축제 이후 더는 누려 보지 못한 그런 날이었다. 마음속 깊이 동요하고 있었지만, 조금도 불안하지는 않았다. 나에게 중요한 하루가 밝았음을 느꼈고, 나를 둘러싼 세계가 변해, 기대에 차 서로 연관되어 엄숙해져 있는 것을 보고 느꼈다. 부슬부슬 내리는 가을비조차 아름답고 고요해, 엄숙하고도 즐거운 음악으로 가득한 축제일 분위기를 더했다. 처음으로 바깥 세계가 내 안의 세계와 어울려 순수한 화음을 냈다. 영혼의 축제일이 거기 있었다. 살 만했다. 골목의 어떤 집도, 어떤 진열창도, 어떤 얼굴도 내 마음에 거슬리지 않았고, 모든 것이 있어야 할 그대로였다. 늘 대하는 익숙한 것의 시들한 얼굴이 아니라, 기대에 차 있고, 경건하게 운명을 맞을 준비가 되어 있었다. 어린 시절 내게는 성탄절이나 부활절 같은 큰 축제일 아침에 세상이 그렇게 보였었다. 이 세상이 아직도 그렇게 아름다울 수 있다는 걸 나는 모르고 있었다. 그저 내면으로 향한 삶에 익숙해져서, 저 바깥에 대한 감각이 이제 내게서는 사라져 버렸다고, 반짝이는 색깔들을 잃어버리는 건 어린 시절을 잃는 것과 어쩔 수 없이 연결되어 있고, 영혼의 자유와 남성다움을 얻기 위해선 얼마간 이 아름다운 반짝거림을 포기함으로써 대가를 치를 수밖에 없노라 체념하고 있었다. 그런데 이제 기쁨에 차서, 그 모든 것이 그저 파묻히고 어두워져 있었을 뿐, 자유로워진 사람이나 유년의 행복을 포기한 사람도 이 세계가 빛나는 것을 볼 수 있고, 어린아이 같은 시선으로 마음의 전율을 느낄 수 있다는 사실을 안 것이다.

지난밤 막스 데미안과 헤어졌던 그 교외의 정원을 다시 찾아갈 시간이 되었다. 비에 젖어 잿빛을 띤 키 큰 나무들 뒤에 가려진, 밝고 살기 편하게 생긴 조그마한 집이 서 있었다. 커다란 유리벽 뒤에는 화초목들이 있었고, 말갛게 닦인 창문 뒤에는 그림이 걸리고 서가(書架)가 달린 짙은 색 벽이 있었다. 현관은 난방이 잘된 작은 홀로 곧장 이어져 있었다. 검은 옷에 흰 앞치마를 두른 나이 든 가정부가 나를 안으로 안내하고 외투를 받아 걸었다.

가정부는 나를 홀에 혼자 남겨 두었다. 주위를 빙 둘러보았는데, 나는 곧바로 내 꿈 한가운데 서 있었다. 문 위쪽 짙은 색 나무 벽에 걸린 검은 테의 유리 액자 속에 내가 잘 아는 그림이 들어 있었다. 지구의 껍질을 깨고 나오려는 듯 몸을 솟구치고 있는 황금빛 매의 머리를 가진 나의 새였다. 나는 감격해서 거기 못 박힌 듯 서 있었다. 몹시 기쁘면서도 가슴이 좀 아픈 듯했다. 그때까지 행하고 체험한 모든 것이 한순간 대답과 성취로 내게 되돌아오는 듯했다. 영상들이 번개처럼 빠르게 내 영혼을 스쳐 가는 것을 보았다. 대문 아치 위에 돌로 된 옛 문장이 있는 고향의 부모님 집, 그 문장을 그리고 있는 소년 데미안, 적 크로머의 사악한 마법에 걸려들어 잔뜩 겁에 질려 있는 소년 나, 학생 시절의 작은 방 조용한 책상에서 동경의 새를 그리고 있는 청년 나, 제 실오라기들의 그물에 얽혀 든 영혼, 그리고 이 순간에 이르기까지의 모든 것들이 내 안에서 메아리쳤고, 내 마음속에서 긍정되고, 대답되고, 인정받았다.

젖어 드는 눈으로 내 그림을 응시하며 나는 내 마음속을 읽고 있었다. 그때 내 눈길이 아래로 내려왔다. 새 그림 아래 열린 문 안에 짙은 색 옷을 입은 키 큰 부인이 서 있었다. 그녀였다.

나는 아무 말도 할 수 없었다. 그 아들과 마찬가지로 시간도 나이도 없는, 영혼이 깃든 의지 가득한 얼굴로, 아름답고 품위 있는 여인이 나를 향해 다정하게 미소 짓고 있었다. 그녀의 눈길은 성취됐고, 그녀의 인사는 귀향을 뜻했다. 나는 말없이 그녀에게 두 손을 내밀었다. 그녀는 굳건하고도 따뜻한 두 손으로 내 손을 잡았다.

"당신이 싱클레어로군요. 한눈에 알아봤어요. 잘 왔어요."

그녀의 목소리는 깊고 따뜻했다. 나는 그것을 감미로운 포도주처럼 들이켰다. 그리고 눈을 들어 그녀의 고요한 얼굴과 깊이를 알 수 없는 검은 두 눈을 들여다보았다. 그리고 신선하고 성숙한 입을, 표적을 지닌 시원하고 기품 있는 이마를 바라보았다.

"얼마나 기쁜지 모르겠습니다!"

그렇게 말하면서 나는 그녀의 두 손에 입을 맞추었다.

"저는 한평생 길 위에서 헤매다가 이제야 집에 돌아온 듯합니다."

그녀는 어머니 같은 미소를 지었다.

"아무도 집으로 돌아가진 못해요."

그녀는 다정하게 말했다.

"그러나 친밀한 길들이 서로 만나는 곳, 거기서는 온 세상이 잠깐 고향처럼 보이지요."

그녀는 내가 이리로 오는 길에 느낀 것을 말하고 있었다. 그녀의 목소리도 말도 아들의 것과 매우 비슷했지만, 그러면서도 또 많이 달랐다. 모든 것이 한결 성숙하게 느껴졌고, 더 따스했으며, 더 자명해 보였다. 하지만 그 옛날 막스가 누구에게도 소년이라는 인상을 주지 않았던 것처럼 그의 어머니도 다 자란 아들이 있는 어머니로 보이지 않았다. 얼굴과 머리카락에 감도는 숨결은 젊고 감미로웠으며, 금빛을 띤 피부는 팽팽하고 주름살 하나 없었다. 입은 꽃이 피어 있는 듯했다. 내 꿈속에서보다 더 빛나는 모습으로 당당하게 그녀는 내 앞에 서 있었다. 그녀 곁에 가까이 있는 건 사랑의 행복이었다. 그녀의 시선을 받는 건 성취였다.

이것이 내 앞에 새로이 자신을 드러낸 내 운명의 모습이었다. 그것은 이제 더 이상 엄격하지 않았고, 더 이상 외롭게 하지도 않았다. 아니, 성숙하고 열락에 넘쳤다! 나는 결심도 하지 않았고, 아무런 기원도 하지 않았다. 한 목적지에 다다랐던 것이다. 길 위의 한 높다란 곳에 도달해, 거기서부터 앞으로 갈 길은 넓고 당당하게 언약의 땅을 향해 펼쳐져 있었다. 멀지 않은 곳에 있는 행복의 나무들로 그늘이 드리워지고, 온갖 열락이 넘치는 가까운 정원들로 시원하게 식힌 길이었다. 내 앞길이 어찌 되든 이 여인이 이 세상에 있다는 것을 아는 것만으로도, 그녀의 목소리를 듣고, 그녀 곁에서 숨 쉬는 것만으로도 나는 행복했다. 내게 어머니가 되든, 애인이 되든, 여신이 되든, 그녀가 거기 있으면 되었다! 그저 내 길이 그녀의 길에 가깝기만 하면 되었다!

그녀가 나의 매 그림을 가리켰다.

"당신이 이 그림을 보내왔을 때처럼 막스가 기뻐한 적이 없었어요."

그녀가 생각에 잠겨 말했다.

"나도 그랬지요. 우리는 당신을 기다렸어요. 그리고 그림이 왔을 때, 당신이 우리에게 오는 중이라는 걸 알았지요. 당신이 아직 어린 소년이었을 때, 싱클레어, 어느 날 내 아들이 학교에서 돌아와 말하더군요. '이마에 표적을 지닌 아이가 있어요. 그 애는 틀림없이 내 친구가 될 거예요'라고요. 그게 바로 당신이었어요. 쉽지 않았을 거예요. 하지만 우리는 당신을 믿었어요. 언젠가 당신이 방학을 맞아 집에 왔을 때 다시 막스를 만난 적이 있지요. 그때 당신은 아마 열여섯 살쯤이었을 거예요. 막스가 그 이야기를 해 주더군요."

내가 말을 막았다.

"오, 그 이야길 했다니요! 그때는 제가 가장 비참했던 시절이었어요!"

"알아요, 막스가 이러더군요. 지금 싱클레어는 가장 큰 어려움에 직면해 있어요. 그 애는 다시 한 번 공동체 속으로 도망치려 하고 있어요. 심지어 술집 단골이 되어 있었어요. 하지만 그렇게는 안 될 거예요. 그 애의 표적이 가려져 있긴 하지만, 그게 남몰래 그 애를 태우고 있으니까요, 라고요. 그렇지 않았나요?"

"오, 네, 그랬어요, 정확히 그랬습니다. 그 후 전 베아트리체를 찾았고, 그러곤 마침내 다시 한 인도자가 제게 나타났어요. 피스토리우스라는 사람이었지요. 그때 비로소 분명히 알게 되었지요. 제 소년 시절이 왜 그리도 막스와 단단히 연결되어 있었는지, 제가 왜 그에게서 벗어날 수 없었는지를 말입니다. 부인, 아니 어머니, 저는 그때 자주 죽어 버려야겠다고 생각했습니다. 그 길은 누구에게나 그렇게 어렵습니까?"

그녀는 손으로 내 머리를 쓰다듬어 주었다. 바람처럼 가볍게.

"태어나는 것은 늘 어려워요. 새가 알을 깨고 나오려면 온 힘을 다해야 한다는 걸 당신도 알잖아요. 돌이켜 생각해 보세요. 그 길이 그렇게 어려웠나요? 그저 어렵기만 했나요? 아름답지는 않았나요? 혹시 더 아름다운, 더 쉬운 길을 알았던가요?"

나는 고개를 저었다.

"그건 힘들었어요."

내가 잠꼬대하듯 말했다.

"꿈이 올 때까지는 힘들었어요."

그녀는 고개를 끄덕이면서 나를 뚫어지게 바라보았다.

"그래요, 사람은 자신의 꿈을 찾아내야 해요. 그러고 나면 길은 한층 쉬워지지요. 하지만 영원히 지속되는 꿈은 없어요. 새로운 꿈이 나타나 교체되지요. 그러니 어떤 꿈에도 집착해선 안 돼요."

나는 몹시 놀랐다. 그게 벌써 하나의 경고였을까? 아니면 하나의 방어였을까? 하지만 아무래도 상관없었다. 나는 그녀의 인도를 받으며 목적지를 묻지 않고 따라갈 준비가 되어 있었다.

"모르겠습니다."

내가 말했다.

"제 꿈이 얼마나 오래 지속될지는. 그 꿈이 영원하기를 바랄 뿐입니다. 새의 그림 아래에서 제 운명이 어머니처럼, 연인처럼 저를 맞아 주었습니다. 저는 그 운명에 속해 있을 뿐, 달리 그 누구에도 속해 있지 않습니다."

"그 꿈이 당신의 운명인 한, 당신은 그것에 계속 충실해야겠지요."

그녀가 진지하게 시인했다.

어떤 슬픔이, 마법에 걸린 듯한 이 순간에 죽고 싶다는 간절한 소망이 나를 사로잡았다. 안으로부터 걷잡을 수 없이 눈물이 솟아나─얼마나 오랫동안 나는 울지 않았던가!─나를 압도하려는 것을 느꼈다. 나는 얼른 그녀로부터 몸을 돌려 창가로 가서, 눈물에 가려 보이지 않는 눈으로 화분의 꽃들 너머 먼 곳을 바라보았다.

등 뒤에서 그녀의 목소리가 들려왔다. 침착하지만 찰랑찰랑 넘치도록 가득 찬 술잔처럼 정이 가득한 목소리였다.

"싱클레어, 정말 어린아이로군요! 당신의 운명은 당신을 사랑하고 있어요. 그것은 당신이 꿈꾸듯 언젠가는 완전히 당신 것이 될 거예요. 당신이 변함없이 충실하다면요."

나는 감정을 추스르고 다시 그녀에게로 얼굴을 돌렸다. 그녀는 나에게 손을 내밀었다.

"난 친구가 몇 명 있어요."

그녀가 미소 지으며 말했다.

"몇 안 되지만, 아주 가까운 친구들이랍니다. 그들은 나를 에바* 부인이라고 부르죠. 원한다면 당신도 나를 그렇게 부르세요."

그녀는 나를 문으로 데려가, 문을 열고는 정원을 가리켰다.

"저기 바깥으로 나가면 막스가 있을 거예요."

온 마음이 흔들린 채 나는 키 큰 나무들 아래 멍하니 서 있었다. 일찍이 그 어느 때보다도 더 깨어 있었는지 아니면 더 꿈에 잠겨 있었는지, 그건 알 수 없었다. 나뭇가지에서 빗방울이 툭툭 떨어지고 있었다. 나는 정원 안으로 천천히 들어섰다. 정원은 강기슭을 따라 길게 이어져 있었다. 마침내 데미안을 발견했다. 그는 작은 정자 안에서 웃통을 벗고 앞에 매달린 샌드백을 치며 권투 연습을 하고 있었다.

나는 놀라서 발을 멈추었다. 데미안은 멋있어 보였다. 넓은 가슴, 야무지고 남자다운 머리, 근육이 팽팽하게 불거진 두 팔은 강하고 탄탄해 보였고, 콸콸 솟는 샘물처럼 허리와 어깨와 팔의 관절로부터 계속 움직임이 흘러나오고 있었다.

"데미안."

내가 불렀다.

"거기서 뭐해?"

그가 즐겁게 웃었다.

"연습하는 거야. 그 작은 일본인하고 격투 시합을 하기로 했거든. 그 친구는 고양이처럼 날렵하고 잔꾀도 많아. 하지만 나를 넘어뜨리진 못할 거야. 난 그에게 만회해야 할 작은 승부가 있어."

그는 셔츠와 웃옷을 걸쳤다.

"어머니를 만나 봤어?"

그가 물었다.

"그래, 데미안, 네 어머니 정말 근사한 분이시더군! 에바 부인! 그 이름이 딱 어울리는 분이야. 모든 존재의 어머니 같으셔."

그가 잠깐 생각하는 듯한 표정으로 내 얼굴을 들여다보았다.

"그 이름을 벌써 알아? 어이, 너 자랑스러워해도 되겠는데! 어머니가 첫 만남에서 그 이름을 말해 준 건 네가 처음이야."

그날부터 나는 아들이나 형제처럼, 그리고 또한 연인처럼 그 집에 드나들었다. 등 뒤로 그 집 문을 닫으며 들어설 때면, 아니 멀리서 정원의 키 큰 나무들이 보이기만 해도, 나는 벌써 풍요롭고 행복했다. 바깥에는 '현실'이 있었다. 바깥에는 거리와 집들, 사람과 시설들, 도서관과 강의실들이 있었다. 여기 안에는 사랑과 영혼이 있었다. 여기에는 동화가, 꿈이 살아 숨 쉬고 있었다. 하지만 그렇다고 해서 우리가 세상과 단절되어 살아가는 것은 결코 아니었다. 오히려 생각과 대화에서는 자주 그 세상의 한복판에서 살았다. 다만 우리는 다른 기반 위에서 살고 있었다. 수많은 다른 사람들과 어떤 경계선으로 나뉘어 있는 것이 아니라, 그저 보는 방식이 다르기 때문에 나뉘어 있었다. 우리의 사명은 이 세상 안에 하나의 섬을 그려 보여 주는 것, 아마도 어떤 모범을, 삶의 다른 가능성을 알리는 것이었다. 오랫동안 고립되어 있던 나는 완전한 고독을 맛본 사람들 사이에서만 가능한 공동체를 알게 되었다. 이제 더 이상 나는 행복한 사람들의 연회나 즐거운 사람들의 축제로 돌아가고 싶은 마음이 들지 않았다. 이제 더는 다른 사람들이 모여 있는 것을 보아도 부러움이나 향수가 일지 않았다. 그리고 차츰 '표적'을 지닌 사람들의 비밀을 소상히 알게 되었다.

표적을 지닌 우리가 세상 사람들 눈에는 이상한 사람들, 미친 사람들, 위험한 사람들로 비칠지도 몰랐다. 전혀 틀린 말은 아니었지만. 우리는 깨어난 사람들 혹은 깨어나고 있는 사람들이었다. 그리고 더 완벽하게 깨어 있기 위해 노력했다. 반면 다른 사람들은 그들의 의견, 이상과 의무, 삶과 행복을 점점 더 무리의 그것에 연결시키고, 거기서 그들의 행복을 찾았다. 거기도 노력은 있었다. 거기도 힘과 위대함은 있었다. 그러나 우리가 보기에, 표적을 지닌 우리 같은 사람들은 새로운 것, 개별화된 것, 미래의 것을 향한 자연의 의지를 제시하는 반면, 다른 사람들은 기존의 것을 지키려는 의지 속에 살았다. 그들에게 인류는 ─ 우리와 마찬가지로 그들 또한 사랑하는 인류는 ─ 유지되고 보존되어야 하는 완성된 무엇이었다. 반면 우리에게 인류는 먼 미래였다. 우리 모두 그것을 향해 나아가고 있는, 그 모습은 아무도 모르고, 그 법칙은 어디에도 쓰여 있지 않은 미래였다.

우리 공동체에는 에바 부인, 막스 그리고 나 말고도 조금 더 가깝든 멀든 다양한 종류의 구도자들이 있었다. 그들 중 어떤 이들은 특별한 오솔길을 걸어갔다. 유별난 목표를 세워 놓고 특이한 견해와 의무에 매달렸다. 그중에는 천문학자도 있었고, 카발라 연구가들도 있었고, 톨스토이 추종자도 한 사람 있었다. 그리고 온갖 부류의 섬세하고 수줍고 상처 입기 쉬운 사람들, 새로운 소수 종파의 추종자, 인도의 요가 장려자, 채식주의자 등이 있었다. 사실 우리는 이 모든 사람들과, 누구나 다른 사람의 은밀한 꿈을 존중하는 것 외에는 정신적으로 아무것도 공유하지 않았다. 또 다른 사람들은 우리와 좀 더 가까웠다. 그들은 신과 새로운 이상형에 대한 인류의 추구를 과거에서 찾았다. 그들의 연구는 자주 나에게 피스토리우스를 생각나게 했다. 그들은 책을 가져와 고대어로 된 텍스트를 번역해 주고, 옛 상징이나 의식(儀式)의 도판들을 보여 주면서, 지금까지 인류가 품었던 이상이 모두 얼마나 무의식적인 영혼의 꿈으로 이루어져 있는지를, 그 속에서 인류가 어떻게 예감에 따라 더듬으며 미래의 가능성을 찾아갔었는지를 보게 해주었다. 그렇게 우리는 놀랍기 그지없는, 머리가 수천 개나 되는 고대 신들의 두루뭉수리를 기독교 개종이 시작될 때까지 죽 훑어보았다.

우리는 고독하고 경건한 사람들의 신앙 고백을 알게 되었고, 민족에서 민족으로 전이된 종교에 대해서도 알게 되었다. 우리가 모은 자료들에서는 이 시대와 현재의 유럽에 대한 비판이 나왔다. 유럽은 엄청난 노력을 기울여 인류의 막강한 새 무기들을 만들어 냈지만, 결국에는 통탄할 정신의 깊은 황폐화에 빠지고 말았다는 비판이었다. 유럽은 온 세계를 얻었지만, 그러느라 자신의 영혼을 잃어버렸던 것이다.

물론 여기에도 특정한 희망과 구원의 가르침을 믿는 신도와 신봉자들이 있었다. 유럽을 개종시키고자 하는 불교도들이 있는가하면, 톨스토이 추종자들이 있었고, 다른 신앙도 있었다. 우리 소모임에서는 귀 기울여 듣기는 하면서도 이런 가르침들 어느 것도 상징 이상으로는 받아들이지 않았다. 표적을 지닌 우리는 미래가 어떤 모습이어야 할지를 걱정할 의무는 없었다. 모든 교파, 모든 구원론이 우리에게는 이미 오래전에 죽은 쓸모없는 것으로 보였다. 우리가 의무요 운명이라고 느끼는 것은 오로지, 각자 완전히 자기 자신이 되고, 자기 내면에서 작용하는 자연의 싹의 요구에 따라 그 뜻대로 살며, 알 수 없는 미래가 무엇을 가져오든 그에 대한 준비를 하며 사는 것, 바로 그것이었다.

입 밖에 내든 안 내든, 우리 모두의 마음속에는 새로운 탄생과 지금 있는 것의 붕괴가 가까이 왔다는 느낌이 분명했기 때문이다. 데미안은 이따금 내게 말했다.

"지금 오고 있는 것은 짐작할 수도 없어. 유럽의 영혼은 한없이 오래 쇠사슬에 묶여 있던 짐승이야. 풀려나면 그 첫 움직임들은 별로 사랑스럽지 않을 거야. 그러나 그토록 오래 계속해서 없는 것처럼 속이고 마비시켜 온 영혼의 진정한 위험이 백일하에 드러나기만 하면 어떤 길로 가든, 우회로로 가든 그런 건 중요하지 않아. 그땐 우리의 날이 되는 거야. 사람들은 우리를 필요로 하게 돼. 지도자나 새로운 입법자로서가 아니라 — 새로운 법은 우리가 살아서 누리지는 못할 거야 — 뜻있는 사람들로서, 운명이 어디로 부르든 기꺼이 함께 가고 그곳에 서 있을 준비가 된 사람들로서 말이야. 잘 봐, 사람들은 모두 자신의 이상이 위협받으면 믿지 못할 일도 불사할 준비가 되어 있어. 그러나 어떤 새로운 이상이, 어떤 새로운 움직임이, 위험하고 낯선 발전의 움직임이 와서 문을 두드릴 때는 거기에 아무도 없어. 그때 거기에 있다가 함께 갈 얼마 안 되는 사람들이 우리일 거야. 이를 위해 우리에게 표적이 찍힌 거야. 두려움과 증오를 불러일으키고, 당시의 인류를 그 비좁은 목가(牧歌)로부터 끌어내 위험한 광야로 몰아가도록 카인에게 표적이 찍혔던 것처럼 말이야. 인류가 가는 길에서 영향력을 발휘했던 사람들은 모두 하나같이 운명을 받아들일 자세가 되어 있었기 때문에, 오로지 그 때문에, 힘을 발휘하고 영향을 미칠 수 있었던 거야. 모세와 부처가 그랬고, 나폴레옹과 비스마르크도 그랬지. 어떤 흐름에 봉사하느냐, 어떤 극(極)의 지배를 받느냐 하는 건 그 스스로 선택할 수 있는 문제가 아니야. 만약 비스마르크가 사회 민주주의자들을 이해하고 그들에게 동조했다면, 그는 현명한 신사가 되었을지는 몰라도 운명의 인물이 될 수는 없었을 거야. 나폴레옹이 그랬고, 카이사르가 그랬고, 로욜라가 그랬어, 다들 그랬어! 사람들은 그것을 언제나 생물학적으로 진화론적으로 생각해 볼 필요가 있어! 지구 표면의 지각 변동이 수생 동물을 육지로, 육상 동물을 물속으로 던졌을 때, 그때 새로운 것을, 들어 보지도 못한 것을 해내고 새롭게 적응해 자신의 종(種)을 구할 수 있었던 건 운명을 헤쳐 나갈 준비가 된 표본들이었어. 그것들이 이전에 자기 종들 사이에서 보수적이고 보존적 성향을 가졌었는지, 아니면 오히려 별종이고 혁명가였는지, 우린 몰라. 하지만 그것들은 준비되어 있었고, 그래서 자기 종을 건져 새로운 발전 속으로 구해 낼 수 있었어. 우린 그걸 알지. 그래서 우린 준비되어 있으려 하는 거야."

그런 대화들을 나눌 때 에바 부인이 종종 그 자리에 있었지만, 그녀 자신이 이런 식으로 함께 대화하진 않았다. 자신의 생각을 말하는 우리 한 사람 한 사람에게 그녀는 신뢰와 이해심 가득한 경청자요 메아리였다. 그 생각들은 모두 그녀에게서 나와서 그녀에게로 되돌아가는 것처럼 보였다. 그녀 가까이에 앉아 이따금 그녀의 목소리를 들으며, 그녀를 둘러싸고 있는 성숙함과 영혼의 분위기를 느끼는 것이 난 정말 행복했다.

내 마음속에 어떤 변화가 있으면, 마음이 흐려지거나 새로워지는 일이 있으면, 그녀는 곧바로 느꼈다. 자면서 내가 꾸는 꿈들은 마치 그녀가 불어넣어 준 것처럼 보였다. 나는 자주 그녀에게 꿈 이야기를 했다. 그러면 그 꿈들은 그녀에게 이해가 되고 자연스러운 것이었고, 그녀가 분명한 느낌으로 따라오지 못할 이상한 꿈은 하나도 없었다. 한동안 나는, 우리가 낮에 나누었던 대화를 그대로 옮겨 놓은 듯한 꿈들을 꾸었다. 전 세계가 동요하고, 나는 혼자서 혹은 데미안과 함께, 잔뜩 긴장해서 위대한 운명을 기다리고 있는 꿈을 꾸었다. 운명은 가려져 있었으나, 어딘지 에바 부인의 표정을 지니고 있었다 ―그녀에게 선택되거나, 그녀에게 배척당하는 것, 그게 운명이었다.

이따금 그녀는 내게 미소 지으며 말했다.

"당신의 꿈은 온전하지 않아요, 싱클레어, 최상의 것을 잊고 있어요."

그러곤 그 말이 다시 생각나곤 했는데, 그럴 때면 도대체 내가 어떻게 그 말을 잊어버릴 수 있었는지 도저히 이해되지 않았다.

가끔 나는 만족하지 못했고, 욕망에 시달리곤 했다. 그녀를 안지 못하고 곁에서 바라보기만 하는 건 더 이상 견딜 수 없다는 생각이 들었다. 이 또한 그녀는 금방 알아차렸다. 한번은 여러 날 발을 끊었다가 여전히 어지러운 마음으로 다시 찾아갔는데, 그녀가 나를 한쪽으로 데려가더니 말했다.

"스스로 믿지도 않는 소원에 자신을 맡기면 안 돼요. 나는 당신이 어떤 소원을 품고 있는지 알아요. 당신은 이 소원들을 포기하거나, 아니면 온전히 제대로 소망할 수 있어야만 해요. 그 소원이 이루어진다는 것을 당신이 마음속에서 온전히 믿고 빌 수 있으면 그 소원은 성취되는 거예요. 그런데 당신은 소원하고, 그걸 다시 후회하고, 그러면서 두려워하지요. 그 모든 것이 극복되어야 해요. 동화를 하나 들려 드리지요."

그리고 그녀는 별을 사랑하게 된 어떤 젊은이의 이야기를 해 주었다. 그 젊은이는 바닷가에 서서 두 손을 뻗고 별에게 빌었다. 별의 꿈을 꾸었고, 그의 생각을 별에게 보냈다. 하지만 그는 알고 있었다. 혹은 안다고 생각했다. 인간이 별을 끌어안을 수 없다는 것을. 그는 이루어질 희망도 없이 별을 사랑하는 것이 자신의 운명이라 여겼다. 그러곤 이런 생각으로 말없이 충실한 아픔, 그를 개선시키고 정화시킬 아픔과 체념에 관한 삶 전체를 다룬 시를 지었다. 하지만 그의 꿈들은 모두 별에게 가 있었다. 한번은 그가 다시 밤에 바닷가 높은 절벽 위에 서서 별을 쳐다보며 사랑으로 불타고 있었다. 그러고는 그리움이 절정에 이른 순간 그는 별을 향해 뛰어오르며 허공으로 몸을 날렸다. 한데 막 뛰어오르는 순간, 번개처럼 스치는 생각이 있었다. 그래도 이건 불가능한 일이야! 그는 해변에 떨어져 산산조각 나고 말았다. 그는 사랑하는 법을 몰랐던 것이다. 만약 뛰어오르는 순간, 그 일이 이루어지리라는 것을 굳게 믿는 영혼의 힘을 지니고 있었다면, 그는 저 위로 날아가 별과 하나가 되었을 것이다.

"사랑은 간청하는 게 아니에요."

그녀가 말했다.

"강요하는 것도 아니에요. 사랑은 그 안에 확신에 이르는 힘을 지녀야 해요. 그러면 더 이상 끌려가는 게 아니라 끌어당기지요. 싱클레어, 당신의 사랑은 나에게 끌리고 있어요. 언젠가 당신의 사랑이 나를 끌어당기면, 그러면 내가 가요. 나는 그 무엇도 선물로 주지는 않으렵니다. 나는 획득되기를 원해요."

그러나 다음번에는 내게 다른 동화를 들려주었다. 희망도 없이 사랑하는 한 남자가 있었다. 그는 자신의 영혼 속으로 침잠해 들어갔고, 사랑에 모든 게 타 버리고 있다고 생각했다. 그에게는 세상이 사라져 버렸다. 그는 더 이상 푸른 하늘도, 초록색 숲도 보지 않았다. 시냇물도 그에게는 졸졸거리지 않았고, 하프도 그에게는 울리지 않았다. 모든 것이 사라져 버렸고, 그는 가난하고 비참해졌다. 하지만 그의 사랑은 점점 커져 갔다. 사랑하는 아름다운 여인을 갖지 못하느니 차라리 죽어 없어져 버렸으면 했다. 그때 그는 자신의 사랑이 그의 마음속에서 다른 모든 것을 불태워 버렸음을 감지했다. 그의 사랑은 막강해져서 끌어당기고 또 끌어당겼고, 그 아름다운 여인은 따라오지 않을 수 없었다. 그녀가 왔고, 그는 그녀를 끌어안기 위해 두 팔을 활짝 벌리고 서 있었다. 하지만 그의 앞에 와 섰을 때 그녀는 완전히 달라져 있었다. 그는 깊은 전율을 느끼며 자기가 잃어버린 모든 세계를 자신에게로 끌어당겼다는 것을 알았다. 그녀가 그의 앞에 서서 그에게 자신을 맡겨 왔다. 하늘과 숲과 시내, 모든 것이 새로운 빛깔로 신선하고 찬란하게 다가와 그의 것이 되었고, 그의 말로 속삭였다. 그리하여 그는 여인을 하나 얻는 대신 온 세계를 가슴에 지니게 되었다. 하늘의 모든 별이 그의 안에서 타올랐고, 그의 영혼을 뚫고 지나며 환희의 빛을 뿜어냈다. 그는 사랑을 했고, 그러면서 자기 자신을 찾았던 것이다. 그러나 대부분의 사람들은 사랑을 하면서 자신을 잃어버린다.

에바 부인에 대한 사랑이 나에게는 삶의 유일한 내용인 것 같았다. 그러나 그녀는 날마다 달라 보였다. 이따금 나는 내 존재가 이끌려 그리로 향해 가려는 것이 그녀라는 인물이 아니라는 것, 그녀는 그저 내 내면의 한 상징일 뿐이고, 나를 더 깊숙이 나 자신 속으로 이끌어 가려 한다는 것을 확실히 느낀다고 생각했다. 나를 뒤흔들고 있는 절박한 물음에 대한 내 무의식의 대답처럼 들리는 말을 자주 그녀로부터 들었다. 그러고는 다시 내가 그녀 곁에서 감각적인 욕망에 불타올라 그녀가 닿았던 물건에 입 맞추는 그런 순간들이 있었다. 그리고 차츰 감각적인 사랑과 비감각적인 사랑이, 현실과 상징이 서로 겹치면서 밀려왔다. 그다음에는 내가 우리 집 내 방에 앉아 조용히 집중해서 그녀를 생각하면, 그녀의 손이 내 손안에, 그녀의 입술이 내 입술 위에 느껴진다고 여긴 적이 있었다. 또는 내가 그녀 집에서 그녀의 얼굴을 보고, 그녀와 말하고, 그녀의 목소리를 듣고 있으면서도, 그녀가 실제로 거기 있는 것인지, 꿈을 꾸고 있는 것은 아닌지 잘 모르겠던 적도 있었다. 나는 어떻게 사랑을 지속적으로 영원히 간직할 수 있는지 예감하기 시작했다. 어떤 책을 읽다가 새로운 인식에 이르게 되었는데, 그건 마치 에바 부인의 입맞춤을 받는 듯한 느낌이었다. 그녀가 내 머리카락을 쓸어 주며 그 성숙하고 향기로운 따스함을 미소로 전해 줄 때, 그것은 나의 내면에서 한 걸음 진보를 이루어 냈을 때와 똑같은 느낌이었다. 나에게는 중요하고 운명적인 모든 것들이 그녀의 모습을 지닐 수 있었다. 그녀가 내 생각 하나하나 속에 녹아 들어오고, 내 생각 하나하나가 그녀에게로 녹아 들어갈 수 있었다.

부모님 댁에서 보내는 성탄절 휴가를 앞두고 나는 걱정하고 있었다. 2주 동안이나 에바 부인과 떨어져 지내는 일이 분명 고통스러울 거라고 생각했기 때문이다. 그런데 고통스럽지 않았다. 집에 있으면서 그녀를 생각하는 것은 멋진 일이었다. H시로 돌아와서도 나는 이 안정감과 그녀의 감각적 실재로부터의 자유를 즐기기 위해 이틀 동안이나 그녀를 찾아가지 않았다. 또 나는 그녀와의 결합이 새롭고 비유적인 방식으로 이루어지는 꿈들을 꾸었다. 꿈속에서 그녀는 바다였고, 나는 그 안으로 흘러 들어가고 있었다. 또 그녀는 별이었는데, 나 자신도 하나의 별이었고 그녀에게로 가는 중이었다. 그래서 우리는 만났고, 서로 끌리는 것을 느끼고 나란히 머물다가, 윙윙 울리는 가까운 원을 그리며 환희에 차서 영원토록 서로의 주위를 돌았다.

다시 그녀를 찾아갔을 때, 나는 그녀에게 이 꿈 이야기를 했다.

"그 꿈, 아름답군요."

176

그녀가 조용히 말했다.

"그걸 실현시키세요!"

이른 봄, 결코 잊을 수 없는 날이 왔다. 나는 홀 안으로 들어섰다. 창문이 하나 열려 있어 훈훈한 바람이 히아신스의 짙은 향기를 방 안 가득 퍼뜨리고 있었다. 아무도 보이지 않아 나는 계단을 올라가 막스 데미안의 서재로 갔다. 문을 가볍게 노크하고는, 늘 그랬듯이, 대답을 기다리지 않고 안으로 들어섰다.

방은 어두웠고, 커튼이 모두 내려져 있었다. 데미안이 화학 실험실로 꾸며 놓은 조그만 옆방으로 통하는 문이 열려 있었다. 그곳으로 먹구름 사이에 비치는 밝고 흰 봄 햇살이 들어오고 있었다. 아무도 없다고 생각한 나는 무심코 한쪽 커튼을 젖혔다.

그때 난 커튼이 쳐진 창문 가까이에 데미안이 이상한 모습으로 걸상 위에 앉아 있는 것을 보았다. 언젠가 저런 모습을 본 적이 있지! 하는 느낌이 번개처럼 나를 훑고 지나갔다. 그는 두 팔을 미동도 없이 늘어뜨리고 두 손은 무릎 위에 놓은 채 앉아 있었다. 눈을 뜬 채 조금 앞으로 숙이고 있는 그의 얼굴은 무감각해 보였고, 동공에는 마치 유리 조각 안에서처럼 조그맣게 반사된 빛이 생기 없이 반짝였다. 창백한 얼굴은 내면으로 침잠해 있었는데, 극도로 응결되어 있는 것 말고는 아무 표정이 없었다. 그것은 마치 신전 입구에 있는 태고의 동물 가면처럼 보였다. 그는 숨도 쉬지 않는 것 같았다.

기억이 떠올라 나를 전율케 했다. 저렇게, 꼭 저렇게 하고 있는 모습을 여러 해 전 내가 아직 어린 소년이었을 때 이미 한 번 본 적이 있었다. 저렇게 두 눈은 내면을 응시하고, 저렇게 두 손은 생기 없이 나란히 놓여 있었으며, 파리 한 마리가 그의 얼굴 위로 기어 다니고 있었다. 그리고 그때에도, 6년쯤 전에도, 얼굴의 주름살 하나 다를 것 없이 그는 꼭 저렇게 나이 들고 시간을 초월한 듯 보였었다.

두려움에 휩싸인 나는 가만히 방에서 나와 계단을 내려왔다. 홀에서 에바 부인을 만났다. 그녀는 창백했고, 지쳐 보였다. 그녀에게서 못 보던 모습이었다. 그림자 하나가 창문을 스쳤고, 눈부시게 흰빛을 뿌리던 태양이 갑자기 사라졌다.

"막스에게 갔었어요."

내가 빠르게 속삭였다.

"무슨 일이 있나요? 그가 자고 있는지, 아니면 침잠해 있는지 잘 모르겠어요. 예전에도 저런 모습을 한 번 본 적이 있어요."

"그 애를 깨우진 않았죠?"

그녀가 황급히 물었다.

"네, 그는 제 소리 듣지 못했어요. 저는 바로 되돌아 나왔고요. 에바 부인, 말씀해 보세요. 그에게 무슨 일이 있는 겁니까?"

그녀는 손등으로 이마를 쓸어 넘겼다.

"걱정 말아요, 싱클레어, 아무 일도 없어요. 그 애는 명상에 잠겨 있어요. 그리 오래 걸리진 않을 거예요."

그녀는 일어섰고, 막 비가 내리기 시작했는데도 정원으로 나갔다. 그녀를 따라나가서는 안 된다고 직감했다. 그래서 거실을 왔다 갔다 하며, 마비시키듯 풍겨 오는 히아신스의 향내를 맡기도 하고, 문 위에 걸려 있는 나의 새 그림을 응시하고, 답답한 심정으로 그날 아침 그 집을 채우고 있던 이상한 그림자를 호흡했다. 이게 뭘까? 무슨 일이 일어난 걸까?

에바 부인은 이내 돌아왔다. 빗방울이 그녀의 짙은 색 머리카락에 방울져 맺혀 있었다. 그녀는 자신의 안락의자에 앉았다. 피로가 그녀를 뒤덮고 있었다. 나는 그녀 곁으로 다가가 몸을 굽히고 그녀의 머리카락에 매달린 물방울들을 키스해 떼어 냈다. 그녀의 눈은 밝고 고요했다. 그 물방울들은 내게 눈물 같은 맛이었다.

"그에게 가 보고 올까요?"

내가 속삭이듯 물었다.

그녀는 희미하게 미소 지었다.

"어린애같이 굴지 말아요, 싱클레어!"

그녀는 마치 자신 안에서 어떤 마력을 깨뜨리기 위해 그러는 것처럼 큰 소리로 경고했다.

"지금은 갔다가 나중에 다시 오세요. 지금은 당신과 아무 말도 할 수 없어요."

나는 떠났고, 집과 도시를 벗어나 산으로 달려갔다. 성긴 비가 비스듬히 나를 향해 떨어졌고, 구름은 겁에 질린 듯 무겁게 내려 앉으며 낮게 흘러 지나갔다. 아래쪽에는 바람이 거의 없었지만, 높은 곳에는 폭풍이 일고 있는 것 같았다. 이따금 금속 빛깔의 어두운 구름장 사이로 잠깐씩 태양이 창백하게 혹은 눈부시게 나타났다.

그때 하늘 위로 노란 빛깔의 엷은 구름 한 조각이 떠밀려 왔다. 그 구름이 잿빛 구름장에 걸려 멈췄고, 바람은 순식간에 그 노란 구름과 푸른빛으로 형상을 지어냈다. 거대한 새가 푸른 혼돈을 떨치고 나와 커다랗게 날갯짓하며 하늘로 사라지는 모습이었다. 그러더니 폭풍 몰아치는 소리가 들렸고, 우박이 뒤섞인 비가 타다닥거리며 세차게 쏟아져 내렸다. 믿을 수 없이 무서운 소리를 내는 짧은 천둥 번개가 빗발에 채찍질 당한 풍경 위에서 쾅 하고 터졌다. 그러고 나선 곧 다시 한 줄기 햇살이 비쳐 들었고, 갈색 숲 너머 가까운 산들 위에는 눈이 창백한 빛을 띠고 희미하게 비현실적으로 빛났다.

몇 시간 뒤 내가 흠뻑 젖은 채 창백해져서 돌아왔을 때 데미안이 직접 현관문을 열어 주었다.

그는 나를 자기 방으로 데리고 올라갔다. 실험실에는 가스 불꽃이 타고 있었다. 종이가 여기저기 널려 있는 것으로 보아 그는 일을 하고 있었던 듯했다.

"앉아."

그가 자리를 권했다.

"피곤하겠다. 끔찍한 날씨야. 보아하니 밖에서 한참 돌아다닌 모양이네. 금방 차를 가져올 거야."

"오늘 뭔가가 시작되었어."

내가 망설이며 말을 꺼냈다.

"이건 그냥 단순한 천둥 번개일 수가 없어."

그가 나를 찬찬히 탐색하듯 바라보았다.

"무엇을 보았니?"

"그래. 구름 속에서 순간적으로 어떤 형상을 똑똑히 봤어."

"무슨 형상이었는데?"

"새였어."

"그 매? 그거였어? 네 꿈속의 새 말이야?"

"응. 내 매었어. 노랗고 엄청나게 컸는데 검푸른 하늘 속으로 날아가 버렸어."

데미안이 깊은 한숨을 내쉬었다.

노크 소리가 들리더니 나이 든 가정부가 차를 가져왔다.

"자, 차 들어, 싱클레어. 난 네가 그 새를 본 것이 우연이 아니라는 생각이 드는데?"

"우연? 그런 것을 우연히 보기도 하나?"

"그렇지, 우연이 아니지. 무언가를 의미하고 있지. 그게 무엇인지 알겠어?"

"아니. 단지 그게 어떤 충격을 의미한다는 것, 운명의 한 걸음이라는 것만은 느껴져. 우리 모두와 관련된 일이라는 생각이 들어."

그는 급하게 왔다 갔다 했다.

"운명의 한 걸음이라고!"

그가 큰 소리로 외쳤다.

"나도 지난밤 같은 것을 꿈꾸었어. 어머니도 어제 같은 것을 뜻하는 예감을 느끼셨고. 나는 어떤 나무줄기인지 탑에 걸쳐진 사다리를 타고 올라가는 꿈을 꾸었어. 위에 올라가니 온 나라가 다 보였어. 드넓은 평지였는데, 도시 마을 할 것 없이 온 나라가 불타고 있었어. 아직 전부 다 이야기하지는 못하겠어. 내게도 아직 모든 게 다 분명한 건 아니라서."

"너는 그 꿈을 너와 관련시켜서 해석해?"

내가 물었다.

"나와 관련시켜서? 물론이지. 어느 누구도 자신과 관계없는 꿈을 꾸지는 않아. 하지만 그 꿈은 나 혼자만 관련된 건 아니었어. 그건 네가 옳아. 나는 꿈들을 꽤 정확히 구분해. 내 영혼의 움직임들을 알려 주는 꿈과, 아주 드물긴 하지만, 인류 전체의 운명이 암시된 꿈들을 말이야. 나중의 꿈들은 아주 드물고, 나는 예언이 되는, 그 예언이 이루어졌다고 말할 수 있을 만한 꿈은 한 번도 꾼 적이 없어. 그러기엔 해석들이 너무 애매해. 하지만 내가 나 혼자만 관련된 것이 아닌 어떤 꿈을 꾸었다는 것은 분명 알고 있어. 그 꿈은 말하자면 내가 전에 꾸었던, 그리고 계속 이어져 온 다른 꿈들에 속해. 그 꿈들은, 싱클레어, 내가 전에 너에게 이야기한 적 있는 그 예감들을 얻은 바로 그 꿈들이야. 우리 세계가 정말 썩어 있다는 걸 우리는 알지. 하지만 그것이 아직 몰락이나 그 비슷한 일들을 예언할 근거가 되지는 못할 거야. 그러나 나는 이미 여러 해 전부터 오래된 한 세계의 붕괴가 가까이 오고 있다는 결론을 내리게 하는, 혹은 그것을 느끼게 하는 꿈들을 꾸어 왔어. 처음에는 아주 약하고 까마득히 먼 그런 예감들이었지만, 그것들은 점점 더 분명하고 강력해졌어. 아직도 난 나도 관련된 어떤 엄청나고 무서운 것이 다가오고 있다는 것 외에는 아는 게 없어. 싱클레어, 이제 우리가 자주 이야기했던 것을 겪게 될 거야! 세계가 새로워지려 하고 있어. 죽음의 냄새가 나. 어떤 새로운 것도 죽음 없이는 오지 않아. 내가 생각했던 것보다 더 충격적이야."

나는 너무 놀라서 그를 물끄러미 바라보았다.

"네 꿈의 나머지 부분을 내게 말해 줄 수는 없어?"

내가 조심스럽게 청했다.

그는 머리를 가로저었다.

"그럴 순 없어."

문이 열리고 에바 부인이 들어왔다.

"여기 함께 있었네! 슬퍼하고들 있는 건 아니겠지?"

그녀는 싱싱해 보였고, 더 이상 피곤한 기색이 없었다. 데미안이 그녀에게 미소를 지어 보였고, 그녀는 겁에 질린 아이들에게 다가오는 어머니처럼 우리에게로 왔다.

"우리는 슬퍼하고 있지 않아요, 어머니. 그저 이 새로운 징후들의 수수께끼를 조금 풀어 보고 있었어요. 그런데 아무것도 없네요. 오려고 하는 건 어느 날 갑자기 닥쳐와 있을 거예요. 그러면 우리는, 우리가 알아야만 하는 걸 겪게 되겠지요."

나는 기분이 몹시 언짢았다. 작별을 하고 혼자 홀을 지나가는데, 히아신스 향기가 시들고 맥 빠지고 시체 같은 느낌이었다. 우리들 위로 그림자가 드리워졌던 것이다.

제8장 종말의 시작

  나는 여름 학기도 H시에서 보낼 수 있게 해 놓았다. 이제 우리는 집 안에 있는 대신 거의 언제나 강가의 정원에 있었다. 격투 시합에서 패한 일본인은 떠났고, 톨스토이 신봉자도 오지 않았다. 데미안은 말을 한 마리 가지고 있었는데, 날마다 그것을 타고 돌아다녔다. 나는 자주 그의 어머니와 단둘이 있었다.

  가끔 내 삶의 평화로움에 스스로 놀라곤 했다. 너무 오랫동안 혼자 있고, 포기하는 연습을 하고, 힘들게 나 자신의 고통과 싸우는 데 익숙해 있어, H시에서의 이 몇 달은 나에게 무슨 꿈속의 섬 같은 생각이 들었다. 거기서는 그저 편안하게 마법에 걸린 듯 아름답고 쾌적한 일들과 그런 느낌들 속에 살아가면 되었다. 이것이 우리가 구상하는 보다 높은 새로운 공동체의 전조임을 예감하고 있었다. 때때로 이 행복 위로 깊은 슬픔이 나를 사로잡았다. 이러한 행복이 오래가지 않으리라는 것을 알고 있었기 때문이다. 나는 가득함과 안락함 속에 살아가도록 태어난 사람이 아니었다. 고통과 몰아세움을 필요로 했다. 어느 날 이 아름다운 사랑의 영상들에서 깨어나 내겐 그저 고독이나 싸움뿐인, 평화도 공존도 없는 타인들의 차가운 세계 속에 또다시 홀로, 완전히 홀로 서게 되리라는 것을 느끼고 있었다.

그리하여 내 운명이 아직 이 아름답고 고요한 모습을 지니고 있다는 사실에 기뻐하며 두 배나 다정하게 에바 부인의 곁을 파고들었다.

여름 몇 주일은 빠르고 쉽게 흘러갔다. 여름 학기도 어느덧 끝나가고 있었다. 이별이 코앞에 있었지만, 나는 그것을 생각할 필요도 없었고, 그렇게 하지도 않았다. 나비가 꿀이 가득한 꽃에 매달리듯 그냥 아름다운 날들에 매달려 있었다. 그것은 나의 행복한 시절이었다. 내 인생 최초의 성취였고, 마음에 드는 공동체로의 받아들여짐이었다. 그다음에는 무엇이 올까? 나는 다시 싸우고, 동경으로 괴로워하며, 꿈을 꾸고, 혼자이리라.

어느 날 이런 예감이 너무 강하게 밀려와 에바 부인을 향한 내 사랑이 갑자기 고통스럽게 불타올랐다. 맙소사, 이제 곧 그녀를 더이상 보지 못할 것이고, 집 안을 돌아다니는 그 확고하고도 다정한 발소리를 듣지 못할 것이며, 내 책상 위에 그녀가 놓아 준 꽃들도 볼 수 없겠지! 나는 도대체 뭘 했던가? 그녀를 얻는 대신, 그녀를 취하기 위해 싸우고 영원히 내게로 끌어오는 대신 그저 꿈이나 꾸면서 아늑함에 잠겨 있었다! 언젠가 그녀가 진정한 사랑에 대해 말해 주었던 것들이 모두 떠올랐다. 그 많은 미묘한 경고의 말들, 그 많은 그윽한 유혹들, 어쩌면 약속들이. 그걸로 나는 무엇을 이루어 냈는가? 아무것도 없었다! 아무것도!

나는 내 방 한가운데 서서, 모든 의식을 집중시켜 에바 부인을 생각했다. 내 영혼의 힘들을 한데 모으려 했다. 그녀에게 내 사랑이 느껴지도록, 그녀가 내게로 끌려오도록. 그녀가 와서 내 포옹을 열렬히 원해야 했다. 내 키스가 그녀의 무르익은 사랑의 입술을 끝없이 헤쳐야 했다.

나는 서서, 손가락과 발끝에서부터 차가워 올 때까지 심신을 팽팽하게 긴장시켰다. 내게서 힘이 빠져나가는 것을 느꼈다. 잠시 내 안에서 무언가 밝고도 차가운 것이 단단하고 밀도 있게 뭉치더니 한순간 가슴에 수정을 지니고 있는 듯한 느낌이 왔다. 그것이 내 자아라는 것을 알고 있었다. 차가움이 가슴까지 차올랐다.

그 무시무시한 긴장에서 깨어났을 때, 무언가 오고 있다는 느낌이 들었다. 죽도록 지치긴 했지만, 나는 에바 부인이 황홀감에 젖어 방 안으로 들어서는 것을 바라볼 준비가 되어 있었다.

그때 길에서 말발굽 소리가 들려왔다. 점점 더 가깝고 크게 울리더니 갑자기 멈췄다. 나는 창가로 뛰어갔다. 밑에서 데미안이 말에서 내리고 있었다. 나는 아래로 달려 내려갔다.

"무슨 일이야, 데미안? 어머니께 무슨 일이 있는 건 아니겠지?"

그는 내 말을 듣고 있지 않았다. 얼굴이 몹시 창백했고, 땀이 이마 양쪽으로 뺨을 타고 흘러내렸다. 잔뜩 열이 오른 말의 고삐를 정원 울타리에 매더니 그는 내 팔을 잡고 길을 따라 걸어 내려갔다.

"소식 들었어?"

나는 아무것도 몰랐다.

데미안은 내 팔을 잡고 꽉 누르며 어둡고 연민에 찬, 특별한 눈길로 내게 얼굴을 돌렸다.

"그래, 이봐, 이제 시작된 거야. 러시아와의 긴장이 고조된 건 너도 알고 있었지?"

"뭐라고? 전쟁이 일어난 거야? 나는 그렇게 되리라곤 생각도 못했는데."

주변에 아무도 없건만 그는 낮은 소리로 말했다.

"아직 선포되진 않았어. 그러나 전쟁은 일어나. 믿어도 돼. 그때 이후 이 문제로 너를 더 이상 번거롭게 하지 않았지만, 난 그 후 세 번이나 새로운 징조를 보았어. 그러니까 그건 세계의 몰락도 아니고, 지진도 아니고, 혁명도 아니야. 전쟁일 거야. 그게 어떻게 터지는지 넌 보게 될 거야! 아마 사람들에겐 미칠 듯한 기쁨이 될걸. 벌써부터 다들 터지기를 바라며 잔뜩 들떠 있어. 그들에게는 삶이 그토록 맥 빠져 버린 거지. 하지만 두고 봐, 싱클레어, 이건 그저 시작에 불과해. 아마 큰 전쟁이 될 거야, 엄청나게 큰 전쟁이. 그러나 그것 또한 시작에 불과해. 새로운 것이 시작돼. 그리고 그 새로운 것은 낡은 것에 목을 매고 있는 사람들에겐 기겁할 일일 거야. 넌 뭘 할 거니?"

나는 당혹스러웠다. 그 모든 것이 내게는 아직 낯설고 믿어지지 않는 일로 들렸던 것이다.

"모르겠는데, 너는?"

그는 어깨를 으쓱했다.

"난 동원령이 내리면 바로 입대해. 소위거든."

"네가? 그건 전혀 몰랐는데."

"그래, 그게 내가 적응하는 방식의 하나였어. 너도 알다시피, 나는 밖으로 눈에 띄게 드러나는 건 싫어하면서도, 올바르기 위해서는 늘 오히려 좀 과하게 행동하는 편이잖아. 내 생각엔 일주일 내로 전쟁터에 서 있을 거야."

"맙소사!"

"이봐, 이걸 감상적으로 받아들이면 안 돼. 난들 살아 있는 사람을 향해 발포 명령을 내리는 일이 결코 좋을 리는 없어. 하지만 그건 부차적인 일일 거야. 이제 우리들 누구나 커다란 수레바퀴 속으로 휩쓸려 들게 돼. 너도 마찬가지야. 너도 틀림없이 징집될 거야."

"그럼 네 어머니는, 데미안?"

그제야 비로소 나는 15분 전에 있었던 일을 떠올렸다. 세계가 얼마나 달라져 버렸는가! 가장 달콤한 모습을 불러내려고 난 온힘을 집중했었다. 그런데 이제 운명이 갑자기 위협하듯 무서운 가면 뒤에서 나를 노려보고 있었다.

"우리 어머니? 아, 어머니 걱정은 할 필요 없어. 안전하셔, 지금 세상에 있는 어느 누구보다. 우리 어머니를 그토록 사랑해?"

"너 알고 있었어, 데미안?"

그는 밝고 아주 활달하게 웃으며 덧붙였다.

"이 어린 친구야! 물론 알고 있었지. 사랑하지도 않으면서 우리 어머니를 에바 부인이라고 부른 사람은 그동안 아무도 없었어. 그런데 어찌 된 일이야? 네가 오늘 어머니나 나를 불렀지, 아니야?"

"그래, 내가 불렀어. 에바 부인을 불렀어."

"어머니가 그걸 느끼셨어. 너에게 가 보라며 갑자기 나를 보내신 거야. 난 어머니께 러시아에 대한 소식을 막 들려 드린 참이었어."

우리는 가던 길을 돌아섰다. 그러곤 더 이상 말이 없었다. 그는 울타리에서 말을 풀어 올라탔다.

위층 내 방으로 올라와서야 비로소 내가 얼마나 기진맥진해 있는지를 느꼈다. 데미안이 전해 준 소식 그리고 그보다 훨씬 더 그이전의 긴장 때문이었다. 그러나 에바 부인이 내가 부르는 소리를 들으셨다! 마음속에서 생각만으로 나는 그녀에게 가 닿았던 것이다. ……만 아니라면, 그녀가 직접 왔을 텐데. 이 모든 것이 얼마나 신기한가, 그리고 근본적으로 얼마나 아름다운가! 이제 전쟁이 일어날 것이다. 우리가 그리도 자주 이야기했던 일이 시작된 것이다. 그런데 데미안은 그에 대해 많은 것을 이미 알고 있었다. 그 세계의 흐름이 이제 더 이상 어딘가에서 우리 곁으로 스쳐 지나가는 게 아니라, 지금 갑자기 우리 가슴 한복판을 뚫고 간다는 게 얼마나 신기한가. 모험과 거친 운명들이 우리를 부르고, 지금 혹은 곧,

세계가 우리를 필요로 하고 자기 자신을 변화시키려는 순간이 온다는 게 얼마나 특이한가. 데미안이 옳았다. 이는 감상적으로 받아들일 일이 아니었다. 다만 놀라운 것은 그토록 고독한 문제인 '운명'을 내가 이제 많은 사람들과, 온 세상과 더불어 체험해야 한다는 사실이었다. 그렇다면 좋다!

나는 마음의 준비가 되어 있었다. 저녁에 시내를 지나가자니, 구석구석 흥분으로 들끓고 있었다. 어디서나 '전쟁'이라는 말이 들려왔다!

나는 에바 부인 집으로 갔다. 우리는 정원의 작은 정자에서 저녁을 먹었다. 내가 유일한 손님이었다. 전쟁에 대해서는 한마디도 하지 않았다. 다만 늦게, 내가 떠나기 직전에 에바 부인이 말했다.

"사랑하는 싱클레어, 오늘 당신이 나를 불렀지요. 내가 왜 직접 가지 못했는지는 알 거예요. 그러나 잊지 말아요. 당신은 이제 부르는 법을 알아요. 그러니 언제든 표적을 지닌 누군가가 필요하거든, 다시 부르세요!"

그녀는 몸을 일으켜 정원의 황혼 속으로 걸어 나갔다. 이 신비로운 여인은 크고 당당하게 침묵에 싸인 나무들 사이로 걸어갔다. 그녀의 머리 위로 수많은 별들이 조그맣고 사랑스럽게 빛나고 있었다.

내 이야기는 거의 끝나 간다. 사태는 빠르게 진행되었다. 곧 전쟁이 시작되었고, 데미안은 군복에 은회색 외투를 입은 놀랍도록 낯선 모습으로 떠나갔다. 나는 그의 어머니를 집에 바래다주었다. 나도 곧 그녀와 작별했다. 그녀는 내 입에 키스하고는 한순간 나를 가슴에 꼭 안아 주었다. 그녀의 큰 눈이 가까이에서 내 눈 속으로 타들어 왔다.

모든 사람이 형제가 된 듯했다. 그들은 조국과 명예를 말했다. 하지만 그것은 운명이었다. 그들 모두 한순간 그 가려지지 않은 얼굴을 들여다본 운명이었다. 젊은 남자들이 병영에서 나와 기차에 올랐다. 그리고 많은 얼굴들에서 나는 어떤 표적을 ─우리들의 표적은 아니었지만─아름답고 고귀한 어떤 표적을 보았다. 사랑과 죽음을 뜻하는 표적이었다. 나 또한 생면부지의 사람들로부터 포옹을 받았다. 나는 그것을 이해했고, 기꺼이 거기에 응답했다. 그들이 그렇게 하는 것은 일종의 도취였다. 운명의 의지가 아니었다. 하지만 그 도취는 신성했다. 그들 모두 그 잠깐의 고무하는 눈길로 운명의 눈을 들여다본 데서 기인하는 것이었으니까.

　내가 전쟁터로 갔을 때는 이미 겨울이었다.

　처음에 나는 끊임없이 들려오는 총소리에도 불구하고 모든 것이 실망스러웠다. 예전에 나는 사람들이 어떤 이상을 위해 산다는 것이 왜 그토록 극단적으로 드문지를 많이 생각했었다. 그런데 이제 많은 사람들, 아니 모든 사람이 이상을 위해 죽을 수도 있다는 것을 알았다. 다만 그것은 개인적인, 자유로운, 선택된 이상이 아니라, 떠맡다시피 한 공동의 이상이어야 했다.

　그러나 시간이 지나면서 내가 인간을 과소평가했다는 것을 알았다. 제아무리 군인의 의무와 공통적인 위험이 그들을 획일화시켜 놓았다 해도, 나는 많은 사람들이, 살아 있는 사람과 죽어 가는 사람들이 운명의 의지에 장렬하게 다가가는 것을 보았다. 많은, 대단히 많은 사람들이 공격할 때만이 아니라 다른 때에도 늘 확고하고 아득한, 약간 신들린 듯한 눈빛을 가지고 있었다. 그런 눈빛은 목적에 대해서는 아무것도 모른 채 엄청난 것에 자신을 완전히 내맡겼음을 뜻하는 것이었다. 믿든, 생각을 하든, 그들이 늘 원하는 것은 자기네가 준비되어 있고, 자기네가 필요한 존재이며, 자기

네로부터 미래가 형성되리라는 사실이었다. 그리고 세계가 전쟁과 영웅주의를, 명예나 다른 오래된 이상들을 고집하는 것으로 보일수록, 외관상의 인간성의 목소리 하나하나는 그만큼 더 멀고 그만큼 더 거짓말처럼 울렸다. 전쟁의 외적이고 정치적인 목적에 대한 질문이 그저 표피적인 데 머물고 마는 것처럼, 그것은 모두 표피에 불과했다. 깊숙한 곳에서는 무엇인가가 생성되고 있었다. 새로운 인간성 같은 그 무엇인가. 왜냐하면 나는 많은 사람들이 —그들 중 여러 명이 내 옆에서 죽어 갔다 —미움과 분노, 살육과 말살이 그 대상들에 매인 게 아님을 느낌으로 통찰하는 것을 보았기 때문이다. 아니, 대상들은 목적과 마찬가지로 순전히 우연이었다. 원래의 감정은 가장 과격한 것조차 적에게 해당되는 것이 아니었고, 그 피비린내 나는 행동은 단지 내면의 발산이요, 새롭게 태어나기 위해 미쳐 날뛰고 죽이고 말살하고 스스로 죽어 버리려는, 제 안에서 분열된 영혼의 발산이었다. 거대한 새가 알에서 나오기 위해 버둥거리며 싸우고 있었다. 알은 세계였고, 그 세계는 산산이 부서져야 했다.

어느 이른 봄날 밤, 나는 우리가 점령한 농가 앞에서 보초를 서고 있었다. 간간이 미풍이 불어왔다. 플랑드르의 높은 하늘을 구름 떼가 몰려갔고, 그 구름 뒤 어딘가 달이 떠 있을 것 같았다. 그날은 왠지 하루 종일 불안했고, 알 수 없는 근심이 마음을 어지럽히고 있었다. 이제, 지정된 내 자리에서 어둠 속에 보초를 서며 나는 그때까지의 내 삶의 영상들을, 에바 부인을, 데미안을 간절히 생각했다. 포플러에 기대어 서서 동요하는 하늘을 응시하고 있었다. 그 은밀하게 번쩍거리는 밝음이 곧 커다랗게 솟아오르며 일련의 영상이 되었다. 내 맥박이 이상하게 약해지고, 피부의 감각이 바람과 비에 둔감해진 것, 섬광처럼 느껴지는 내면의 경각성으로 인해 나는 내 주변에 한 지도자가 있음을 느꼈다.

구름 속에 큰 도시가 하나 보였고, 거기서 수백만 명의 사람들이 쏟아져 나와 떼를 지어 광대한 풍경 속으로 흩어져 갔다. 그들 한가운데로 머리에 반짝이는 별들을 단, 산맥처럼 거대하고, 에바 부인의 표정을 지닌 막강한 신의 모습이 나타났다. 그 신을 향해 사람들의 대열이 거대한 동굴 속으로 빨려들듯 들어가 사라졌다. 그 여신은 땅바닥에 웅크리고 앉았다. 그녀의 이마에서 표적이 환하게 빛을 발했다. 어떤 꿈이 그 여신을 지배하고 있는 듯했다. 여신은 눈을 감았고, 그녀의 거대한 얼굴이 고통으로 일그러졌다. 갑자기 여신이 날카로운 비명을 질렀고, 그녀의 이마에서 별들이 튀어나왔다. 수천 개의 빛나는 별들이 찬란한 포물선을 그리며 어두운 하늘 위로 날아올랐다.

그 별들 가운데 하나가 날카로운 소리를 내며 내게로 똑바로 날아왔다. 나를 찾는 것 같았다. 그러더니 굉장한 소리와 함께 수천 개의 불꽃으로 갈라지며 나를 휙 끌어 올렸다가 다시 땅바닥으로 내동댕이쳤다. 천둥 치는 소리를 내며 내 위에서 세계가 무너졌다.

잔뜩 상처를 입고 흙에 뒤덮인 채 나는 포플러 가까이에서 발견되었다.

나는 어느 지하실에 누워 있었다. 포화가 내 위에서 우르릉거렸다. 나는 수레에 누워 덜거덕거리며 빈 들판을 지나갔다. 대개 잠을 자거나 의식이 없는 상태였다. 그러나 깊이 잠들수록, 그만큼 더 강렬하게 나는 무언가가 나를 끌어당기고 있다는 것, 내가 나를 지배하는 주인인 어떤 힘을 따라가고 있다는 것을 느꼈다.

내가 외양간 짚 더미 위에 누워 있었다. 몹시 어두웠고, 누군가 내 손을 밟고 갔다. 하지만 나의 내면적인 것은 더 나아가려 했고, 더 강력하게 어디론가 나를 잡아끌었다. 다시 나는 수레 위에 누위 있었고, 나중에는 들것인지 사다리인지 위에 누워 있었다. 점점 더 어딘가로 가도록 명령받고 있음을 느꼈고, 마침내 난 그리로 가려는 충동 외에는 아무것도 느끼지 못했다.

드디어 목적지에 이르렀다. 밤이었다. 나는 의식이 뚜렷했고, 막 내면에서 끌림과 충동을 강하게 느낀 참이었다. 이제 나는 어느 홀 안 바닥 위에 자리를 깔고 누워 있었다. 부름 받은 곳에 와 있다는 느낌이었다. 주위를 둘러보았다. 내 매트리스 옆에 다른 매트리스가 바싹 붙은 채 놓여 있고 그 위에 누군가가 있었다. 그 사람이 몸을 숙여 나를 바라보았다. 이마에 표적을 지니고 있었다. 막스 데미안이었다.

나는 말을 할 수 없었다. 그도 말을 할 수 없었거나 말하려고 하지 않았다. 그는 그저 나를 바라보았다. 머리 위 벽에 걸린 조그만 등불이 그의 얼굴을 비추고 있었다. 그가 나에게 미소를 지어 보였다.

한없이 오래 그는 끊임없이 내 눈만 들여다보고 있었다. 천천히 그가 얼굴을 내게로 들이밀었다. 우리가 거의 맞닿을 정도로.

"싱클레어!"

그가 속삭이듯 말했다.

나는 눈으로 그에게 알아듣고 있다는 표시를 했다.

그는 다시 미소 지었다. 거의 동정하듯이.

"꼬마야!"

그가 미소를 띠고 말했다.

그의 입은 이제 내 입에 아주 가까이 있었다. 그가 나직이 말을 계속했다.

"프란츠 크로머 아직도 기억해?"

그가 물었다.

나는 눈을 깜박여 보였다. 미소도 지을 수 있었다.

"꼬마 싱클레어, 내 말 잘 들어! 나는 떠나갈 거야. 아마 너는 언제고 나를 다시 필요로 하게 될 거야. 크로머든 다른 일로든. 그럴 때 네가 나를 부르면, 나는 이제 더 이상 말을 타거나 기차를 타고 달려오지 않아. 그럴 때 넌 너 자신 속으로 귀를 기울여야 해. 그러면 내가 네 안에 있다는 걸 알게 될 거야. 알겠지? 그리고 더 있어! 에바 부인이 말했어. 네게 힘든 일이 생기면, 그녀가 나에게 함께 주어 보낸 키스를 너한테 해 주라고……. 눈을 감아, 싱클레어!"

나는 순순히 눈을 감았다. 피가 그치지 않고 계속 조금씩 흐르는 내 입술 위로 그의 가벼운 키스가 느껴졌다. 그리고 난 잠이 들었다.

아침에 사람들이 나를 깨웠다. 붕대를 감아야 했던 것이다. 마침내 완전히 잠에서 깼을 때, 나는 얼른 옆의 매트리스 쪽으로 고개를 돌렸다. 거기엔 한 번도 본 적 없는 낯선 사람이 누워 있었다.

붕대 감는 건 고통스러웠다. 그 후 내게 일어난 모든 일이 고통스러웠다. 그러나 이따금 열쇠를 찾아 나 자신 속으로 내려가면, 어두운 거울 속에서 운명의 영상들이 졸고 있는 그곳으로 내려가면, 나는 그저 그 검은 거울 위로 몸을 숙이기만 하면 된다. 그리고 나 자신의 모습을 본다. 나의 친구이자 인도자인 그와 똑같이 닮아 있는 나를.

28   **탈러** Taler. 유럽에서 15세기부터 19세기까지 통용된 은화.

61   **견진성사** 堅振聖事. 가톨릭 교회의 일곱 성사 가운데 하나. 세례성
사를 받은 신자의 신앙을 성숙시키고 나아가 자기 신앙을 증언하
게 하는 성사.

142   **카발라** kabbalah. 중세 유대교의 신비주의. 히브리어로 '전승(傳
承)'을 뜻함.

167   **에바** 영어로는 eve이고 독일어로는 Eva인데, 모두 성경의 '이브'를
가리킨다. 인류의 어머니이며, 여기서는 우주적 태모(太母)의 의미
도 내포하고 있다.

영혼의 재탄생 — 그 신화적 이미지

이영임(순천향대 겸임교수)

1. 고전 그리고 시대서

우리나라에서는 『데미안(*Demian*)』을 보통 중학교 2학년쯤에 읽기 시작하는 것으로 알고 있다. 그리고 고등학교나 대학을 다닐 즈음 다시 한 번 손에 들게 되는 책으로, '청춘의 바이블'이라 불릴 만큼 전 세계적으로 젊은이들에게 많이 읽히는 동시에 영향력이 큰 작품이다. 주인공 싱클레어가 겪는 성장의 고통은 시대를 넘어선 원형성을 띠고 있어, 발표된 지 한 세기가 되어 가는 오늘날에도 이 작품이 전하는 메시지의 힘은 여전히 강력하다. 유년의 순진함에서 벗어나 현실에 눈을 뜨며 일어나는 심리적 혼란과 사춘기의 격동, 학교 문제, 관습과 제도 등 자신을 억누르는 모든 사회적·문화적 압박으로부터 자유롭고 싶은 청소년들에게, 또한 이미 사회인으로 살아가고 있더라도 내면의 자신과 완전히 하나가 된 주체적인 삶을 갈망하는 현대인들에게 어떻게 그럴 수 있는지를 이야기하고 있기 때문이다.

주인공의 나이 열 살 정도의 시점에서 시작해 20대 초반에 끝나는 성장 소설이지만, 그 안에 제기되는 주제나 문제의식 등은

제1차 세계 대전까지의 유럽의 정신과 문화적 상황을 정면으로 문제 삼는 시대서(時代書)의 성격을 띠고 있기 때문에 결코 쉬운 작품이 아니다. 대학에서 학생들과 이 작품을 분석할 때 그들이 보이는 반응은 거의 이런 것이었다. "이 책이 이렇게 어려운 내용인 줄 몰랐어요. 중학교 때 처음 읽었는데, 꼭 제 이야기 같았거든요."

1916년에 집필을 시작해 제1차 세계 대전이 끝나던 1919년에 발표한 이 『데미안』을 기점으로 헤르만 헤세(Hermann Hesse)는 창작 스타일이 완전히 달라진다. '내면으로의 길(Der Weg nach Innen)'로 특징지어지는 그의 중기(中期)가 시작되는 것이다. 후기 낭만주의 성향의 작품들로 이미 유명해져 있던 헤세는 내용과 형식이 완전히 달라진 이 작품을 주인공의 이름인 에밀 싱클레어라는 가명으로 발표한다. 이전 작품들에 익숙한 독자들에게 새로운 양식이 낯설 것이라는 점도 고려했겠지만, 무엇보다 전후(戰後) 새로운 세대를 위한 미래적 가치와 비전을 제시하는 이 작품이 이전 작품들의 인상에 가려지는 것을 원치 않았기 때문이다. 반응은 가히 센세이셔널한 것이었다. 1948년에 독일에서 새로 찍은 『데미안』의 권두언에서 토마스 만은 당시 상황을 이렇게 회상하고 있다.

제1차 세계 대전 직후 싱클레어라는 알 수 없는 인물이 쓴 책 『데미안』이 불러일으킨, 온몸을 전율케 하는 충격을 잊을 수가 없다. 그것은 무서울 정도로 시대의 정곡을 찌르는 작품이었다. 젊은이들은 너 나 할 것 없이 자기네들의 가장 깊숙한 삶을 이야기하는 사람이 자신들 가운데서 나온 것으로(실은 그들이 가장 필요로 하는 것을 그들에게 준 사람은 마흔두 살이나 된 남자였는데도) 잘못 알고 고마워하며 감격하고 있었다.

역사상 유례를 찾기 힘든 대규모 세계 대전의 참상을 겪고 기존의 세계와 가치에 깊은 회의와 불신을 품게 된 유럽의 젊은이들, 특히 독일의 젊은이들은 자신들의 혼란과 고통, 고뇌와 동경을 이야기하며, 새로운 가치, 새로운 인간, 새로운 세계, 새로운 삶의 가능성을 제시하는 현대적 작품에 열광했다. 혜성처럼 등장한 싱클레어라는 작가에게 폰타네상이 수여되었지만, 헤세는 이 상이 신인에게 수여되는 것이므로 재단에 반려했다. 그사이 문단에서는 싱클레어가 어떤 사람인지를 밝혀내려고 애썼고, 마침내 에두아르트 코로디라는 비평가가 문체 분석을 통해 싱클레어는 헤세임에 틀림없다고 세상에 알렸다. 그리하여 1920년 제17판부터 『데미안』의 저자는 헤르만 헤세로 인쇄되었다.

주인공 싱클레어의 자신을 찾아가는 모험에는 그 시대를 살아냈던 헤세의 체험이 고스란히 녹아 있다. 1887년부터 1897년까지, 헤세 자신의 10세에서 20세에 이르는 자전적 요소들, 1914년에서 1917년까지의 유럽의 정치·사회·문화적 상황들에 대한 지적 성찰, 진정한 자신의 삶을 찾아 치열하게 '내면으로의 길'을 걸어간 작가에게 깊은 영향을 미친 시대적 조류가 그것이다. 특히 니체의 사상, 프로이트와 융의 정신 분석학은 이 시대성 짙은 작품에 뚜렷한 흔적을 남기고 있다.

제1차 세계 대전의 발발과 함께 헤세의 삶에 여러 위기가 닥쳐온다. 작가로서 성공 가도를 달리고 있던 그는 1912년부터 스위스 베른에서 살고 있었지만, 전쟁이 일어나자 자원입대한다. 그러나 복무 부적격 판정을 받고 베른의 '독일 포로들을 위한 자선 기구'에서 일하며 전쟁 포로들을 위해 책을 모아 발송하고, 잡지를 발행해 보내고, 나중에는 스스로 출판사를 만들어 작은 책들을 만들어 보내는 일에 열성을 다한다. 그리하여 1918년에서 1919년까지 22권의 책자가 발행되어 포로들에게 보내진다. 헤세는 이 일을 전쟁의 참상에 대항해 개인적으로 수행할 수 있는 최선의 봉사로 여겼다. 그 일을 하며 헤세는 국내외 신문과 잡지에 전쟁과 맹목적인 국수주의에 반대하는 글들을 계속 발표했는데, 그 일로 독일 문단과 국수주의자들에게 '변절자'로 몰리며 커다란 정신적 타격을 입는다. 거기에 개인적인 어려움과 위기가 겹쳤다. 막내아들이 큰 병에 걸렸고, 아버지가 돌아가셨으며, 결혼 생활이 위기에 처하며 아내의 신경 쇠약과 우울증이 심해져 요양원에 입원시켜야 할 지경에 이르게 된다. 심신이 극도로 지치고 쇠약해진 헤세는 그 자신이 치료를 받아야 할 처지가 되어 '독일 포로들을 위한 복지 단체' 일을 중단하고 1916년 6월부터 11월까지 루체른의 한 병원에서 60번에 걸쳐 정신 분석 상담을 받는다. 이때 담당 의사가 융의 제자인 요제프 베른하르트 랑 박사로, 작품 속 피스토리우스의 모델이 된 이 정신 분석 전문의와의 대화와 상담을 통해 헤세는 이 새로운 영역 속으로 깊이 발을 들여놓게 된다. 이후 랑 박사는 헤세와 평생의 친구가 된다. 헤세는 이후 프로이트와 융의 글들을 집중적으로 읽으며 이 새로운 분야를 자신의 창작에 연결시켰고, 그동안 그를 힘들게 했던 본질적인 갈등과 문제들을 다른 시선으로 들여다보고 극복하는 데 상당한 도움을 받았다. 『데미안』은 헤세의 이러한 '자기 자신 들여다보기' 내지는 가차 없는 '자신과의 대면'을 통해 나온 작품이다.

2. 불사조의 이미지

개인적인 관심 때문에 기회 있을 때마다 학생이나 일반인, 헤세 전문가들에게 늘 물어보곤 했다. 『데미안』을 생각할 때 가장 먼저 떠오르는 게 무엇이냐고. 거의 예외 없이 알을 깨고 나오는 새의 이미지를 댔고, 다른 것은 모두 잊어도 대부분 저 유명한 문구를 기억하고 있었다.

새는 알을 깨고 나온다. 알은 세계다. 태어나고자 하는 자는 한 세계를 부수어야 한다. 새는 신에게로 날아간다. 그 신의 이름 은 아브락사스다.

2백 페이지 정도의 짧지 않은 소설의 그 많은 말과 장면들 중에 왜 늘 이 그림, 이 문구일까? 알, 새, 날기, 신(神). 힘들게 버둥거리 며 알을 깨고 나와 힘차게 날갯짓하며 신에게로 날아가는 새의 이 미지가 우리에게 감동적인 이유는 그것이 하나의 비유로서 우리 삶의 본질적인 무엇인가를 건드리기 때문이다. 책 속에서 피스토 리우스는 싱클레어에게 설명한다. "우리 자신 속에 있지 않은 것 은 우리를 흥분시키지 못한다"고. 땅에 발붙이고 사는 인간에게 하늘을 자유롭게 나는 새들은 언제나 동경의 대상이었다. 자신을 묶고 있는 낡은 구속을 떨쳐 내고 자유로워지고 싶은 인간의 심적 욕구는 수많은 신화와 동화, 예술 작품들 속에 '새'와 '날기'라는 비유로 되풀이되어 왔다. 『데미안』이 너무 많은 상징과 신화의 차 용으로 현실성을 잃고 있다고 지적하는 비평가도 있지만, 그것은 작가가 제시하는 직관적이고 풍요로운 이미지의 유희에 동참하지 못해 일어나는 몰이해에 불과하다. 오히려 일반 독자들은 이 작품 의 핵심적인 이미지를 여과 없이 받아들이고 자연스레 수용하고 있다는 사실이 위에 언급한 예에서 드러나기 때문이다.
물론 일반 독자들은 자신이 매혹되고 있는 이 새의 이미지가 아주 원형적인 것이며, 궁극적으로는 '불사조'의 신화적 이미지라는 것은 미처 의식하지 못한다. '황금빛' 머리를 가진 새가 '신'에게로, 아브락사스에게로 날아간다. 이 이미지는 사실 이 작품 전체를 관통하고 다양하게 변주되며, 음악에서 차용되어 현대 문학에서 요긴하게 쓰이는 '주도 동기(Leitmotiv)' 역할을 한다. 싱클레어가 데미안을 처음 만났을 때 데미안은 세월에 마모된 채 싱클레어의 집 대문 위에 달려 있는 문장 속의 새를 주목하도록 상기시키고, 차츰 자기 내면의 모습에 다가가게 되는 싱클레어는 지구를 뚫고 나오는 노란 머리의 새를 그려 데미안에게 보낸다. 위의 문구는 그 그림에 대한 데미안의 답장이다. 에바 부인은 싱클레어에게 이루어질 수 없는 사랑의 고통으로 제 안의 영혼과 세계가 다 타 버린 어느 젊은이가 그 타 버린 영혼 속에 응축된 막강한 힘으로 사랑하는 여인과 잃어버렸던 세계 전체를 끌어당겨 새롭게 소유하는 마법 같은 이야기를 들려준다. 신을 향해 날아오르는 새, 다 타 버린 재 속에서 솟아나 막강한 힘을 발휘하는 영혼은 두말할 나위 없이 불사조의 이미지다. 날아다니는 새가 자유로운 영혼의 상징이라면, 신을 향해 우주로 날아오르는 새는 시간과 죽음을 극복한 영혼의 비유로 보아도 무리가 없을 것이다. 알을 깨고 나와 날아오르는 새가 자유로운 주체로서의 개아(個我)라면, 신, 아브락사스로 대변되는 우주적 힘은 범아(梵我)이다. 신에게로 날아가 신과 하나가 되는 새는 바로 범아일여(梵我一如), 도(道)의 완성, 해탈의 경지에 드는 것을 표상하고 있는 것이다.

이 원형적인 꿈, 이 무의식적 이미지를 헤세는 유아기를 벗어나 힘든 사춘기를 거쳐 주체적인 개인으로 성장하는 한 소년의 체험에 대입함으로써, 독자들로 하여금 마치 자신의 이야기를 읽고 있는 듯한 느낌을 불러일으키며 전율하게 한다. 두려움 없이 삶의 실상을 마주하고 생명 본연의 뜻에 따라 살며 자신을 실현시키려면 개개의 영혼은 프로이트가 말하는 '문화의 불안'을 깨뜨려 떨치고 새로 태어나야 한다는 주장이 실려 있는 것이다.

3. 온전한 자기가 되기 위한 고통의 과정

인간이 제 원래의 모습을 있는 그대로 인정하고 사랑하게 되기까지 치러야 하는 대가, 바로 그것을 한 젊은 영혼의 고백서라고도 할 수 있는 이 작품은 그려 보이고 있다. 이는 서문 맨 앞 모토에서 이미 드러난다. "내 안에서 저절로 우러나오려는 것, 난 그것을 살아 보려 했을 뿐이다. 그게 왜 그리 힘들었을까?"

무엇이 사람들에게 자기 자신으로 살기 힘들게 하는가? 이 물음과 함께 헤세는 서양 문화의 기원을 거슬러 올라가 기독교의 뿌리를 건드린다. 원죄. 생명의 근원에 닿아 있는 원초적 가책을 문제 삼는다. 이성이 깨어나 움직이기 시작하면 존재하는 모든 것은 양면을 드러내고, 영혼은 그 양극(兩極) 사이에서 분열을 겪어야만 한다. 신과 악마, 선과 악, 빛과 어둠, 남성과 여성, 아름다움과 추함, 허락된 것과 금지된 것, 삶과 죽음 사이에서. 그 양극이, 결코 합칠 수 없는 것처럼 보이는 대극들이 실은 불가분의 관계로 맞물려 있다는 사실을 체험해 알 때까지, 그리고 그 양극을 동시에 수긍해 끌어안을 때까지는 누구도 그 신경증적 분열에서 벗어나지 못한다는 것을 그려 보이고 있는 것이다.

경건한 기독교 선교사 집안에서 자라며 이 문제를 호되게 겪어야 했던 헤세는 나중에야 그것이 자기만의 문제가 아니라 영혼 일반에 해당되는 것임을 알게 된다. 『데미안』으로 시작되는 중기 이후 헤세의 작품들에 일관되게 중심을 이루는 것은 저 양극 너머의 단일성을 확인하고, 이분법적 분열과 갈등을 넘어 그 단일성을 가능한 한 완벽하고 조화롭게 삶 속에 실현시킬 수 있는 가능성의 탐구이다. 전문가들은 이를 헤세의 '양극적 전일 사상 (Gedanke der bipolaren Einheit)'이라 부른다. 이 문제를 그의 삶과 창작 활동의 중심에 세우고 치열하게 파고들던 시기에 유럽의 지성들 또한 비슷한 문제로 고민했음을 헤세는 니체의 저술들에서 만날 수 있었고, 그 자신의 정신적·심리적 위기 때문에 접한 프로이트와 융의 정신 분석 이론들에서 다시 마주치게 된다. 헤세가 이들로부터 영향을 받았고, 『데미안』에 그 자취가 드러나는 것은 확실하다. 그러나 이 문제에 대한 헤세의 접근 방식은 철학자나 정신 분석학자의 그것이 아니라, 독자적이고 창의적으로 수용된 예술가의 것이라는 점 또한 간과해서는 안 될 것이다.

헤세는 1932년에 쓴 「짧은 한 편의 신학(Ein Stückchen Theologie)」에서 진정한 자신에 이르는 인간의 길이 보편적으로 어떤 과정을 밟게 되는지를 다음과 같이 요약하고 있다.

인간이 되는 길은 순진무구함(천국, 유아기, 책임 없는 전 단계)으로 시작된다. 그로부터 길은 죄로, 선악의 구분으로, 문화, 도덕, 종교, 인간적 이상의 요구로 이어진다. 이 단계를 독자적인 개인으로서 진지하게 살아 낸 자는 누구든 절망에 맞닥뜨리지 않을 수 없다. 이른바 미덕의 실천, 완벽한 복종, 더할 나위 없는 봉사란 존재하지 않고, 올바름은 다다를 수 없는 것이며, 선함은 성취할 수 없는 일이라는 걸 알게 되는 것이다. 이러한 절망은 파멸로 가거나, 아니면 정신의 제3영역, 도덕과 법을 넘어선 상태의 체험, 은총과 구원, 새롭고 더 높은 상태의 책임 없음, 즉 믿음으로 나아가는 길밖에 없다.

이 '인간이 되어 가는 과정(Menschwerdungsprozeß)'이 싱클레어의 성장 과정에 고스란히 담겨 있다. 여기서 싱클레어(Sinclair)라는 주인공의 이름을 두고 헤세가 어떻게 '연상'을 통한 사유의 유희를 펼치고 있는지 잠깐 살펴볼 필요가 있다. 싱클레어는 헤세가 몹시 좋아했던 시인 횔덜린(Hölderlin)의 둘도 없는 친구의 이름이라서 그 의리 있고 진실한 남자의 이미지를 떠올리게도 하지만, 다른 한편으론 단어들의 독특한 조합으로 이 작품의 주제와 연관되는 중층의 의미를 드러내고 있기 때문이다. 영어로 sin은 '죄'라는 뜻이다. 프랑스어 clair는 영어 clear와 마찬가지로 '밝은', '투명한', '……없는'이라는 뜻이어서, 두 단어를 연결시키면 '죄 없는'이 되기 때문이다. '두 세계' 혹은 양극 사이에 끼여 죄의식으로 고통받는 주인공은 서양 문화의 이원론적 세계관에 짓눌리며 고통받는, 그러나 그 부당한 고통에서 제 힘으로 벗어나야 하는 운명의 '죄 없는' 인간이라는 암시가 내포되어 있는 것이다.

'두 세계'라는 소제목이 붙은 이야기의 시작에서 독자들은 이미 열 살짜리 소년의 의식에 자리한 이원론적 가치관의 분열과 혼란, 순진함으로부터의 이탈과 죄의식을 마주하게 된다. '밝은 세계'에 속해 있던 싱클레어가 '어두운 세계'로 끌려 들어와 발목을 잡히는 계기가 '사과'를 훔쳤다는 거짓말로 시작되는 점, '어두운 세계'를 대표하는 불량소년 크로머가 공공연히 '악마', '사탄'으로 불리고, '돌아온 탕아', '잃어버린 낙원', '카인과 아벨', '예수 옆에 매달린 두 도둑' 등 작품 전체가 성경의 모티프들로 넘쳐 나고, 그것들을 의도적으로 '뒤집은 해석(Umdeutung)'으로 가득하다는 점은 헤세가 이 시기에 우상 파괴자 니체의 영향 아래 있었다는 점을 실감하게 한다. 열 살짜리 소년의 이야기를 하면서 이토록 대담한 성경 패러디를 시도하는 헤세의 의도는 대체 무엇이었을까? 이 이 야기로 새로운 신화를 만들어 볼 생각이라도 했단 말인가? 그렇 게 보아도 틀리지 않을 것이다. 스스로 겪어 낸 영혼의 체험이기 도 하지만, 제1차 세계 대전의 참상을 겪은 젊은 세대에게, 기존의 가치 체계로는 더 이상 어찌해 볼 수 없이 황폐해졌지만 대신 그 만큼 새로운 가능성을 향해 열려 있는 젊은 영혼들 앞에, 그는 그 때까지의 모순과 심리적 압력, 집단 노이로제를 근본부터 치유할 새로운 가치관, 새로운 신성(神性)을 놓아 주고자 했기 때문이다. 이 작품에 주문처럼 드리워져 모든 것이 그리로 향하게 되어 있는 아브락사스라는 상징이 그것이다. 데미안은 기독교 세계관의 맹점 을 지적하며 새로운 신의 필요성을 역설한다.

하지만 너에게 이걸 말하고 싶었어. 여기에 이 종교의 결함을 아주 분명히 알 수 있는 요점들 중 하나가 있다는 거야. 요컨대 구약과 신약의 이 유일신이 아주 탁월한 모습이긴 하지만, 그가 마땅히 표상해야 할 그런 모습은 아니라는 거지. 그는 선함, 고귀 함, 아버지다움, 아름답고 드높은 것, 감상적인 것이지. 아주 옳 아! 그러나 세계는 다른 것으로도 이루어져 있어. 한데 그 다른 것은 이제 모두 악마한테 떠넘겨지고, 세계의 온전한 일부분, 이 온전한 반쪽은 감춰지고 묵살되는 거야. 신을 모든 생명의 아버 지라고 찬양하면서, 모든 생명의 근원인 성생활은 완전히 묵살 한 채, 악마적 소행이나 죄악이라고 해 버리잖아! 나는 사람들이 이 여호와 신을 숭상하는 것에 반대하지 않아, 전혀 조금도. 그 러나 우리는 모든 것을 숭상하고 신성하게 여겨야 한다고 생각 해. 인위적으로 분리된 공식적인 반쪽만이 아니라 전체 세계를 말이야! 그러니까 우리는 신에 대한 예배와 더불어 악마에 대한 예배도 해야 해. 그게 옳은 것 같아. 아니면 악마를 자신 안에 품고 있어, 지극히 자연스러운 세상일들이 일어날 때 그 앞에선 눈을 감지 않아도 되는 그런 신을 만들어 내야 할 거야.

비판의 핵심은 이분법적 세계관이다. 사람이든 삶이든 온전히 전체로서 받아들여지지 않고 어느 한 부분이 억눌릴 때 생기는 부작용의 심각성을 헤세는 기독교 전통의 유럽 문화 일반에서 감지하고 있었고, 그 결함에 대한 대안으로 제시하는 '양극적 전일 사상'의 표상이 바로 아브락사스인 것이다. 『데미안』이 발표된 지 43년이 지난 1962년 85세의 헤세는 그 시기를 이렇게 회상하고 있다.

나에게는 '싱클레어'라는 이름 아래 아직도 저 타는 듯한 시기가 놓여 있다. 아름답고 돌이킬 수 없는 한 세계의 소멸, 처음엔 고통스러웠지만 그다음엔 가슴 깊이 긍정하게 된 세계와 현실에 대한 새로운 이해로의 절절한 눈뜸, 수천 년 전 중국의 선승(禪僧)들이 마법적 문구로 나타내려 했던 것 같은 저 양극의 소멸, 대극의 표시에 들어 있는 전일성에의 섬광 같은 통찰이 그 이름 아래 놓여 있다.

사실 문제는 자명하게 드러나 있는 '밝은 세계'가 아니라, 감춰지고 침묵되는, 그러나 엄연히 실재하는 '어두운 세계'이다. 사람들이 직시하지 않고 피하려 들기 때문에 그 실체가 무엇인지도 모르고 두려움과 불안을 느끼는 이 영역으로 헤세 자신의 어린 시절 모습이기도 한 열 살의 싱클레어가 들어간다. '지옥 여행'이라 불리는, 온전한 인간이 되기 위해선 누구도 피해 갈 수 없는 의식의 단련 과정이 시작되는 것이다. 그리하여 어둠은 그 자체로는 어쩔 수 없는 것이지만, 그것이 무엇인지를 알고 마주해 대처할 수 있는 영혼의 강인함이 갖춰졌을 땐 두려움을 떨구고 오히려 품어 안을 수 있는 것임을 그려 보여 준다.

4. 판타지와 현실의 공존

'어둠'을 뚫고 나아가는 이 영혼의 순례에서 싱클레어의 '안내자' 역할을 하는 인물이 데미안이다. 싱클레어보다 한두 살 위의, 영리하고, 밝고, 어른 같은 진지함과 확고함을 보이는 이 소년은 이야기가 진행될수록 신비롭지만 어딘지 실제 인물 같지 않다는 느낌을 준다. 남의 속을 환히 꿰뚫어 보고, 서두름 없이 멀찌감치 떨어져 있으면서도, 결정적인 단계마다 자극하고 일깨우며 앞으로 나아가도록 촉구하는 그의 말을 들으며 싱클레어는 반문한다. "거기 나 자신에게서나 나올 수 있는 목소리가 말하고 있지 않았나? 모든 것을 알고 있는 목소리가 아니었던가? 모든 것을 나 자신보다 더 잘, 더 확실히 알고 있는 목소리가 아니었던가?" 또 어느 순간 그의 눈에 데미안은 남자처럼도 여자처럼도 보였다가 "어른 같지도 아이 같지도 않고, 나이 들지도 어리지도 않고, 수천 살이나 된 듯, 시간을 벗어난 듯"하고, 무슨 '동물'이나 '나무'나 '별들' 같은 느낌을 준다.

무척 이상해 보이지만 바로 여기에 이 작품의 두드러진 특징이 있다. 이야기가 외부의 흐름을 따라가는 것이 아니라, 주인공의 내면에서 일어나는 의식과 무의식의 현상들, 꿈과 환상들에 초점이

맞춰져 있다는 점이다. 그래서 많은 경우 묘사되는 이야기들이 현실인지 꿈인지 구분하기 힘든 모호함 속에 빠져들고, 그런 채로 그냥 고독한 영혼의 독백과도 같은 소설의 흐름을 따라가게 된다. 인물들 또한 현실 속의 인물이면서 동시에 원형적 개념의 알레고리로서 보편적 전형성을 띠고 있어 현실과 초현실이 중첩된다. 따라서 이야기는 현실인 동시에 환상이고, 무의식적 환상이 실제 현실로 눈앞에 벌어지는 특이한 양상으로 전개된다. 헤세가 직접 접해 보고 깊이 공감하게 된 정신 분석학적 방법론을 이 작품에서 예술적으로 형상화시킨 결과 이런 독특한 형식이 나온 것이다. 외부적인 스토리 전개나 등장인물들을 극도로 단순화시킨 가운데 내면적으로 주인공의 영혼은 인류 문화와 인간 무의식의 무한한 시공간을 넘나들며 의식의 지평을 넓혀 나간다.

이를테면 데미안은 현실에서 싱클레어의 학교 친구지만, 정신 분석학적으로는 싱클레어의 '제2의 자아(Alter ego)'이자 그의 무의식 세계에서 떠올라 온 융적 '이마고(Imago)'이다. 헤세는 데미안이라는 이름을 어느 날 꿈속에서 생각해 냈다고 한다. Demian, Daimonion, Dämon. 소리 내서 읽어 보면 이 단어들이 가지는 울림의 유사성을 느낄 수 있을 것이다. 데미안이라는 이름에는 그 의미들 또한 겹친다. 다이모니온은 소크라테스가 듣곤 했다는 신비한 '내면의 목소리'이고, 독일어 데몬은 선악을 넘어선 영적 존재로 '수호령'이라는 뜻도 담고 있다. 데미안의 어머니 에바 부인은 이미 인류의 어머니 이브의 이미지를 그 이름에 담고 있는 '위대한 어머니(magna mater)'이자 정신 분석학적으로는 싱클레어의 완전한 '자신(Selbst)'이고, 남성 영혼의 여성적 측면인 '아니마(anima)'이다. '양극적 전일성'을 표상하는 신성 아브락사스의 현현이라 할 수 있는 인물이다. 또한 현실에서 싱클레어를 협박하고 괴롭히는 불량배 크로머는 정신 분석학적으로 '내면의 억제된 잠재 충동', '저열한 자아'를 표상하는 인물이기도 한 것이다. 이 두 차원을 겹쳐 놓고 읽을 때라야 헤세가 전하려는 본래의 의미가 드러난다.

정신 분석학에서 환자의 꿈이나 그가 그린 그림이 내면을 읽어 내는 중요한 도구가 되듯이, 싱클레어의 변화해 가는 내면 풍경을 그려 나가는 이 작품에서 그의 꿈과 그림들은 작품의 핵심적인 상징이 될 뿐만 아니라 비밀스러운 영역으로 들어갈 수 있는 열쇠 역할을 한다.

5. 양극의 합일

아브락사스라는 '양극적 전일성'을 받아들이고 에바 부인으로 표상되는 진정한 '자신'에 이르기까지 싱클레어의 이야기는 한 인간에게 기존 문화의 틀을 벗어나 주체적으로 홀로 서는 것이 얼마나 어려운 일인가를 보여 준다. 데미안의 도움으로 크로머의 손아귀에서 풀려난 싱클레어는 뒤도 돌아보지 않고 어머니 치마폭으로 뛰어들어 숨어 버린다. 크로머와는 다르지만 데미안 또한 그를 안전한 세계로부터 끌어내는 위험한 '유혹자'로 여겨 데미안이 그에게 눈뜨고 깨어나도록 요구하는 것을 따르느니 그편이 쉬울 거라 판단했기 때문이다. 그러나 일단 눈을 뜬 영혼에게 뒤로 돌아가는 길은 막혀 있다는 것이 드러난다. 세계의 전부가 아니라 반쪽임이 분명해진 부모의 집은 이제 그에게 은신처도 고향도 되지 못한다. 다가올 운명이 어떤 것인지 알지 못한 채 이제 혼자서 그것을 더듬어 찾아가야 하는 것이다.

싱클레어의 여정은 한 극에서 반대 극으로 치닫는 진동으로부터 점차 하나로 수렴되는 과정을 보여 준다. 기숙 학교에 다니며 술집을 제 집처럼 드나들고, 냉소와 독설 속에 불량 학생으로 퇴학 직전까지 가는 방탕에 빠지지만, 돌연 '베아트리체'라는 반대극으로 돌아서서 마음속에 '이상'의 제단을 쌓고 정결한 생활을 해 나가기도 한다. 그러나 중요한 것은 그 두 과정 모두 싱클레어에게 자신의 이상적인 모습은 데미안이고, 이르러야 할 영혼의 고향은 에바 부인임을 알게 만드는 준비 단계라는 것이다. 역설적이게도 방탕에 빠져 있는 동안 자신이 눈물겹게 그리워한 것이 바로 정결과 반듯함이라는 것을 알았고, 구원의 여인 베아트리체를 그린 초상이 자기 내면의 얼굴이요 데미안이라는 것을 알게 되자 외부의 베아트리체에 대한 감흥은 스러져 버리고 만다. 한때 크로머로 대표되었고, 훗날 기숙 학교에선 제 발로 들어가 체험한 '어둠'의 세계도, 또한 베아트리체로 대표되는 이상화된 관념의 '밝은' 세계도 실상을 들여다보면 무언가 결여되어 있고 그 자체로 완전한 것이 아님을 깨닫는 것이다.

베아트리체의 모습을 그리다 보니 완성된 그림은 데미안과 자신을 닮은 얼굴이었고, 싱클레어는 자신도 모르는 사이에 차츰 아브락사스의 영역으로 다가선다. 자기 내면의 얼굴을 그린 후 싱클레어가 옛날 데미안이 지적해 준 고향 집 대문의 문장 속 새를 생각하며 그린, 푸른 창공을 배경으로 지구라는 알을 깨고 나오는 노란 새의 그림은 그 자신의 영혼 상태를 대변해 주는 것이기도 하다. 알은 깨지고, 영혼의 새는 세상으로 나오는데 그 새가 날아가야 할 아브락사스의 모습은 놀랍고 충격적이다. 이 상징은 사춘기의 싱클레어에게 다음과 같이 성적인 모습으로, 떨쳐 낼 수 없는 무서운 꿈으로 지속적으로 반복된다.

하나의 특정한 꿈 혹은 계속 되풀이되는 환상의 유희 하나가 내게 의미심장해졌다. 내 생애에서 가장 중요하고도 치명적인 이 꿈은 대충 이런 내용이었다. 나는 부모님 집으로 돌아갔고, 대문 위에는 문장의 새가 푸른 바탕 위에 노랗게 빛나고 있었다. 집 안에서 어머니가 나를 향해 나왔다. 그러나 내가 들어서며 어머니를 포옹하려 하자 그것은 어머니가 아니라 한 번도 본 적 없는 사람이었다. 키 크고 힘 있는 인물로, 막스 데미안과 내가 그린 그림과 닮았으나, 그래도 뭔지 달랐다. 그리고 막강함에도 불구하고 매우 여성적이었다. 이 사람이 나를 자신에게로 끌어당겨 온몸을 전율하게 하는 깊은 사랑의 포옹을 했다. 환희와 공포가 뒤섞였으니, 이 포옹은 신에 대한 예배였고, 동시에 범죄였다. 나를 안은 이 사람에게는 내 어머니에 대한 너무도 많은 기억이, 내 친구 데미안에 대한 너무도 많은 기억이 서려 있었다. 이 사람의 포옹은 모든 경외심에 반하는 것이었으나, 그럼에도 지복의 환희였다. 자주 나는 깊은 행복감에 젖어 이 꿈에서 깨어났고, 자주 마치 무서운 죄라도 지은 것처럼 죽을 것 같은 두려움과 극심한 양심의 가책을 느끼며 깨어났다.

다만 이 완전히 내면적인 이미지들과 지금 찾고 있는 신에 대해 외부로부터 내게 도달한 신호 사이에 차츰 무의식적으로 어떤 연결이 이루어졌다. 이후 그 연결은 더 밀도 있고 내밀해졌으며, 나는 내가 바로 이 예감의 꿈속에 아브락사스를 불러냈다는 것을 감지하기 시작했다. 환희와 두려움, 남자와 여자가 뒤섞이고, 깊은 죄악이 천진난만함을 관통하며 가장 성스러운 것과 추악한 것이 서로 뒤얽혔으니, 그것이 내가 꾼 사랑의 꿈의 이미지였고, 아브락사스 또한 그러했다. 사랑은 더 이상 내가 처음에 잔뜩 겁내며 느꼈던 것처럼 동물적인 어두운 충동이 아니었다. 그리고 더 이상 내가 베아트리체의 이미지에 바쳤던 것 같은 경건하게 정신화된 숭배도 아니었다. 사랑은 그 둘 다였다. 둘 다이면서 또 훨씬 그 이상이었다. 사랑은 천사의 모습이자 악마였고, 남자와 여자가 하나였으며, 인간이자 동물이고, 지고의 선이자 극단적인 악이었다. 이것을 살아 내는 일이 내게 주어진 운명이요, 그 대가를 치르는 것이 내 숙명인 듯했다. 나는 그 운명을 열망하면서도 그 앞에서 두려워했다. 하지만 운명은 늘 거기 있었고, 늘 내 위에 드리워져 있었다.

이러한 전일성이 성의 문제만 아니라 인생과 자연, 전 우주의 참모습임을 인정하고 받아들이는 것은 그 누구에게든 '지옥 여행'이라는 말이 무색하지 않을 혹독한 영혼의 시련이 아닐 수 없으리라.

6. '운명애'와 인생의 마법

진실을 아는 것과 그것을 실현해 살아 내는 것은 다른 문제다. 운명은 실현을 요구하고 그 실현에는 아는 것을 살아 낼 수 있는 용기와 의지가 필요하다. '야곱의 싸움'이라는 제목이 붙은 제6장에선 두렵기는 하지만 자기 운명을 받아들이고 실현해 내려는 싱클레어의 태도가 또 다른 아브락사스 신봉자인 피스토리우스의 유약한 태도와 대비된다. 전통이 인정하는 장자가 아님에도 불구하고 족장이 되어 대대손손 번성하도록 자신을 축복해 달라고 천사를 붙들고 밤새도록 씨름하여 결국 축복을 받아 내는 성경의 야곱 이야기가 자기 운명의 정통성을 제 손으로 수립하는 의지 강한 인간의 비유로 쓰이고 있는 것이다.

고대 종교와 무의식의 세계에 해박한 지식을 갖춘 피스토리우스는 싱클레어를 아브락사스의 세계로 좀 더 가까이 이끌고, 꿈과 내면의 소리를 존중하고 따르도록 가르치지만, 정작 그 자신은 결정적인 단계에서 자기 운명을 실현시킬 마지막 한 걸음을 내딛지 못한다. 이제껏 자신을 떠받쳐 온 모든 전통의 끈을 놓고 불확실한 미지의 운명을 향해 무조건 '뛰어내릴' 용기가 없기 때문이다. 자신의 운명을 실현해 내려는 싱클레어에게, 해박하다곤 해도 이미 지나간 과거의 아브락사스 이미지와 흔적들에 매달려 있는 피스토리우스는 지루하고 '케케묵은' 인상을 주게 되고, 결국 싱클레어는 자신을 이끌어 온 안내자를 제치고 앞으로 나아가게 된다. 인간이란 "미지 속으로 던져진 자연"이고, 누구나 진정으로 해내야 하는 일은 "자기 자신이 되는 것"임을 확신하며 그는 비로소 자신의 이마에 "카인의 표적"을 느낀다. 주체적인 인간으로 거듭난 것이다.

　내적으로 상당히 성숙해져 어느 정도 준비된 싱클레어는 대학생이 되어 데미안과 그의 어머니를 만난다. 에바 부인과의 만남은 그에게 그동안 힘겹게 지나온 여정의 '성취'이자 '귀향'으로 느껴진다. 그녀는 그의 아니마요, 우주적 영혼이며, 자신을 완전히 살아냄으로써 도달하게 될 '자기실현'이기 때문이다. 이 밖으로 투영된 자기의 진정한 영혼의 모습을 만나 간절한 사랑을 느끼면서도 선뜻 다가서지 못하고 머뭇거리는 싱클레어에게 그녀는 운명을 대하는 태도에 있어 대조를 이루는, 사랑에 빠진 두 젊은이의 이야기를 들려준다.

　첫 번째 이야기는 별과 사랑에 빠진 한 젊은이에 대한 것이다. 그의 생각과 꿈은 온통 그가 사랑하는 별로 채워졌으나, 그 자신도 인간이 별을 안을 수 없다는 것은 알고 있었다. 그래서 이루어질 희망 없이 마냥 별을 사랑하고, 말없이 고통스러워하며, 그 고통으로 자신을 고양시키는 것이 운명이려니 여겼다. 그러던 어느 날 바닷가 절벽 위에 서서 별을 바라보던 그는 한순간 걷잡을 수 없는 그리움에 휩싸여 사랑하는 별을 향해 허공으로 뛰어오른다. 그런데 뛰는 순간 그건 불가능한 일이라는 생각이 스쳤다. 그의 몸은 아래로 떨어져 산산조각 나고 말았다. 에바 부인은 이 젊은 이가 사랑을 할 줄 몰랐던 거라고 설명한다. 별을 향해 뛰어오를 때 그 일이 이루어지리라고 확신하는 영혼의 힘을 가지고 있었다면 그는 날아가 별과 하나가 될 수 있었을 것이라고.

두 번째 이야기 또한 희망 없는 사랑에 애태우는 어느 젊은이의 이야기다. 그는 희망 없는 사랑 때문에 완전히 자기 영혼 속으로 기어 들어갔고, 그 사랑으로 인해 자신은 완전히 타 없어져 버릴 것이라고 생각한다. 세상 모든 것이 사라져 그의 눈에는 푸른 하늘도, 초록빛 숲도 들어오지 않고, 그의 귀에는 시냇물 소리도 하프 소리도 들리지 않았다. 모든 것이 무너져 내리고 그의 삶은 가련하고 불쌍해진다. 그런데도 그의 사랑은 점점 자라나, 사랑하는 여인을 포기하느니 차라리 자기가 죽어 없어져 버리기를 바랄 정도였다. 그는 그 사랑이 자기 안의 다른 모든 것들을 태워 버리는 것을 느꼈다. 하지만 그의 사랑의 힘은 점점 강해져 이제 대상을 끌어당기기 시작했다. 아름다운 여인은 따라오지 않을 수 없었다. 그녀가 오고, 그는 그녀를 끌어당기기 위해 두 팔을 벌리고 서 있다. 그녀가 그의 앞에 와 섰을 때, 그녀는 아주 달라져 있었다. 그리고 그는 자신이 잃어버렸던 세상을 끌어당겼다는 것을 알았다. 하늘의 모든 별이 그의 안에서 빛나고 그의 영혼을 통해 기쁜 빛을 발했다. 그저 여인 하나를 얻는 게 아니라 그는 세상 전체를 가슴에 안았던 것이다. 에바 부인은 이 이야기 끝에 덧붙여 말

한다. 이 젊은이는 사랑을 했고, 그럼으로써 자기 자신을 찾은 것이라고.

이 이야기들이 '운명애'에 대한 비유라면 에바 부인이, 혹은 헤세가 전하고자 하는 메시지는 무엇일까? 어정쩡하게 바라는 소원은 이루어지지 않으니, 소원하는 것이 있고 그것을 이루고 싶으면 그 성취를 끌어당길 수 있는 영혼의 힘을 갖추라는 말이 아닌가. 두 번째 젊은이의 이야기는 앞에서 언급했지만, 불사조의 이미지를 상기시킨다. 제 몸을 불살라 다 타 버린 재 속에서 눈부신 빛을 발하며 홀연히 날아오르는 저 황금빛 새의 꿈을.

인간은 자기 삶의 완성이 어떤 모습이어야 할지를 알지 못한다. 그러나 헤세의 말대로, '자연'이 그 완성을 향해 던진 단 한 번의 '시도'인 개개인의 삶이 공허한 껍질이 되지 않으려면, 인간은 무엇을 알고 자신의 운명에 어떤 자세여야 하는가를 이 책은 말하고 있는 것이다. 제 영혼의 참모습을 아는 것, 그것이 전통적으로 알려진 것과 너무나 달라 수긍하기 힘들지라도 있는 그대로를 받아들여 부둥켜안고 온 힘을 다해 살아 내는 것, 그 방법밖에는 없음을 이야기하고 있는 것이다.

'어둠'에서 자유로워지려면 그 '어둠'이 무엇인지를 알면 된다. 인간은 자신이 아는 것에 대해선 조절 능력이 있으니까. 싱클레어가 내던져진 '어둠'은 수수께끼로 가득한 세상이자 바로 자신의 '무의식'의 세계였고, 그 미로 속을 헤치고 찾아가 만난 에바 부인, 아브락사스로 표상되는 저 놀라운 이미지는 범우주적인 자신의 영혼이었다. 우주를 포괄하는 자신의 영혼과 완전히 하나가 된 인간은 자유롭지 않겠는가. 싱클레어는 마지막에 친구이자 '수호령', '이상적 자아'였던 데미안과 같은 모습이 된 자신을 내면의 거울에 비춰 본다.

판본 소개

　『데미안(*Demian*)』은 '어느 청춘의 이야기(Die Geschichte einer Jugend)'라는 부제와 함께 에밀 싱클레어(Emil Sinclair)라는 가명으로 1919년에 베를린의 S. 피셔(Fischer) 출판사에서 처음 출간되었다. 젊은이들 사이에 선풍적인 인기를 끌었고, 폰타네상이 수여되지만 이 상이 신인에게 주어지는 상이라 헤세는 재단에 이 상을 반려한다. 에두아르트 코로디라는 비평가가 문체 분석을 통해 싱클레어가 기성 작가 헤르만 헤세임에 틀림없다고 밝혀 1920년 제17판부터 『데미안』의 저자는 헤르만 헤세로 인쇄되었다. 그리고 이때부터 부제가 '에밀 싱클레어의 젊은 날의 이야기(Die Geschichte von Emil Sinclairs Jugend)'로 바뀌었다. 1970년 S. 피셔 출판사를 이어받은 프랑크푸르트암마인 소재 주어캄프(Suhrkamp) 출판사에서 12권으로 발행한 헤세 전집 제5권에 『데미안·클링조어·싯다르타』가 함께 실렸다. 그 후 2001년에 주어캄프 출판사는 다시 20권으로 된 헤세 전집을 출간했는데, 그중 제3권에 『로스할데·크눌프·데미안·싯다르타』가 함께 실렸다. 본 번역은 이 판본을 대본으로 삼았다.

헤르만 헤세 연보

1877 7월 2일 독일 남부 뷔르템베르크 주의 칼브에서 선교사의 아들로 태어남. 외할아버지는 유명한 인도학자이자 선교사인 헤르만 군데르트.

1881 부모와 함께 스위스 바젤로 이주함.

1883 아버지가 스위스 국적을 취득함(그전에는 러시아 국적).

1886~1889 다시 칼브로 이주. 학교에 들어감.

1890~1891 신학교 시험 준비를 위해 괴핑겐의 라틴어 학교에 다님. 뷔르템베르크 주 국가시험에 차석으로 합격.

1891~1892 마울브론 수도원 신학교에 입학. 7개월 후 시인이 되려고 도망침.

1892 자살 기도(6월), 슈테텐 정신 요양원 입원(6~8월), 칸슈타트 김나지움 입학(11월).

1893 학업 중단.

1894~1895 칼브의 시계 부품 공장에 수습공으로 들어감.

1895~1898 튀빙겐 헤켄하우어 서점 수습생을 마치고 점원으로 근무.

1899 첫 시집 『낭만적인 노래들』 출간. 산문집 『한밤중 뒤의 한 시간』 출간.

1901 첫 이탈리아 여행(피렌체, 제노바, 피사, 베네치아). 산문집 『헤르만 라우셔의 유작과 시』 출간.

1902 『시집』 출간. 어머니 사망.

1903 두 번째 이탈리아 여행(피렌체, 베네치아).

1904	소설 『페터 카멘친트』 출간. 일약 인기 작가가 됨. 아홉 살 연상의 마리아 베르누이와 결혼. 연구서 『보카치오』 출간. 『프란츠 폰 아시시』 출간.
1905	첫 아들 브루노 출생.
1906	소설 『수레바퀴 밑에서』 출간. 잡지 『삼월』 창간.
1907	중·단편집 『이 세상에』 출간.
1908	중·단편집 『이웃 사람들』 출간.
1909	둘째 아들 하이너 출생.
1910	소설 『게르트루트』 출간.
1911	시집 『도중에』 출간. 셋째 아들 마르틴 출생. 인도 여행.
1912	단편집 『우회로들』 출간. 독일을 떠나 스위스 베른으로 이주.
1913	기행문 『인도에서 – 인도 여행의 기록』 출간.
1914	소설 『로스할데』 출간. 제1차 세계 대전이 일어나자 자원입대했으나 복무 부적격 판정을 받고 1919년까지 베른에서 '독일 포로들을 위한 자선 기구'에서 복무. 전쟁 포로들을 위하여 책 발송, 잡지 발간, 직접 출판사를 만들어 22권의 소책자 발간. 전쟁과 국수주의를 반대하는 정치적 글, 호소문, 공개서한을 독일, 스위스, 오스트리아 신문 잡지들에 발표. 독일에서 '변절자'로 몰림.
1915	소설 『크눌프』 출간. 시집 『고독한 자의 음악』 출간.
1916	아버지 사망. 부인과 셋째 아들 발병. 루체른의 존마트 병원에서 랑 박사에게 정신 분석 치료 받음. 단편집 『청춘은 아름다워라』 출간.
1919	정치적 글 『차라투스트라의 귀환』을 익명으로 출간(다음 해 베를린에서 실명으로 출간). 스위스 티치노 주의 몬타뇰라로 이주해 1931년까지 거주. 소설 『데미안』을 에밀 싱클레어라는 가명으로 출간. 『동화』 출간. 잡지 『비보스 보코(Vivos voco)』 창간 발행.
1920	수채화를 곁들인 열 편의 시 『화가의 시들』, 여행 소설 『방랑』, 단편집 『클링조어의 마지막 여름』 출간. 에세이집 『혼돈을 들여다보기』 출간.
1921	『시선집』 출간. 창작 위기. 융의 정신 분석 치료를 받음. 『티치노에서 그린 수채화 11점』 출간.

1922 『싯다르타』출간.

1923 『싱클레어의 수첩』출간. 마리아 베르누이와 이혼. 취리히 근교 바덴에서 첫 요양.

1924 스위스 국적 재취득. 루트 벵거와 결혼.

1925 『요양객』출간.

1926 『그림책』출간. 프로이센 예술원 문학 분과 국제 위원으로 선출됨.

1927 『황야의 이리』출간. 『뉘른베르크 여행』출간. 50회 생일에 후고 발이 쓴 헤세 전기 출간. 루트 벵거와 이혼.

1928 수상집『관찰』출간. 시집『위기』출간.

1929 시집『밤의 위안』출간.

1930 소설『나르치스와 골드문트』출간.

1931 니논 돌빈과 결혼. 『내면으로의 길』출간.

1932 『동방 순례』출간.

1932~1943 『유리알 유희』집필.

1933 단편집『작은 세계』출간

1934 시선집『생명의 나무에서』출간.

1935 『우화집』출간.

1936 『정원에서의 시간』출간. 고트프리트 켈러 상 수상.

1937 『기념첩』, 『신시집』, 『마비된 소년』출간.

1939~1945 독일에서 헤세 작품 출판 금지로『수레바퀴 밑에서』, 『관찰』, 『황야의 늑대』, 『나르치스와 골드문트』가 인쇄되지 못하고, 전집은 스위스의 프레츠&바스무트 출판사에서 나옴.

1942 『시집』이 취리히에서 헤세의 첫 시 전집으로 출간.

1943 『유리알 유희』출간.

1945 시선집『꽃 핀 가지』, 동화 단편집『꿈의 여행』출간.

1946 『전쟁과 평화』출간. 헤세 작품이 다시 독일에서 발간되기 시작함. 프랑크푸르트 시의 괴테상 수상. 『유리알 유희』로 노벨 문학상 수상.

1947 고향 칼브 시에서 명예시민이 됨.

1950 빌헬름 라아베 상 수상.

1951 『후기 산문』, 『서간집』 출간.

1952 75회 생일 기념으로 주어캄프 출판사에서 전 6권의 헤세 선집 발간.

1954 동화 『픽토르의 변신』과 『헤르만 헤세·로맹 롤랑 서한집』 출간.

1955 후기 산문 『마법』 출간. 독일 서점 평화상 수상.

1956 헤르만 헤세 상 설립(바덴뷔르템베르크 독일 예술 후원회).

1957 주어캄프 출판사에서 헤세 전집 7권 출간.

1962 몬타뇰라의 명예시민이 됨. 뇌출혈로 8월 9일 몬타뇰라에서 사망. 아본디오 묘지에 안치. 바이블러의 헤르만 헤세 전기 『헤르만 헤세 – 한 편의 전기』 나옴.

새롭게 을유세계문학전집을 펴내며

을유문화사는 이미 지난 1959년부터 국내 최초로 세계문학전집을 출간한 바 있습니다. 이번에 을유세계문학전집을 완전히 새롭게 마련하게 된 것은 우리가 직면한 문화적 상황에 적극적으로 대응하기 위해서입니다. 새로운 을유세계문학전집은 세계문학의 역할이 그 어느 때보다 중요해졌다는 인식에서 출발했습니다. 오늘날 세계에서 타자에 대한 이해는 우리의 안전과 행복에 직결되고 있습니다. 세계문학은 지구상의 다양한 문화들이 평등하게 소통하고, 이질적인 구성원들이 평화롭게 공존할 수 있는 문화적인 힘을 길러 줍니다.

을유세계문학전집은 세계문학을 통해 우리가 이런 힘을 길러 나가야 한다는 믿음으로 만들어졌습니다. 지난 5년간 이를 준비하기 위해 많은 노력을 기울였습니다. 세계 각국의 다양한 삶의 방식과 문화적 성취가 살아 있는 작품들, 새로운 번역이 필요한 고전들과 새롭게 소개해야 할 우리 시대의 작품들을 선정했습니다. 우리나라 최고의 역자들이 이들 작품 속 한 문장 한 문장의 숨결을 생생히 전하기 위해 심혈을 기울였습니다. 또한 역자들은 단순히 번역만 한 것이 아니라 다른 작품의 번역을 꼼꼼히 검토해 주었습니다. 을유세계문학전집은 번역된 작품 하나하나가 정본(定本)으로 인정받고 대우받을 수 있도록 최선을 다했습니다. 세계문학이 여러 경계를 넘어 우리 사회 안에서 주어진 소임을 하게 되기를 바라며 을유세계문학전집을 내놓습니다.

을유세계문학전집 편집위원단(가나다 순)
김월회(서울대 중문과 교수)
김헌(서울대 인문학연구원 교수)
박종소(서울대 노문과 교수)
손영주(서울대 영문과 교수)
신정환(한국외대 스페인어통번역학과 교수)
정지용(성균관대 프랑스어문학과 교수)
최윤영(서울대 독문과 교수)

을유세계문학전집

을유세계문학전집은 계속 출간됩니다.

을유세계문학전집 연표